박선우 장편 소설

FUSION FANTASTIC STORY

PERFECT GAME

퍼펙트 ⑤ 게임

퍼펙트게임 5

박선우 장편 소설

초판 1쇄 찍은 날 § 2015년 8월 13일
초판 1쇄 펴낸 날 § 2015년 8월 20일

지은이 § 박선우
펴낸이 § 서경석

편집책임 § 이창진

펴낸곳 § 도서출판 청어람
등록번호 § 제387-1999-000006호
등록일자 § 1999. 5. 31
어람번호 § 제1-2199호

주소 § 경기도 부천시 원미구 부일로 483번길 40 서경B/D 3F (우) 420-822
전화 § 032-656-4452 팩스 § 032-656-4453
http://www.chungeoram.com
E-mail § chungeorambook@daum.net

ISBN 979-11-04-90364-9 04810
ISBN 979-11-04-90218-5 (세트)

박선우 장편 소설
FUSION FANTASTIC STORY
PERFECT GAME
퍼펙트
5
게임
도서출판 청어람

CONTENTS

제1장 노히트 노런   7

제2장 노력, 그리고 결과   59

제3장 최종전   113

제4장 수 싸움   153

제5장 한국시리즈   205

제6장 월드 베이스볼 클래식   255

제7장 출정   307

제1장
노히트 노런

"아, 말씀드리는 순간, 2번 타자 김중근 선수가 타석으로 들어서고 있습니다. 김 위원님, 저 선수가 얼마나 떨릴까요. 대기록의 희생양이 될지도 모르니 타석에 들어서기 싫었을 것 같습니다."

"아마 운명이라고 생각해야 될 겁니다. 그리고 그 운명을 극복하느냐 마느냐는 결국 김중근 선수 스스로에게 달린 일이겠지요."

장춘진과 김동호의 말은 달랐지만 두 사람이 김중근을 바라보는 표정은 거의 비슷했다.

중계를 하는 자신들도 이렇게 떨리는데 막상 당사자는 얼마나 떨리겠는가.

그의 타석은 이제 단순한 것이 절대 될 수 없었다.

이강찬의 공에 삼진을 당하든 안 당하든 그는 역사 속의 인물로 남을 것이다.

그것이 불명예의 자리냐 영광스러운 기록으로 남느냐는 오로지 그에게 달린 일이었다.

장춘진은 강찬이 김중근을 맞아 투구를 하기 위해 와인드업 자세를 취하자 침을 꿀떡 삼켰다.

그는 얼마나 긴장했는지 주먹을 꽉 쥐고 있었는데 강찬의 모습에서 눈을 떼지 못하고 있었다.

드디어 강찬의 손에서 공이 떠나고 외곽에 꽉 찬 스트라이크가 들어가자 그의 입에서는 비명 같은 소리가 흘러나왔다.

"스트라이크, 스트라이큽니다. 한복판에서 조금 좌측으로 치우쳤으나 논란의 여지가 없는 확실한 스트라이큽니다. 아, 160㎞/h입니다. 초구로 던진 이강찬 선수의 패스트볼이 160㎞/h을 찍었습니다. 정말 대단한 강속구를 던지고 있습니다. 김 위원님, 아무래도 이강찬 선수도 대기록을 의식하고 있겠지요?"

"당연히 의식하고 있을 겁니다. 원래 대기록에 근접하면 모든 선수나 코치들이 입을 함구하기 때문에 정작 본인은 모르는 경우가 많지만 이번 경우는 워낙 특이해서 모를 수가 없거든요. 그런데도 이강찬 선수는 표정 변화를 보이지 않는군요. 더군다나 지금 공은 오늘 던진 공중에서 가장 빠른 160㎞/h를 찍었습니다. 긴장하고 있지 않다는 뜻이죠. 긴장을 하면 어깨가 굳기 때문에 저런 속구를 절대 던지지 못하는데 정말 이해하기 힘듭니다. 배짱이 두둑한 건지 아니면 정말 모르고 있었던 것인지 나중에 기회가 된다면 물어봐야 되겠습니다."

김동호의 말대로 강찬의 표정은 이전과 변함이 없었다.

그는 오로지 게임에 집중하고 있었는데 임관의 사인을 받는 모습은 평상시와 똑같은 것이었다.

"그렇군요. 제가 봐도 저 모습은 대기록을 전혀 의식하지 않는 표정이군요. 그래도 이상합니다. 워낙 경기에 집중하고 있기 때문일까요. 지금 잠실구장은 쥐 죽은 듯한 적막에 빠져 있습니다. 뭔가 이상하다는 생각이 들 만도 한데 이강찬 선수는 전혀 의식하지 않는 것 같군요. 저는 야구 중계를 하면서 관중들이 이렇게 긴장하는 걸 처음 봅니다."

"아마, 관중들이나 지금 텔레비전으로 경기를 시청하시는 야구팬들 모두 장 캐스터나 저처럼 극도의 긴장에 사로잡혀 있을 겁니다. 이런 기록을 직접 눈으로 확인한다는 것은 정말 평생에 있을까 말까 한 일이니 저절로 몸이 떨릴 정돕니다.

지금 관중석이 긴장으로 침묵하고 있는 것은 당연하다는 생각이 드는군요."

"말씀드리는 순간, 이강찬 선수, 2구를 던졌습니다. 헛스윙, 김중근 선수, 터무니없는 유인구에 헛스윙을 하는군요. 2스트라이크, 노 볼. 대기록에 한 발 더 다가섭니다. 정말 긴장되는 순간이 아닐 수 없습니다. 김 위원님, 김중근 선수의 평소 선구안으로 봤을 때 저런 공에 배트가 나가는 게 이상하지 않습니까?"

"방금 공은 최성일 선수가 이전 타석에서 당했던 체인지업이었습니다. 완전히 속았다고 봐야죠. 긴장된 상태에서 날아온 체인지업은 김중근 선수에게는 마구처럼 보였을 겁니다."

"그럴 수도 있겠습니다. 강속구 뒤의 체인지업. 많은 선수가 당하는 구질입니다."

"더군다나 거의 땅바닥으로 떨어지는 완벽한 볼이었습니다. 타이밍을 뺏긴 상태의 타격이었기 때문에 헛스윙이 될 수밖에 없는 상황이었습니다."

"이제 마지막 승부구가 이강찬 선수의 글러브에 들어갔습니다. 손에 땀이 자꾸 생길 정도로 긴장이 되어 중계가 어렵습니다만 우리는 이 역사적인 순간을 절대 놓치면 안 될 것입니다."

장춘진이 말을 하면서 자신의 손을 수건으로 닦았다.

손은 어느새 축축이 젖어 있었는데 손수건으로 닦자 물기가 흠뻑 배어 나왔다.

그의 말대로 관중석은 쥐 죽은 듯한 정적 속으로 빠져들었다.

마지막 공이 강찬의 손에 들어가자 트윈스 팬들은 물론이고 3루 측의 이글스 팬들까지 입을 굳게 닫은 채 강찬의 투구를 기다렸다.

여자들은 긴장을 이기지 못해 심지어는 오들오들 떨었고 남자들도 모두 일어나 마지막 공을 손에 쥔 강찬에게서 시선을 떼지 못했다.

드디어 강찬의 손에서 공이 떠났다.

완벽한 키킹에 이은 백스윙, 그리고 연이어 이어지는 릴리스와 팔로우.

그야말로 그림처럼 유연한 투구가 끝났을 때 강찬이 던진 공은 타자의 바깥쪽을 향해 무서운 속도로 날아갔다.

또다시 패스트볼이었다.

김중근은 잔뜩 긴장한 자세에서 기다리고 있었는데 배트를 최대한 짧게 잡은 채 어떡하든 쳐 내겠다는 자세였다.

공이 홈 플레이트로 근접하자 김중근의 배트가 예리하게 돌아갔다.

그의 눈에는 바깥으로 파고드는 직구가 스트라이크존을

통과하는 것으로 판단되었던 모양이었다.

하지만 강찬이 던진 패스트볼은 마지막에 솟구치며 스트라이크존에서 공 한 개 정도가 빠지는 완벽한 볼이었다.

워낙 배트를 짧게 잡았기 때문에 마지막 순간에 상향 컨트롤을 하려 했지만 공은 이미 배팅의 궤적에서 벗어나 포수의 미트로 박혀들고 있었다.

"와아!"

김중근이 헛스윙을 한 후 무릎을 꿇는 순간 정적에 잠겼던 잠실구장에서 관중들의 함성이 천둥처럼 울려 퍼졌다.

모든 관중이 한꺼번에 일어서서 기립 박수를 보내고 있었는데 강찬은 어리둥절한 모습으로 서 있다가 임관이 뛰어나가 뭔가를 이야기하자 그때서야 스탠드를 향해 모자를 벗고 일일이 인사를 했다.

이제야 강찬의 평온했던 표정이 왜 그랬는지 알 수 있었다.

무엇 때문인지 그는 대기록이 작성되는 이 순간에도 대기록을 의식하지 못한 채 경기에만 정신이 팔려 있었던 모양이었다.

일어선 것은 장춘진과 김동호도 마찬가지였다.

그들은 중계석에서 일어나 비명과 같은 목소리로 대화를 주고받았는데 잠실구장을 가득 채운 관중의 함성이 마치 배경음악처럼 깔렸기 때문에 더욱 흥분이 증폭되며 전국을 향해 퍼져 나갔다.

"드디어 이강찬 선수가 20년 동안 깨지지 않던 연속 탈삼진 기록을 넘어섰습니다. 대단합니다. 정말 대단한 일을 이강찬 선수가 해냈습니다."

"그렇습니다. 제가 이 자리에 있었다는 것이 얼마나 행복한지 모르겠습니다. 두 팀의 승패를 떠나 대기록을 수립한 이강찬 선수에게 뜨거운 박수를 보냅니다."

"그러나 이것이 끝이 아닙니다. 아직도 이강찬 선수의 기록은 현재 진행형입니다. 지금과 같은 상태라면 어떤 기록이 탄생할지 아무도 모릅니다."

"다음 타자가 최성일 선수입니다. 만약 이강찬 선수가 최성일 선수까지 잡아낸다면 정말 무슨 일이 벌어질지 장담할 수 없을 것 같습니다."

관중들의 함성과 함께 중계를 하던 장춘진과 김동호의 시선이 동시에 전광판으로 옮겨졌다.

전광판에는 이강찬의 대기록 수립을 축하하는 메시지가 적혀 있었는데 좌우 사이드로 불꽃놀이를 하는 것과 같은 영상이 수를 놓고 있었다.

"아이고 머리야. 어깨도 아프고 미치겠군. 긴장을 했더니 죽겠어."

"저도 그렇습니다."

"환장할 노릇이다. 이겨주기만 해달랬더니 이게 뭔 일이냐!"

"글쎄 말입니다."

"그나저나 솔직히 그만했으면 좋겠다. 저거 계속 지켜봤다가는 숨넘어가겠어."

김남구 감독이 이마에서 흐르는 땀을 훔쳐 내며 최성일이 타석에 들어서는 것을 지켜봤다.

그는 정말 시합 전과 비교해서 열 살은 늙게 보일 정도로 지친 얼굴을 하고 있었다.

그만큼 긴장하고 있다는 뜻이다.

말은 기록이 중단됐으면 좋겠다고 했지만 그의 얼굴에 들어 있는 것은 절대 그렇지 않았다.

그랬기에 장혁태 코치는 뭔가를 한참 생각하다 슬그머니 입을 열었다.

"감독님, 지금 말이에요, 연속 탈삼진 기록도 깼지만 아직까지 퍼펙틉니다. 이러다가는 정말 일을 낼 수도 있어요."

"알아, 안다고. 그래서 내가 이렇게 살 내리고 있잖아. 오늘 경기 끝나면 5㎏은 빠져 있겠다."

긴장이 과했던지 입에서 꺼낸 말들이 신경질을 내는 것처럼 들렸다.

하지만 그때까지 그는 입가에 쏟아낼 듯 말 듯한 미소를 베어 물고 있었는데 최성일이 타석에 들어서서 강찬과 대치를 시작하자 표정을 무섭게 굳혀갔다.

아직 기록은 중단되지 않았고 열광에 빠졌던 관중들은 또다시 무서운 침묵 속으로 빠져들었다.

그러나 그런 침묵은 최성일의 돌발적인 행동으로 인해 순식간에 깨져 버렸다.

강찬이 던진 초구가 날아오자 그는 미련 없이 강찬의 앞쪽으로 데굴데굴 굴러가는 번트를 댔던 것이다.

아주 작정을 했던 것이 분명했다.

그는 번트를 대놓고 몇 발자국 뛰지도 않은 채 강찬을 지켜보다가 1루 쪽으로 공이 송구되자 지체 없이 더그아웃으로 돌아갔다.

"우… 우… 우!"

수많은 관중들의 야유가 잠실구장을 적셨다.

이글스 팬들뿐만 아니라 트윈스 팬들까지 최성일의 번트에 야유를 보내고 있었다.

"아, 저 새끼 뭐 하는 짓이야!"

"그것참. 희생양이 되기 싫었던 모양입니다."

"그래도 그렇지 리딩 히터란 놈이 쪽팔리게 번트를 대? 그것도 아주 엿 먹으라고 강찬이한테 댔다고. 저 새끼는 처음부터 작정하고 나온 거야."

"욕하기도 뭐합니다. 저기 관중들 보세요. 대기록이 깨진 아쉬움에 야유를 보냈지만 금방 수그러들잖아요. 팬들도 최성일에게 심정적인 동정을 느끼는 겁니다. 무작정 욕할 일도 아닌 것 같습니다."

"사내새끼라면 정면승부를 했어야지, 정면승부를!"

"고정하시죠, 감독님."

"에잇, 썩을!"

장혁태의 대답에 김남구 감독이 벌떡 일어나더니 옆에 놓아두었던 휴지통을 걷어찼다.

그는 말과 달리 기록이 중단된 것에 대해서 억울함을 넘어서 분노까지 느낀 모양이었다.

최성일의 비겁함이 원인이다.

다른 타자가 아니라 리그 최고라는 수위타자가 승부를 피했다는 사실이 그를 참을 수 없을 만큼 열 받게 만든 것이다.

하지만 그것도 잠시.

선수들이 수비를 마치고 더그아웃으로 들어오자 그때까지 강찬에게 한 번도 눈길을 주지 않던 김남구 감독은 천천히 몸을 일으키며 입을 열었다.

열 받은 것과 자기 새끼를 챙기는 일은 분명히 구분되어야 하기 때문이다.

"강찬아, 대기록 수립 축하한다. 수고했다."

이글스의 타선은 4회부터 7회까지 계속 점수를 보태며 6 : 0까지 달아났다.

트윈스의 선발로 나왔던 허재용은 이글스의 불같은 타선을 버티지 못하고 4실점을 한 채 5회에 강판되었는데 중간 계투 요원들마저 계속해서 실점을 했기 때문에 점수 차는 점점 벌어지는 중이었다.

트윈스의 7회 말 공격.

다른 때 같았다면 이 정도로 점수가 벌어졌을 때는 투수 교체를 생각했겠지만 오늘 김남구 감독은 아예 강찬을 쳐다보지도 않았다.

그것은 모든 코치진과 선수들도 마찬가지였다.

강찬이 6회까지 퍼펙트게임을 이어왔기 때문이었다.

설마 하던 마음이 6회까지 이어지자 관중석은 또다시 술렁거리기 시작했다.

이글스의 팬들 입에서는 5회가 지나자마자 퍼펙트게임이란 소리가 흘러나오더니 6회까지 삼자범퇴로 끝을 내자 7회부터는 공공연하게 대기록의 달성에 대한 이야기가 쏟아져 나왔다.

트윈스의 팬들은 애써 그런 사실을 외면하려 했다.

연속 탈삼진 기록을 얻어맞은 상태에서 이강찬에 대한 축하를 아끼지 않았지만 자신들이 사랑하는 팀이 퍼펙트게임의 희생양이 되는 건 절대 바라지 않기 때문이었다.

퍼펙트게임은 대한민국 프로야구 역사에서 한 번도 일어나지 않는 일이었다.

메이저리그나 재팬리그에서는 여러 차례 기록되었지만 그들의 야구 역사가 우리나라보다 훨씬 길다는 것을 감안하면 거의 기적에 가까운 일이었다.

관중들의 웅성거림이 점점 커지기 시작한 것은 유종혁에 이어 김중근까지 진루하지 못하고 범타로 물러났을 때였다.

이 경기에서 지금까지 강찬이 기록한 삼진 수는 14개까지 늘어났는데 한 경기 최다 탈삼진 기록에도 3개 차로 다가선 상태였다.

한 명의 타자도 진루시키지 않는 완벽한 투구.

오늘 강찬은 누구도 손을 대지 못하는 최고의 투구를 거듭하고 있었다.

관중들이 소란스럽게 변한 것은 타석에 나온 사람이 바로 최성일이었기 때문이었다.

강찬의 연속 탈삼진 기록을 깨버린 주인공.

물론 그의 행동이 비겁했다는 비난도 일었지만 어찌 되었든 강찬의 기록을 깬 것은 사실이었다.

그랬기에 이글스의 팬들은 불안한 심정으로 지켜봤고 트윈스의 팬들은 간절한 염원을 담아 최성일이 안타를 쳐 주길 고대하며 함성을 질러대기 시작했다.

"오빠, 내 손 좀 잡아줘."

"왜?"

"나, 너무 흥분해서 오줌 지릴 것 같아."

"숨 좀 쉬어라. 그러다 잘못하면 큰일 나겠다."

곽선화가 제대로 숨조차 못 쉬고 벌벌 떨어대자 이동렬이 그녀의 손을 꽉 쥐었다.

얼마나 긴장하고 있었는지 그녀는 비 맞은 새처럼 부들부들 떨었는데 얼굴색마저 하얗게 변해 있었다.

하지만 긴장한 것은 이동렬도 마찬가지였다.

퍼펙트게임의 최대 고비인 최성일이 타석으로 나오는 걸 보면서 그는 혀로 입술을 축이며 주먹을 쥐고 움직이지 못했다.

"저놈 이제 번트는 못 대겠지?"

"흥, 대라고 그래. 나쁜 놈. 정면승부도 하지 못하는 놈이 무슨 남자야!"

이동렬의 물음에 곽선화가 신경질을 버럭 냈다.

이전 타석에서 강찬의 연속 탈삼진 기록을 번트로 깨버린 최성일에게 악감정이 남아 있었기 때문이었다.

그 말에 이동렬이 금방 반응했다.

그도 그녀와 별반 다르지 않은 감정을 가졌으니 말이 곱게 나오지 않았다.

"명색이 수위타자란 놈이 번트가 뭐냐, 번트가. 정말 우리나라 프로야구 문제가 있어. 자존심이 없단 말이지."

"저놈은 잠자리도 기술로 승부하겠다고 떠들 놈이야. 아무리 기술이 좋으면 뭐해. 물건이 빳빳해야지. 남자의 생명은 자존심인데 쟤는 그런 게 없는 것 같아."

곽선화의 입에서 아가씨가 해서는 안 될 말들이 연속으로 튀어나왔다.

그랬기에 이동렬은 입을 떠억 벌리고 그녀를 바라봤다.

"오빠 얘기 아니야. 오빠 건 성능 좋다는 거 내가 잘 아는데 뭘."

"하여간 넌, 여자애가……."

"예를 든 건데 뭘 그렇게 심각하게 받아들이세요."

"그래도 너무 야하잖아."

"내가 야한 얘기 해서 섰어?"

"아이고."

"조금만 참아. 내가 이따가 화끈하게 해줄게."

"알았어. 기대하지."

"오빠야, 최성일이 타석에 들어왔다. 일단 우리 경기에 집중하자."

곽선화는 이동렬이 눈을 부릅뜨고 자신을 쳐다보자 섹시한 웃음을 지우고 고개를 운동장 쪽으로 돌렸다.

그녀의 말대로 최성일은 타석에 서서 강찬을 노려보는 중이었다.

"강찬 씨, 삼진으로 잡아버려요. 그러면 내가 이따가 뽀뽀해 줄게요!"

강찬이 공을 쥐고 임관과 사인을 교환할 때 뒤쪽에서 앳된 아가씨의 비명 같은 응원이 튀어나왔다.

물론 강찬에게 들릴 리가 없다.

하지만 너무 긴장된 상태에서 점점 숨을 죽이고 있었기 때문에 그녀의 목소리는 엄청 크게 울려 퍼졌다.

긴장한 와중에 여기저기서 웃음이 흘러나왔다.

오죽했으면 그런 소리가 나왔을지 심정적으로 충분히 공감되었기 때문에 관중들은 뒤를 돌아보며 그녀에게 성원을 보내주었다.

하지만 모든 사람이 그런 것은 아니었다.

"미친년!"

남자들의 성원과는 다르게 곽선화의 입에서 욕설이 불쑥 튀어나왔다.

물론 그녀만 그런 게 아니라 옆과 앞쪽에 앉아 있던 여자들도 마찬가지였다.

여자들은 그녀의 뒷말에 감정이 상한 듯 기분 나쁜 표정을 만들었는데 공통적으로 무슨 말인가를 중얼거렸다.

애인이 옆에 버젓이 앉아 있는 곽선화까지 슬그머니 욕을 한 것은 그만큼 강찬이 여자들의 우상으로 자리 잡고 있다는 뜻이었다.

강찬의 초구는 바깥쪽 158㎞/h의 빠른 직구였다.

그의 패스트볼은 6회부터 구속을 150㎞/h대 후반까지 끌어 올린 채 떨어지지 않았다.

최성일은 초구를 그냥 보내고 타석에서 물러나 강찬을 바라보며 무표정한 표정으로 연습 스윙을 했다.

그의 스윙은 엄청나게 빨라 마치 검객이 검을 휘두르는 것처럼 매서웠다.

그 모습을 보면서 곽선화가 우려의 목소리를 흘려냈다.

"적이지만 정말 배트 스피드는 엄청 빠르네. 수위타자다워. 이전 타석에서 번트만 대지 않았어도 욕먹을 일이 없었을 텐데. 바보 같은 놈."

"강찬이 공이 너무 좋아. 전혀 지치지 않은 것 같다. 최성일의 배팅 속도가 아무리 빨라도 안될 거니까 선화야 걱정하지 마."

"오빠가 책임질 거야?"

"내가 무슨 책임을 져?"

"안심해도 된다며."

"말이 그렇다는 거지."

"하여간 몰라. 오빠가 책임져. 강찬이 안타 맞으면 밤에 한 번으로 끝내주지 않을 테니까 각오해."

"흐흐… 알았다."

연인 관계는 이래서 좋다.

틈만 나면 야한 농담을 해대는 곽선화의 행동은 이동렬의 물건을 수시로 움직이게 만든다.

지금같이 극도의 긴장 상황에서도 그의 몸을 반응하게 만드는 곽선화는 충분히 요부 기질을 가진 여자였다.

강찬의 2구는 몸 쪽 낮은 커브였고 최성일은 이번에도 배트를 꺼내 들지 않고 뒤로 물러났다.

패스트볼에 이은 낙차 큰 커브는 웬만한 타자들에게 즉효약인데 최성일은 날카로운 선구안으로 강찬의 유인에 말려들지 않았다.

1스트라이크, 1볼.

치열한 머리싸움.

강찬과 임관은 한 번에 사인을 결정하지 않고 여러 번 의견을 주고받았는데 그 모습을 관중들은 침을 삼키며 지켜보았다.

일 구 일 구가 초미의 관심사였기 때문에 그럴 수밖에 없었다.

사인을 마친 강찬이 선택한 구질은 슬라이더였다.

몸 쪽으로 들어오다가 사선으로 떨어지며 임관의 오른쪽 무릎으로 파고드는 날카롭게 제구된 공이었다.

문제는 그동안 침묵하고 있던 최성일의 배트가 무서운 속도로 빠져나왔다는 것이었다.

따악!

최성일이 스윙을 하는 순간 모든 관중이 자리를 박차고 일어섰다.

정확하게 임팩트된 공이 2루수 정성화 정면을 향해 빠르게 굴러가는 것을 확인하며 이글스의 팬들은 함성부터 질렀다.

비록 빠른 공이었지만 국가대표 주전 붙박이 2루수를 맡고 있는 정성화라면 충분히 처리할 수 있는 공이었기 때문이었다.

그러나 정성화는 관중들의 바람과는 달리 자신에게 굴러온 공을 글러브로 완벽하게 잡아내지 못하고 옆으로 흘리고 말았다.

그는 급한 동작으로 흘린 공을 향해 뛰어갔으나 최성일은 이미 1루를 지나고 있었다.

정성화가 공을 쥔 채 땅바닥에 무너졌고 일어섰던 이글스의 응원단이 비명을 지르며 다리를 굴렀다.

그들은 자리에 주저앉아 머리를 감싸 쥔 채 믿어지지 않는다는 얼굴로 아직까지 땅바닥에 주저앉은 채 일어서지 못하는 정성화를 향해 욕설을 쏟아냈다.

3개월간의 부상에서 돌아온 정성화는 아직도 자신의 실책이 믿어지지 않는 듯 손에 든 공을 하염없이 바라보는 중이었고 최성일은 또다시 대기록을 깼다는 기쁨으로 손을 번쩍 들고 펄쩍펄쩍 뛰며 기뻐했다.

그의 기쁨에 잠실구장을 가득 채운 트윈스의 팬들도 덩달아 함성을 질러댔다.

비록 지금까지 한 번도 안타를 뺏어내지 못한 채 끌려가고 있었으나 트윈스를 사랑하는 그들은 희망을 버리지 않고 선수들이 강찬을 상대로 역전을 해주기를 간절히 바랐다.

강찬은 최성일이 친 공이 정성화의 정면으로 향하자 길게 한숨을 흘려냈다.

솔직히 연속 삼진 기록은 의식하지 못한 상태에서 이뤄낸 것이었다.

지금까지 연속 삼진 기록이 몇 개인지 알려고 한 적이 없었기 때문에 자신의 기록이 신기록이었다는 것을 임관이 말해준 후에야 알 수 있었다.

감독님을 비롯해서 코치들, 그리고 선수들까지 아무도 자신에게 말해주지 않았기 때문에 그는 수비를 마치고 쉴 때마다 어깨를 보호하며 다음 타자들에 대한 데이터를 확인했고 득점을 성공한 동료들에게 축하를 해주며 시간을 보냈다.

하지만 퍼펙트게임은 달랐다.

그는 애써 의식하지 않으려 했지만 관중들의 환호를 접하면서 회가 거듭될 수록 코치들과 선수들이 그의 옆으로 다가오지 않자 점점 부담감이 커져 가는 중이었다.

7회에 두 명의 타자를 잡아내고 최성일을 상대하게 되었을 때 그 부담은 정점까지 치달았다.

이번 승부에서 최성일만 잡아내면 정말 퍼펙트게임을 달성할 수 있을지 모른다는 생각에 그의 어깨에는 저절로 힘이 들어갔다.

공이 정성화에게 굴러가는 순간 억눌렀던 한숨을 흘려낼 수 있었다.

정말 신기에 가까운 수비를 펼치는 정성화를 보면서 강찬은 몇 번이나 감탄을 터뜨린 적이 있었다.

같은 팀이었지만 그의 수비는 언제나 환상적이었다.

자신 역시 투수를 하면서 기본적인 수비 연습을 했지만 정성화의 신체 반응 속도는 상상을 초월한 정도로 뛰어나서 물샐틈없는 방어 능력을 자랑했다.

그런 그가 공을 빠뜨리고 말았다.

너무 어이가 없어서 한동안 멍하니 서 있을 수밖에 없었다.

최성일이 무사히 1루에 안착하고 기쁨에 겨워 손을 번쩍 드는 것을 확인하고 나서야 정성화가 땅바닥에 주저앉아 있는 걸 발견할 수 있었다.

자신도 모르게 뛰어갔다.

정성화는 자신이 저지른 실책으로 강찬의 대기록이 날아갔다는 자책감에 넋을 잃었고 관중들은 그런 그를 향해 서슴 없이 비수처럼 날카로운 비난을 퍼붓고 있었다.

그에게 달려가 손을 내밀었다.

정성화의 잘못이 아니라고 생각했다.

오랜 부상으로 실전 감각이 조금 떨어져 있었고 마지막 순간에 불규칙 바운드가 생기며 벌어진 일일 뿐이었다.

손을 내밀고 그가 손을 잡아주길 기다렸다.

한동안 주저앉아 강찬을 올려다보던 그의 눈은 부끄러움과 자책감이 잔뜩 들어 있어 마주 바라보기 힘들 만큼 가라앉아 있었다.

"이강찬, 미안하다."

"선배님 잘못이 아닙니다."

"씨발, 미안하다고……. 그러니까 욕해도 돼 새끼야!"

일어서는 정성화의 입에서 거친 욕이 튀어나왔다.

하지만 그의 얼굴은 금방이라도 울 것 같았고 강찬을 바라보는 시선은 더없이 따뜻했다.

정성화는 천천히 강찬의 손을 잡고 일어선 후 자신의 가슴에 강찬을 안았다.

그러면서 강찬의 귀에 대고 중얼댔다.

"강찬아, 언젠가 내가 이 빚 꼭 갚는다. 정말 미안하다. 씨발."

정성화가 미련 없이 자신의 수비 자리로 돌아갔기 때문에 강찬도 마운드로 돌아왔다.

아직까지 퍼펙트게임이 깨진 것에 대한 아쉬움을 감추지 못하던 관중들이 조용하게 박수를 치기 시작한 것은 두 사람이 행동으로 보여준 신뢰와 감동 때문이었다.

그들은 한 팀에 소속된 동료로서 한 번의 포옹으로 서로 간에 대한 미안함과 아쉬움을 한꺼번에 털어냈던 것이다.

실수를 한 정성화에 대한 비난은 강찬의 행동으로 인해 순식간에 수그러들었다.

마운드에는 어느새 임관이 와 있었는데 돌아오는 강찬을 바라보며 특유의 웃음을 머금은 채 기다리고 있었다.

"왜 왔냐?"

"예뻐서."

"지랄."

"설마 인마, 널 안아주려고 왔겠냐."

"그럼 왜 왔는데."

"저놈 때문에 왔지."

임관이 슬쩍 고개를 돌려 1루에 나가 있는 최성일을 가리켰다.

금방 이해를 하지 못해서 강찬이 두 눈을 끔벅이자 임관의 목소리가 슬며시 가라앉았다.

"좆도, 퍼펙트는 깨졌지만 노히트 노런은 해봐야지. 난 이 경기 꼭 잡고 싶다."

"욕심부린다고 해서 되는 게 아니야."

"알지, 욕심부려서 되는 게 아니라는 거. 하지만 저놈이 도루하는 건 못 보겠다."

"그래서?"

"견제 잘하란 뜻이다. 그리고 곤잘레스는 무조건 직구로 승부하고. 걱정 말고 던져. 저 새끼 뛰면 내가 무조건 잡을 테니까."

그때서야 임관의 의도를 알아챘다.

노히트 노런.

퍼펙트는 최성일의 타구를 정성화가 에러를 범하면서 깨졌지만 아직 노히트 노런은 살아 있었기 때문에 무조건 도루를 막자는 생각이었다.

욕심을 부리는 건 아니지만 최선을 다하자는 말에 반대하고 싶은 마음은 눈곱만치도 없었다.

그랬기에 강찬은 임관의 어깨를 두들겨 준 후 홈으로 돌려보냈다.

임관이 포수석에 앉자 강찬은 글러브로 얼굴을 가린 채 사인을 기다렸다.

직구로만 승부한다면 더욱더 신중하게 사인을 봐야 했다.

더군다나 도루를 저지하기 위해서는 코스의 선택이 무엇보다 중요했기 때문에 강찬은 신중하게 사인을 확인한 후 세트포지션에서 움직임을 정지했다.

아마, 최성일도 이 기회를 노릴 것이 틀림없었다.

리드 폭을 최대한 크게 가져가는 이유는 두 가지였다.

하나는 도루의 성공 가능성을 극대화시키기 위함이었고 다른 하나는 타자에게 유리한 승부가 될 수 있도록 투수의 신경을 분산시키기 위함이었다.

강찬은 세트포지션에서 자세를 풀고 두 번이나 견제를 했다.

최성일은 리드 폭이 컸기 때문에 견제를 할 때마다 다이빙을 해야 했는데 강찬이 한 번 더 견제구를 던지자 옷을 털면서 인상이 잔뜩 우그러들었다.

힐끔 눈을 돌려 최성일을 확인한 강찬의 몸이 정지했다.

이럴 때마다 견제구를 던졌기 때문에 최성일은 강찬의 몸이 움찔하자 1루로 몸이 기울어졌다.

하지만 강찬은 견제가 아니라 곤잘레스의 무릎으로 파고드는 패스트볼을 던졌다.

쐐애액… 팡!

최성일의 커다란 리드 폭은 견제구를 양산시켰고 그것이 오히려 곤잘레스의 타격 타이밍을 뺏었다.

계속되는 견제구를 바라보며 '혹시 이번에도'라는 의심을 가졌던 곤잘레스는 강찬이 던진 패스트볼에 반응하지 못하고 그저 멍하니 바라만 보았다.

그로서도 이번 승부가 얼마나 중요한지 충분히 알고 있었다.

하긴 타자뿐만 아니다.

방금 전 실수를 해서 주자를 내보냈던 정성화와 유격수 백성춘은 도루에 온 정신을 집중시킨 채 커버링을 놓치지 않으려고 최성일의 일거수일투족을 감시하는 중이었다.

퍼펙트는 깨졌지만 노히트 노런이 살아 있었기 때문에 관중들의 반응도 초긴장 상태였다.

초구를 스트라이크로 잡아낸 강찬은 공을 받아 든 후 또다시 세트포지션에서 2개의 견제구를 던졌다.

　최성일은 거듭되는 귀루로 인해 온몸이 흙투성이로 변하면서 점점 반응이 신경질적으로 변했다.

　강찬은 글러브로 입을 가린 채 임관을 바라보았다.

　곤잘레스는 배트를 치켜세운 채 자신을 노려보고 있었는데 뭔가 불만이 있는 듯 얼굴이 잔뜩 굳어져 있었다.

　하긴 그럴 만도 했다.

　두 번 나와서 모두 삼진을 당했고 지금은 계속되는 견제구로 인해 타이밍을 자꾸 뺏겼기 때문에 화를 참아내지 못하는 것 같았다.

　강찬은 잠시 눈을 감고 지금의 이 순간을 감상했다.

　긴장이 극에 달한 상황이었지만 눈을 감자 관중들의 외침과 선수들의 숨소리가 한 줄기 바람 속에 잠기며 마치 꿈결처럼 느껴졌다.

　방금 전 이를 드러내며 뭔가를 중얼거리던 최성일의 모습에서 이번에 반드시 뛸 것 같다는 예감이 불현듯 찾아왔다.

　'왜'라고 묻는다면 답하기 곤란했지만 투수의 본능적인 감각이 그럴 것 같다는 생각을 갖게 만들었다.

　그랬기에 세트포지션에서 자세를 풀고 1루로 견제구를 던지기 위해 급히 몸을 돌렸다.

이번에도 실패하면 곤잘레스와의 승부에 집중할 생각이었다.

강찬이 몸을 돌리며 견제구를 던지려 했을 때 최성일은 귀루를 하지 못하고 멍하니 선 채 강찬을 바라보기만 했다.

이미 스타트를 끊었던 최성일은 강찬이 몸을 돌리자 불과 세 발자국만 움직인 후 뛰는 걸 멈추고 말았다.

완벽하게 견제에 걸린 모습이었다.

정성화는 강찬이 던져 준 공을 최성일의 몸에 찍고 고래고래 고함을 질렀는데 마치 형기를 마치고 금방 감옥에서 나온 사람처럼 표정이 밝았다.

와아. 와아!

최성일이 견제사로 아웃이 되자 이글스의 팬들이 미친 사람들처럼 방방 뛰었다.

외야에 있던 이문승을 비롯해서 안상재, 이성렬 등 외야수들과 윤태균까지 달려와 강찬을 찍어 눌렀다.

마치 경기가 끝난 것과 같은 행동이었는데 그들의 얼굴에는 웃음이 가득 들어 있었다.

위기를 넘긴 강찬의 기세는 무서웠다.

8회 들어 강찬은 4번 타자 곤잘레스를 삼진으로 잡은 후 5번 타자 송채영을 유격수 땅볼로 처리하고 6번 타자 하종용마저 삼진으로 때려잡았다.

거의 완벽에 가까운 투구였다.

"정말 대단한 투수요."

"그렇습니다. 오늘 경기만 가지고 본다면 우리나라 프로야구 역사상 가장 뛰어난 피칭이라고 볼 수 있습니다."

"저 사람을 스카우트한 게 황 형이라고 들었는데 사실이오?"

"운이 좋았지요."

뉴욕 메츠의 스카우터 벤 호크가 강찬의 모습을 확인한 후 숨을 몰아쉬었다.

그는 황인호가 자신의 질문에 대답하면서 웃는 것을 보지 못한 채 강찬에게서 눈을 떼지 못하고 있었다.

강찬은 6번 타자를 삼진으로 잡은 후 더그아웃을 향해 걸어 들어가고 있었는데 동양인으로서는 보기 드문 미남이었고 군살 하나 없이 완벽하게 빠진 몸매를 지녔기 때문에 상품성으로도 최고의 조건을 가졌다.

벤 호크는 입에 고인 침을 삼킨 후 강찬의 모습이 보이지 않자 그때서야 입을 열었다.

"운이 좋았다는 건 무슨 뜻입니까?"

"저 친구는 신고 선수로 이글스에 입단했습니다. 그때 마침 내가 그 자리에 없었다면 저 친구를 뽑지 못했을 겁니다.

그래서 운이 좋았다고 하는 겁니다."

"신고 선수란 게 뭡니까?"

"지명을 받지 못해서 야구를 하지 못하게 된 선수들을 테스트를 통해 마지막으로 뽑는데 거기에 뽑힌 선수들을 말합니다. 프로 입단 테스트는 다시 말씀드리면 모든 구단에서 포기한 선수들에게 기회를 주기 위한 제도인데 사실 싼 가격에 가능성이 있는 선수들을 육성하기 위한 프로그램이지요."

"나는 도대체 이해를 하지 못하겠습니다. 이강찬 선수 같은 특급 투수가 어떡해서 지명을 받지 못했단 말입니까?"

"그는 고교 시절에 어깨를 다쳐서 선수 생명이 끊어졌다고 알려진 선수였습니다. 다시 나타나서 신고 선수 테스트를 받았을 때의 직구 스피드는 겨우 130㎞/h에 불과했습니다."

"정말입니까?"

"그렇습니다. 저 친구를 신고 선수로 뽑은 것은 그의 변화구가 상당히 날카로웠기 때문이었습니다."

"그런데 어떻게 저런 패스트볼을 뿌린단 말입니까. 메이저 리그에서도 선발투수가 저 정도의 패스트볼을 뿌리는 건 보기 어려운 일입니다."

"그건 저도 이해가 안 됩니다. 어깨가 고장 난 것을 제가 두 눈으로 똑똑히 확인했었는데 그는 마치 비웃기라도 하듯 무시무시한 공을 뿌려대고 있으니 말입니다."

강찬에 대해서 황인호와 대화하는 것은 오늘이 처음이었다.

그가 대한민국에 들어올 때마다 황인호는 출장 중이었기 때문에 오늘 만남도 몇 번의 연락 끝에 겨우 이루어졌던 것이다.

강찬이 부상을 입었고 신고 선수도 입단했다는 사실은 기본적으로 알고 있었지만 황인호의 설명은 여전히 불투명했다.

그가 듣고 싶은 것은 강찬의 어깨 상태였다.

강찬이 고교 시절 고장 난 부위는 투수에게 치명적인 것이었기 때문에 그의 어깨가 완전하게 치유되었는지가 의심되었다.

그랬으니 이대로 물러설 수가 없었다.

"언제부터 직구 스피드가 좋아지기 시작한 거지요?"

"내가 알기로는 입단 후 5개월 정도 지난 다음부터인 걸로 알고 있어요. 코치한테 어깨가 점점 좋아지고 있다는 말을 했다더군요."

"아직 완쾌되지 않았다는 뜻입니까?"

"완쾌되지 않았는데 저런 공을 던질 수 있을까요?"

"그럼 이제 완치되었다는 겁니까?"

"아마, 그럴 겁니다."

황인호의 대답은 묘했다.

정확하게 긍정도 안 해줬고 그렇다고 부인도 하지 않았다.

대답을 마친 황인호는 정성화가 다섯 번째 타석에서 안타를 쳐 내는 걸 보면서 두 주먹을 불끈 쥐며 기뻐했다.

복귀한 후 첫 안타였는데 꽤 날카롭게 뻗어 나가 2루타를 만들어냈다.

그가 자신도 모르게 웃음을 흘려낸 것은 정성화의 복귀로 인해 이글스의 선두 싸움이 이제 정말 해볼 만해졌기 때문이었다.

정성화의 컨디션이 정상으로 돌아오게 되면 이글스의 전력은 한창 강화될 것이 뻔했다.

벤 호크는 황인호가 대화 도중에 다른 쪽에 신경을 썼어도 여전히 정중한 태도를 잃지 않고 부드러운 표정으로 일관했다.

예전 같았다면 말도 안 되는 일이었겠으나 지금은 절대적으로 아쉬운 건 그였다.

이 자리에서 황인호와 같이 경기를 관람하는 것 자체가 그에게는 행운이었다.

지금 잠실구장에는 양키스의 스카우터 존슨도 와 있는 상태였고 LA다저스의 해밍턴도 자리를 같이하고 있었다.

그들 모두의 목표는 오직 하나, 이강찬뿐이었다.

황인호와 이렇게 경기를 같이 관람할 수 있었던 것은 그가 미국에서 작은 친절을 베풀었던 것이 원인이었다.

황인호가 예전에 마이너리그 선수들을 스카우트하기 위해 미국에 체류할 때 그 역시 마이너리그 경기를 찾아다니다가 지금 이글스의 5번 타자로 활약하고 있는 가르시아의 스카우트에 도움을 준 적이 있었는데 황인호는 그것을 잊지 않고 만나자는 부탁을 흔쾌히 수락해 주었다.

처음 메츠의 톰 클랜시 감독이 강찬을 말했을 때 풀썩 웃고 말았다.

대한민국의 루키에 불과한 투수를 엄청난 투수로 평가하는 감독의 설레발에 그는 대놓고 말하지는 않았지만 경기에 졌기 때문에 핑곗거리를 만든 것이라고 생각했었다.

그러나 그 생각은 강찬의 경기를 보면서 백팔십도로 바뀌고 말았다.

그는 강찬의 경기를 두 번이나 관람했는데 초반에만 잠깐 고전했을 뿐 두 경기 모두 완봉승으로 끝을 냈다.

뒤로 갈수록 무시무시할 정도로 위력적인 공을 뿌려댔기 때문에 그는 경기가 끝난 다음 날 곧장 강찬에게 대시를 했었다.

하지만 강찬의 대리인은 그가 내년이면 자유로운 몸으로 풀린다며 그들의 스카우트 제의를 단박에 거절했다.

꿈에도 생각하지 못할 황당한 계약.

루키라고 들었기 때문에 전혀 예상치 못했던 상황이었는데 막상 그런 상황이 눈앞에 닥치자 눈앞이 깜깜해졌다.

지금 당장은 뉴욕 메츠가 정보력에서 앞서기 때문에 유리한 입장이었지만 이강찬이 대한민국 리그에서 엄청난 활약을 하게 되면 메이저리그에 소속된 구단들이 벌 떼처럼 달려들 것이 분명했다.

그런 계약 조건을 가졌으니 포기하고 싶지 않았으나 어쩔수 없이 물러날 수밖에 없었다.

불과 FA 자격이 일 년밖에 남지 않은 선수가 자신의 몸값을 구단에서 가져가는 계약에 응하지는 않을 테니 말이다.

그런데 불과 세 달 만에 강찬을 포기할 수 없는 상황이 발생하고 말았다.

그 짧은 기간 동안에 강찬은 무서운 일을 벌여놓았다.

이강찬은 무려 21번의 출전에서 18승을 거뒀고 그중 16번을 완투로 끝냈던 것이다.

승 수도 중요했지만 벤 호크를 경악시킨 것은 강찬의 완투 능력이었다.

메이저리그 어떤 투수도 강찬과 비슷한 완투 능력을 가지지 못했다.

완투 능력이 뛰어나다는 것은 퀄리티 스타트와 또 다른 의미를 가지는 것이었다.

혼자 경기를 책임질 수 있는 능력을 가진 투수를 보유한다는 것 자체가 구단에게는 엄청난 플러스 요인으로 작용하기 때문이었다.

장기 레이스에서 계투 요원들을 아낄 수 있다는 것은 어마어마한 이득이었다.

더군다나 강찬은 그런 능력을 보유했으면서 무려 8번의 완봉승을 기록했고 승률은 9할에 육박했으니 그야말로 괴물이라고 부를 만했다.

돈이 얼마가 되든 투자할 가치가 있는 선수였다.

그리고 그 결심은 오늘 이강찬이 보여준 완벽한 경기를 통해 정점을 이뤘다.

하지만 확실히 아직 선결해야 할 몇 가지가 남아 있었다.

"이강찬 선수의 어깨는 괜찮습니까?"

"피지컬 테스트를 해본 결과 완벽했습니다. 아니, 오히려 어떤 선수보다 훌륭한 근육을 보유한 것으로 나타났습니다."

"우리가 강찬 선수의 피지컬 테스트를 할 수 있겠습니까?"

"그건 현실적으로 어려운 일입니다."

"황 선생, 여러 번 말씀드렸지만 우리 메츠는 이강찬 선수를 원하고 있습니다. 도와주십시오."

"도울 수만 있다면 돕겠습니다. 하지만, 제가 도울 수 있는 일은 그리 많지 않을 것 같습니다만……."

"아닙니다, 분명히 있습니다. 우리는 이글스에게 충분한 포스팅 비용을 지불할 의사가 있습니다. 그러니 이강찬 선수가 금년에 우리와 계약할 수 있도록 구단 차원에서 설득해 주십시오."

"어려운 일이군요."

"황 선생에게 개인적으로 충분한 보상을 해드리겠습니다. 그러니 부디 저에게 기회를 주십시오."

"생각해 보겠습니다. 전부가 이익이 될 수 있는 방안을 고려해 보도록 하지요."

"고맙습니다, 황 선생."

벤 호크가 황인호의 손을 두 손으로 꼭 감쌌다.

그는 긍정적인 황인호의 대답에 마치 강찬의 스카우트를 성공한 사람처럼 흥분한 표정을 짓고 있었다.

"전국의 야구팬 여러분, 드디어 이강찬 선수가 아웃 카운트 하나만을 남겨놓고 있습니다. 이제 아웃 카운트 하나만 더 잡으면 이강찬 선수는 프로야구 역사상 13번째로 노히트 노런을 기록하게 됩니다."

"그렇습니다. 더군다나 이강찬 선수는 이번 경기에서 연속 탈삼진 기록까지 경신했기 때문에 노히트 노런 기록을 이룬다면 새로운 역사를 창조하게 됩니다. 그뿐만이 아닙니다. 마지막 9번 타자인 채두환 선수를 삼진으로 잡는다면 한 경기최다 탈삼진 기록에도 타이를 만들면서 투수가 한 경기에 이룰 수 있는 삼진 기록을 한꺼번에 기록하게 됩니다."

김동호의 말에 장춘진이 급히 자료를 뒤적거렸다.

노히트 노런에 정신을 집중하다 보니 강찬의 삼진 기록이벌써 16개나 된 것을 잠시 잊었던 모양이었다.

강찬은 이번 이닝에서도 삼진을 하나 추가하면서 신기록에 한 개 차로 다가섰다.

우리나라 최대 탈삼진 기록은 17개였으니 강찬이 마지막타자를 삼진으로 처리한다면 최다 기록과 동률을 이룬다.

"아, 김 위원님 말씀대로 삼진 기록에 새 역사가 써지는군요. 채두환 선수를 삼진으로 잡아내고 이번 경기가 노히트 노런으로 끝나게 된다면 이번 경기는 프로야구 역사상 가장 완벽한 경기로 기록될 것 같습니다."

"정말 대단한 일들이 벌어지고 있습니다. 다른 때 같았다면 홈팀인 트윈스가 8 : 0으로 지고 있으니 관중들이 자리를뜰 텐데 보십시오, 아무도 움직이지 않잖습니까. 1만 2천의관중들이 대기록을 기다리며 꼼짝하지 않은 채 결과를 주시하고 있습니다."

김동호의 말대로 잠실구장에 가득 들어찬 관중들은 아무

도 움직이지 않았다.

9회 말 2아웃.

이미 경기는 끝난 것이나 마찬가지였으나 관중들은 오히려 손에 땀이 흐를 정도의 긴장감으로 마지막 타자가 타석에 들어서는 것을 지켜보고 있었다.

이미 응원석은 조용해졌고 치어리더들도 자리에 앉은 채 강찬이 만들어낼 대기록을 기다렸다.

드디어 트윈스의 9번 타자 채두환이 타석으로 들어서자 관중의 긴장은 극에 달했다.

그는 트윈스의 중견수를 맡고 있었는데 넓은 수비 폭에 비해 타격이 조금 떨어지는 선수였다.

강찬의 초구는 김동호가 예상했던 것처럼 패스트볼이었다.

바깥쪽 포수의 오른발 무릎 높이로 들어온 직구는 스트라이크존의 모서리에 해당되는 코스였다.

스트라이크!

주심이 유독 과장된 액션으로 스트라이크를 외치자 장춘진의 목소리가 송곳처럼 격앙되었다.

"스트라이큽니다. 초구 스트라이크. 이강찬 선수, 대기록을 눈앞에 두고도 전혀 흔들리지 않고 있습니다. 155㎞/h를 찍은 빠른 직구입니다."

"워낙 코스가 좋아서 채두환 선수가 꼼짝도 못했습니다. 저 코스는 아마 알고 있어도 쳐 내기 어려웠을 겁니다."

"9회까지 이강찬 선수가 던진 공이 135갭니다. 꽤 많은 공을 던졌지만 스피드가 전혀 죽지 않았습니다. 정말 대단한 체력입니다. 말씀드리는 순간, 이강찬 선수 와인드업. 아, 스윙. 채두환 선수, 몸 쪽 낮은 공에 배트가 나갔습니다. 긴장한 모양이군요. 저런 공에 배트가 따라 나간 것은 긴장했다는 뜻이겠지요?"

"긴장한 것도 있겠지만 이강찬 선수의 유인구는 투수 출신인 제가 봐도 절묘합니다. 중계석에서 봤을 때는 터무니없는 공으로 보이지만 저 공은 막상 타석에 서면 스트라이크존으로 날아오는 것으로 착각하게 될 만큼 절묘하게 컨트롤된 공입니다."

"그렇군요. 그나저나 이제 정말 마지막이 될 수도 있겠습니다. 공 하나면 역사적인 대기록이 수립될 수 있습니다. 정말 긴장되는 순간입니다."

강찬은 심호흡을 길게 한 후 글러브를 가슴 높이로 들어 올렸다.

임관과 잠깐의 고민 끝에 유인구를 던지기로 결정했다.

걸려들면 다행이고 아니면 그만이다.

볼카운트는 그에게 절대적으로 유리했기 때문에 섣불리 승부를 가져갈 필요가 없다는 게 임관의 주장이었다.

빨리 승부를 끝장 보고 싶은 마음도 들었지만 임관의 의견을 받아들였다.

푸른 하늘. 관중들의 우레와 같은 함성. 자신을 부르는 그들의 목소리.

그리고 사랑하는 은서의 얼굴.

이 모든 것이 마치 꿈결처럼 그의 머릿속에서 지나가고 있었다.

일부러 만들지 않아도 수많은 연습을 통해 만들어진 투구 폼이 하나의 과정을 거쳐 완성되면서 그의 손을 떠난 공이 무서운 속도로 홈 플레이트를 향해 날아갔다.

전력을 다한 패스트볼.

타자의 가슴 높이로 들어오는 터무니없는 공이었지만 그 속도는 무서울 정도로 빨랐다.

분명한 볼이었고 포수인 임관이 반쯤 자리에서 일어나 받을 정도로 높은 공이었다.

하지만 공이 포수의 미트에 박히는 순간 잠실구장이 떠나갈 듯한 관중들의 함성으로 뒤덮이고 말았다.

채두환이 몸 쪽으로 날아온 높은 공에 배트를 휘두르며 삼진을 당했기 때문이었다.

드디어 강찬의 노히트 노런이 완성되는 순간이었다.

긴장된 표정으로 지켜보던 김남구 감독이 자리에 주저앉았고 물병을 든 채 바라보던 선수들은 함성을 지르며 마운드로 뛰어나갔다.

하지만 강찬에게 가장 먼저 뛰어든 것은 임관이었다.

임관은 그 육중한 몸으로 강찬을 들어 올리며 빙글빙글 돌렸는데 얼마나 좋은지 펄쩍펄쩍 뛰고 있었다.

"허어, 허어!"

최인혁은 텔레비전을 보면서 연신 탄성을 터뜨리다가 기어코 강찬이 노히트 노런을 성공시키자 자리에서 벌떡 일어나 만세를 불렀다.

분식집에는 손님이 없었기 때문에 다행이었지만 주방에서 일을 하던 정숙의 표정은 곱지 않았다.

최인혁의 얼굴은 금방이라도 울 것처럼 변해 있었는데 얼마나 긴장을 하고 있었는지 경기가 끝나자 만세를 부른 후 자리에 털썩 주저앉아 꼼짝도 하지 못했다.

하지만 그의 시선은 텔레비전에서 한시도 떨어지지 않았다.

화면에서는 노히트 노런을 성공시킨 강찬의 얼굴을 클로즈업한 채 계속해서 보여주고 있었다.

얼마 만에 보는 제자의 웃음인가.

강찬은 학교 다닐 때 어떤 즐거운 일이 있어도 희미한 웃음을 짓는 게 끝이었다.

고아로 살아오면서 제대로 웃는 걸 배우지 못했기 때문이었다.

그만큼 고달픈 삶을 살아왔으니 이제 그 얼굴에서 저렇게 환한 웃음이 끊이지 않기를 간절히 바랐다.

아내인 정숙이 텔레비전에 시선을 고정시킨 채 움직이지 못하는 그의 앞에 턱하니 앉은 것은 화면에서 중계방송을 마친다는 아나운서의 멘트가 흘러나올 때였다.

"그렇게 좋아요?"

"강찬이가 노히트 노런을 기록했어. 당신도 알잖아. 그게 얼마나 대단하고 힘든 건지."

"걔가 그걸 한 것하고 우리가 무슨 상관이 있어요. 제발 정신 좀 차려요!"

"또 왜 그래?"

"장사가 안돼서 생활비마저 모자라요. 이번 달에는 은경이 학원비도 못 냈단 말이에요."

"왜 하필 지금……."

최인혁의 눈꼬리가 치켜 올라갔다.

자신도 안다. 집안 형편이 좋지 못하다는 걸.

하지만 굳이 기쁨에 겨워하는 자신 앞에서 그런 소리를 하는 정숙이 마땅치 않았다.

예전 같았으면 한번 째려보는 것으로 말문을 닫았던 아내였으나 정숙은 계속해서 입을 열었다.

"당신은 가장이잖아요. 강찬이한테 신세 진 건 잘 알지만 이렇게 계속 있다가는 우리 집 더 이상 버티지 못해요."

"내가 어떡했으면 좋겠어?"

"나, 분식집 그만둘래요. 그만두고 식당 일을 해볼까 해요."

"당신 정말!"

"그럼 어떡해요. 먹고살기가 힘든데. 당신한테 말은 못 했지만 벌써 두 달 전부터 대출을 받기 시작했어요. 당신이 분식집을 고집해서 어쩔 수 없이 계속 장사를 해왔어요. 하지만 이제 더 이상 그렇게 할 수 없어요."

"음……."

고개를 숙이는 정숙에게 뭐라 말할 수가 없었다.

어쩐지 장사가 안되는 분식집을 끌어안고 가는데도 가겟세를 내면서 살림살이가 돌아가는 걸 보며 이상하다는 생각을 했었다.

하지만 그것이 대출을 받아 꾸려간 것이라고는 꿈에도 생각하지 못했다.

정말 미칠 노릇이었으나 화를 낼 수는 없었다.

상황을 빤히 알면서도 애써 외면했던 자신의 책임이 가장 컸으니 누구를 원망한단 말인가.

그럼에도 기가 막혔다.

제자의 돈을 가로채서 갚은 융자였는데 또다시 대출을 해서 살림살이를 시작하다니 정말 죽고 싶다는 생각마저 들었다.

그랬기에 정숙의 말을 듣고 고개를 푹 숙이고 말았다.

어느새 그의 머릿속에는 강찬의 노히트 노런 대신 당장 내일부터 찾아올 시련이 떠올랐다.

아내인 정숙은 더없이 착한 사람이었지만 그가 학교를 그만둔 후부터는 점점 거칠어져 갔는데 한번 결정을 내리면 되돌아보지 않는 성격이었다.

그리고 그도 분식집을 더 이상 끌고 갈 명분이 없었다.

그나마 조금씩 오던 손님들도 두 달 전부터는 거의 오지 않았기 때문에 가게를 계속해 나간다는 것은 정숙의 말처럼 말도 안 되는 짓이었다.

그랬기에 자신도 가게를 그만둬야 된다는 생각을 속으로 하고 있었다.

하지만 문제는 가게를 그만두는 순간 백수가 된다는 것이었다.

가게 문을 닫고 정숙이 식당 일을 나가면 자신은 정말 할 일이 없어진다.

야구 외에는 해본 일이 없었기 때문에 가게에서 어슬렁거리며 정숙을 돕는 척해왔으나 당장 가게를 닫으면 무슨 일을 해야 할지 앞이 막막했다.

그렇다고 그냥 있을 수도 없으니 공사판이라도 나가야 할 것 같았다.

마누라가 식당 일을 한다면 자신은 막노동을 하는 게 당연한 노릇이기 때문이다.

은서가 강찬이 대기록을 수립하는 순간 그동안의 긴장을 무너뜨리고 울음을 터뜨리자 옆에 있던 김유정이 그녀의 어깨를 감쌌다.

둘의 사랑이 얼마나 힘들었는지 너무나 잘 알기에 은서의 울음의 깊이를 충분히 공감할 수 있었다.

기쁨으로 인해 흘리는 눈물은 언제 봐도 아름다운 것이기에 유정의 얼굴에는 웃음이 가득했다.

그녀는 은서의 눈에서 눈물을 닦아주며 입을 열었는데 잔뜩 흥분한 목소리였다.

"정말 오빠 대단하다. 저거 봐, 앵커 말에 따르면 오늘 경기가 프로야구 역사에서 가장 완벽한 경기였대."

"오늘 아침에 통화했을 때 컨디션이 좋다고 했는데 이렇게 잘 던질 줄은 몰랐어."

"원래부터 잘 던졌는데 뭘. 언터처블 이강찬. 캬, 정말 멋있다."

"투수로서 평생에 한 번 할까 말까 할 기록들을 한꺼번에 수립할 줄은 꿈에도 생각하지 못했어. 난 오빠가 정말 자랑스러워……."

여자가 둘만 있으면 그릇이 남아나지 않는다고 했는데 은서와 김유정은 중계방송이 모두 끝났는데도 오늘 벌어진 경기에 대해서 한참 동안 의견을 주고받았다.

물론 모든 주제는 강찬에 관한 것이었고 오늘 벌어진 경기 내용이 1회부터 재방송되면서 그녀들에 의해 다시 중계되었다.

은서는 언제 울었냐는 듯 예쁘게 웃고 있었는데 무척이나 행복한 모습이었다.

김유정의 입술이 슬쩍 올라간 것은 아마도 은서의 웃음이 너무나 해맑았기 때문일 것이다.

"은서는 좋겠네."

"왜?"

"오빠가 저렇게 야구를 잘하니 뭐가 걱정이겠어. 힘든데 공부 때려치우고 내조나 해. 그까짓 약사 고시 해서 뭐해. 오빠가 돈 잘 벌 텐데."

"바보야, 운동선수는 언제 부상을 당할지 몰라. 그래서 내가 약사 고시에 합격해야 해. 오빠가 혹시 잘못되면 내가 벌어 먹여야 하거든."

"아이고, 열녀 났네."

"열녀라서 그러는 게 아니고 일종의 보험이야. 그리고 4년 동안 죽어라고 공부했는데 결과는 있어야 되잖아."

"잘났다, 잘났어. 그런데 오빠 언제 만나기로 했니?"

"내일까지는 서울에 시합이 있어. 그래서 이틀 후에나 봐야 될 것 같아. 왜?"

"좋겠다. 잘난 애인 뒀으니 얼마나 좋겠어."

"호호. 질투냐, 부러움이냐?"

"둘 다야."

"너도 사귀는 사람 있으면서 웬 질투?"

"있으면 뭐해. 외로운데."

"얼씨구. 애인이 있는데 왜 외로워. 무슨 일 있어?"

"경환 씨가 그걸 잘 못해. 너무 짧아서 난 매번 올라가다가 중간에서 끝나. 아주 미치겠어."

"큰일 났네, 큰일 났어. 정말 그렇게 못해?"

"5분을 못 버텨."

"이런 쯧쯧."

갑작스러운 김유정의 한탄에 은서가 혀를 찼다.

여자들은 가장 친한 친구에게는 비밀이 없다.

그게 자신의 치부를 드러내는 것이라 해도 숨기는 경우가 거의 없었다. 그런데도 김유정이 이제야 이런 이야기를 한다는 건 그만큼 고민이 많았다는 뜻이었다.

할 말 못 할 말 가리지 않고 다 하는 사이였으나 이런 사연에 대해서는 어떻게 말을 해야 몰랐기에 은서는 선뜻 입을 열지 못하고 김유정만 바라보았다.

김유정이 뭔가 생각난 것처럼 입을 연 것은 은서가 앞에 놓아두었던 식은 커피 잔을 들었을 때였다.

"오빠 잘하니?"

"노코멘트."

"하긴 운동선수니까 오죽 잘하겠어. 너 오빠 만나고 올 때마다 얼굴이 해쓱하게 변한 걸 보면 충분히 알 만해. 오빠 한 번으로 끝나지 않지?"

"시끄러워. 얘가 오늘 왜 이래. 뭘 잘못 먹었어?"

"부러워서 그래 이년아."

"그만해. 얼굴 뜨겁다."

"그런데 어디 가서 하냐? MT?"

김유정의 직설적인 물음에 은서의 얼굴이 슬쩍 붉어지며 주변을 바라보았다.

휴게실에는 그녀들 외에도 몇 명이 자리를 차지하고 있었는데 다행스럽게 조금 떨어져 있어서 대화를 듣지 못한 것 같았다.

그럼에도 은서의 목소리는 눈에 띠게 작아졌다.

"가난한 연인이 그렇지 뭐. 다른 데 갈 곳이 없잖아. 그런데 거기도 눈치 봐야 해. 요즘 오빠가 너무 많이 알려져서 사람들이 알아볼까 봐 신경이 쓰여."

"아까 중계방송 때 아나운서가 그러더라. 잠실구장에 메이저리그 스카우터들이 대거 몰려들었다고. 그러니까 조금만 참으면 궁궐 같은 집에서 살 수 있을 거다."

"그러면 다행이지, 나도 오빠가 잘됐으면 좋겠어."

"메이저리그에 스카우트되면 어마어마한 돈을 받을 수 있다고 해. 그러니까 넌 팔자 펴는 거야."

"흐흥, 좋은 얘기다. 그렇게 되면 내가 맛있는 거 많이 사준다."

"맛있는 거 얻어먹을 수도 없겠다. 오빠가 미국에 가면 너도 따라가야 되잖아."

"그건 그러네."

"에휴, 내 팔자야. 둘도 없는 친구가 낭군 따라 머나먼 미국 땅으로 떠나 버리면 난 어떡하지!"

"아직 벌어지지도 않은 일 가지고 호들갑 좀 떨지 마."

"이씨, 거의 그렇게 될 것 같으니까 그렇지. 그러지 말고 오빠한테 얘기해서 나도 야구 선수 좀 소개해 달라고 그래라. 메이저리그에 갈 만한 수준급 선수로 말이야."

은서를 빤히 바라보는 김유정의 눈이 반짝였다.

농담 속에 진담이 있다는 말이 있는데 그 말은 지금의 김유정에게 정확하게 들어맞는 말인 것 같았다.

그만큼 은서를 바라보는 그녀의 눈빛에는 간절함이 담겨 있었다.

제2장
노력, 그리고
결과

　노히트 노런의 대기록 완성과 연속 탈삼진 부문에서 신기록 수립, 한 게임 최다 탈삼진 기록과 타이를 이루면서 언론은 강찬을 새롭게 집중 조명했다.

　수많은 기자가 노렸지만 강찬은 공식적인 기자회견을 한 후 구단의 보호를 받으며 자리를 떠버렸기 때문에 별도의 인터뷰를 성공한 기자는 전무했다.

　강찬은 이글스의 보물이었으니 구단에서는 철저하게 선별해서 언론에 노출시키는 계획을 세웠는데 그 중심에 있는 사람은 바로 최민영이었다.

그녀는 구단의 홍보 책임자이기도 했으며 선수들의 관리를 맡고 있었기 때문에 강찬이 언론의 집중 조명을 받자 정신없이 바빠지기 시작했다.

대한민국에 있는 야구 관련 취재 언론 숫자를 모두 따진다면 어중이떠중이까지 합쳐 백 개가 훌쩍 넘었다.

그중 공영방송과 스포츠 채널 등 방귀깨나 뀐다는 메이저 언론만 꼽아도 서른 개에 달했다.

그랬기에 최민영은 신중에 신중을 거듭해서 가장 영향력이 있는 언론사 5개를 선별한 후 강찬의 인터뷰를 진행했다.

그중 네 개는 호텔로 불러들여 인터뷰를 마쳤지만 야구 판에서 가장 영향력이 있는 '오늘의 프로야구'는 CBS 측의 간절한 요청으로 직접 스튜디오에 나가게 되었다.

처음에는 시합 때문에 거절했지만 야구팬들의 성화가 대단하다며 구단 고위층을 통해 워낙 강력하게 요청해서 거절하기가 어려웠다.

최민영의 설득에 강찬은 두말없이 고개를 끄덕였다.

홍보를 담당하고 있는 그녀가 결정한 내용이라면 조금 귀찮아도 따라주는 게 맞는다는 생각을 가졌기 때문이다.

최민영은 마치 연예인의 매니저처럼 직접 차를 몰고 와서 강찬을 태웠는데 여자 차라서 그런지 무척이나 깔끔했다.

그녀는 산뜻하게 캐주얼복으로 갈아입은 강찬을 향해 살

짝 들뜬 목소리로 말을 꺼냈다.

아마도, 방송국에 가는 것과 단둘이 차를 타고 움직이는 게 약간의 흥분을 주었던 모양이었다.

"강찬 씨, 그렇게 입으니까 멋있네요."

"고맙습니다."

"어제는 정말 대단했어요. 나는 너무 긴장해서 시합이 끝난 후에는 서 있을 힘도 없었어요."

"그저 최선을 다했을 뿐입니다."

"아휴, 멋대가리 없어. 나한테는 그렇게 하지 않아도 돼요. 그냥 생각나는 대로 마구 자랑해도 다 받아줄 테니까 마음껏 자랑해 봐요."

"하하, 그래놓고 뒤에서 흉보려고 그러죠?"

"호호, 마음에 안 들면 그럴 수도 있겠네요."

강찬의 농담에 그녀가 마주 반응하며 유쾌하게 웃었다. 그러면서 눈을 돌려 강찬을 바라보는 걸 잊지 않았다.

운전하는 와중에 눈을 돌리는 것은 위험한 일이었으나 그녀는 수시로 강찬을 바라보며 시선을 맞추곤 했다.

CBS 방송국은 여의도에 있었기 때문에 잠실에서 출발한 그들은 기의 한 시간이 넘어서 도착할 수 있었다.

차가 밀리는 퇴근 시간을 피했는데도 올림픽대로는 차들로 꽉 들어차 전혀 속도를 높일 수가 없었다.

그 시간 동안 최민영의 질문은 끝없이 지속되었다.

그녀는 이런 기회를 기다리기라도 한 것처럼 강찬의 어렸을 적 일부터 은서와 살아온 이야기, 그리고 절망 속에서 자살을 위해 산으로 들어간 후 벌어진 일들에 대해서 꼬치꼬치 캐물었다.

남들이 보면 기자인 줄 알 정도로 강찬의 모든 것을 알아내야 할 사명감이 있는 사람처럼 열심히 물어댔다.

강찬은 그녀의 대답에 조근조근 대답해 줬다.

어차피 노출된 이야기였으니 거기에 조금씩 살을 더 붙여서 대답하는 건 그리 어려운 일이 아니었다.

그럼에도 그녀는 강찬의 대답에 연신 감탄과 한숨, 그리고 웃음과 연민을 동시에 나타내곤 했다.

마침내 방송국이 눈으로 보이기 시작했을 때 그녀의 입에서 나온 말은 강찬이 가장 걱정했던 것이었다.

"나, 아직 강찬 씨 좋아해요. 알고 있었죠?"

"네."

"하지만 그걸로 끝낼 생각이에요. 애인 있는 사람을 좋아하는 거 생각보다 훨씬 비참하거든요."

"고맙습니다."

"그래도 옆에 있을 겁니다. 친구처럼. 그래도 되죠?"

"그럼요. 민영 씨의 도움 항상 고맙게 생각하고 있어요. 그렇게 해주세요."

"그런데 사실 사심이 있다는 거 미리 밝혀둘게요. 친구처럼 지내다가 그럴 경우는 별로 없겠지만 강찬 씨의 애정 전선에 문제가 생겨서 은서 씨와 헤어지기라도 한다면 저한테 우선권이 있다는 거 잊지 말아요."

"하하… 그런 일은 없을 겁니다. 기대하지 마세요."

"만약이라고 했잖아요!"

터무니없는 말에 강찬이 웃음을 흘리자 최민영이 도끼눈을 부릅떴다.

물론 장난기가 담긴 얼굴이었다.

그랬기에 강찬은 여전히 웃음을 머금고 그녀의 협박을 인정하고 말았다.

장난을 심각하게 받아들이는 것처럼 멍청한 짓도 없기 때문이다.

"알았어요. 만약 그런 일이 벌어진다면 민영 씨한테 우선권을 줄게요."

'오늘의 프로야구'는 황주희가 맡고 있던 프로야구 간판 프로그램으로 CBS 측에서 주력으로 밀고 있는 프로그램이었다.

비록 지금은 야구여신으로 통했던 황주희가 스캔들로 인

해 잠시 쉬고 있었지만 대타로 나선 서혜린이 워낙 시청자들의 오감을 자극하며 진행을 잘했기 때문에 여전한 인기를 누리고 있었다.

CBS 방송국으로 들어서자 기다리고 있던 '오늘의 프로야구' FD가 자신을 소개한 후 앞장서서 스튜디오가 있는 8층으로 안내했다.

FD는 강찬과 최민영을 대기실에서 기다리게 한 후 차례가 되면 부르겠다는 말을 남기고 자리를 떴다.

게스트가 머무는 대기실에는 대형화면이 설치되어 있어 프로그램의 진행을 한눈에 볼 수 있는 구조였다.

오프닝 멘트에 이어 오늘 벌어졌던 경기들의 하이라이트가 방송된 후 서혜린의 질문과 패널들의 경기 분석이 한동안 진행되었다.

오늘 경기에서 이글스는 또다시 트윈스를 잡아내고 드디어 라이온즈와 동률을 이루었기 때문에 해설위원들은 이글스의 약진에 대해서 거품을 물고 있었다.

그때 잠자코 방송을 지켜보던 최민영이 불쑥 입을 열었다.

"난 쟤 기분 나빠요."

무슨 소린지 몰라서 그녀의 시선을 따라가자 연신 웃음을 머금고 해설위원들의 설명에 고개를 끄덕이고 있는 서혜린이 눈에 들어왔다.

그녀는 오픈된 세트로 인해 전신이 그대로 드러나고 있었는데 얼마나 짧은 치마를 입었는지 조금만 잘못하면 팬티까지 보일 지경이었다.

이것도 방송국의 전략이다.

프로야구팬들의 대부분이 남성이다 보니 방송국에서는 앵커를 미모의 여자 아나운서로 배정하는데 최대로 각선미를 나타낼 수 있는 옷차림을 권유한다.

그것은 서혜린뿐만 아니라 다른 방송국과 종편들의 야구 관련 여자 앵커들이 공통적으로 하는 행동들이었기 때문에 이제는 당연시되는 것이었는데 최민영이 도발적인 발언을 하자 쉽게 이해가 되지 않았다.

강찬이 반응을 보이지 않자 최민영의 얼굴이 샐쭉하게 변했다.

"강찬 씨도 저런 타입 좋아해요?"

"무슨 소린지 모르겠어요."

"색기가 흐르는 얼굴 좋아하냐고요?"

이제야 무슨 소린지 알아들을 수 있었다.

최민영은 서혜린의 외모가 마음에 들지 않은 모양이었다.

하긴 서혜린의 외모는 다른 여자들과 차별성이 있기는 했다.

야구여신으로 통했던 황주희도 노출을 마다하지 않았지만

청초한 외모로 남성들의 사랑을 받았는데 서혜린은 그녀와 전혀 반대의 색시미를 지녔다.

도톰한 입술, 웃을 때마다 얼굴에 생겨나는 보조개, 그리고 뇌쇄적인 눈빛은 남자들의 마음을 흔들기에 충분한 것이었다.

강찬이 늦게 무슨 뜻인지 알아챈 듯하자 최민영의 목소리가 조금 더 올라갔다.

"남자 홀리기 딱 좋은 얼굴이에요. 더군다나 옷 입은 거 보세요. 여자 앵커들이 대부분 미니스커트를 입고 나오지만 쟤처럼 짧게 입지 않아요. 내가 봤을 때 3㎝ 정도 더 올린 것 같아요."

할 일이 없어서 그런가, 아니면 괜한 심통이 났기 때문인가.

최민영은 그녀의 외모에 이어 미니스커트의 길이까지 시비를 걸었다.

그랬기에 강찬이 풀썩 웃자 그녀가 억울한 듯 급히 말을 이었다.

"그냥 하는 말이 아니라구요. 미니스커트에서 길이 1㎝ 차이가 얼마나 큰 줄 아세요? 저 정도면 남자를 잡아먹겠다는 것과 똑같아요."

처음 보는 모습이다.

언제나 커리어 우먼답게 통 큰 행동만 봐왔는데 최민영이 서혜린의 외모와 복장을 보며 심통을 내자 전혀 다른 사람을 보는 것 같았다.

그때 다행스럽게 FD가 급하게 문을 열고 들어오며 준비해 달라는 사인을 보내왔다.

갑자기 긴장이 되었다.

녹화방송도 아니고 생방송으로 진행되기 때문에 자칫 말 실수라도 하면 주워 담기도 어렵다.

미리 오기 전에 최민영이 마련해 준 예상 질문과 답변서를 머릿속에 외우고 왔지만 긴장되는 건 막을 수가 없었다.

자리에서 일어나자 투덜대던 최민영이 따라 일어서며 강찬의 옷매무새를 만져 주었다.

정말 오늘 하루는 전용 비서처럼 행동하는 그녀였다.

"강찬 씨가 오늘 주인공이에요. 당황하지 말고 준비한 대로만 하세요. 알았죠?"

먼저 어제 만들어냈던 노히트 노런에 대한 영상이 화면을 가득 채운 후 강찬이 동료 선수들에게 둘러싸여 기쁨의 웃음을 웃는 장면에서 화면이 정지되며 서혜린의 멘트가 이어졌다.

"야구팬 여러분, 어제 프로야구 역사상 13번째 노히트 노런의 대기록이 이뤄졌고. 지금 스튜디오에 그 주인공인 이강찬 선수가 나와 있습니다."

서혜린의 소개에 강찬이 스튜디오로 걸어 나와 정중하게
인사를 한 후 그녀가 마련해 준 의자에 앉았다.

스튜디오에는 서혜린을 포함해서 해설위원으로 활동하고
있는 김명호와 양일석이 같이 자리를 했기 때문에 세 명이 강
찬을 맞이했는데 그들은 강찬을 무슨 연예인 보는 것처럼 행
동했다.

하긴 이해가 될 만도 하다.

요즘 들어 가장 많이 언론에 노출되는 스포트 스타를 꼽으
라면 단연 강찬이었다.

믿어지지 않는 강한 어깨로 대부분의 경기를 완투로 장식
하는 그는 어제 노히트 노런까지 기록하면서 모든 언론과 방
송에서 가장 모시기 어려운 스타가 되었는데 강찬을 오늘 스
튜디오에 출연시키기 위해 CBS의 사장이 직접 이글스의 모
기업 회장에게까지 전화를 했을 정도였다.

서혜린은 강찬이 자신의 옆에 앉자 특유의 뇌쇄적인 웃음
을 담은 채 입을 열었다.

막상 옆에 와서 지켜보자 화면으로 보는 것보다 훨씬 더 색
기가 흐르는 얼굴이었다.

튼튼한 심장을 가진 남자라도 그녀의 웃음 앞에서는 금방
무장해제가 될 정도로 서혜린의 외모와 웃음은 사내의 혼을

앗아갈 만큼 특별했다.

하지만, 그런 그녀도 강찬이 나오자 긴장하는 모습을 보였다.

그녀의 목소리는 평소보다 높고 경쾌했는데 조금 들떠 있는 것 같았다.

"이강찬 선수, 먼저 대기록을 세운 것 축하드립니다."

"감사합니다."

"노히트 노런은 평생 동안 한 번 하기도 어려운 기록인데 경기가 끝났을 때의 심정은 어떠셨나요?"

"기뻤습니다. 노히트 노런이란 대기록은 혼자만의 힘으로 할 수 있는 게 아니라고 생각합니다. 제가 기록을 수립할 수 있도록 도와주신 우리 팀 선수들께 이 자리를 빌려 다시 한 번 감사 인사를 드리겠습니다."

강찬이 고개를 숙여 인사를 하자 서혜린이 멘트를 끊고 기다렸다.

그녀의 입이 다시 열린 것은 강찬이 인사를 하면서 흩어졌던 옷매무새를 만질 때였다.

"어제 마지막 타자를 남겼을 때의 심정은 어땠나요. 매우 떨리셨을 텐데요?"

"경기에만 집중하다 보니 그 당시에는 아무런 생각도 없었습니다. 기록을 의식했지만 막상 타자와 승부할 때는 그런 마음을 잊어버렸던 것 같습니다."

"연속 탈삼진 신기록 행진이 아쉽게 최성일 선수로 인해 깨졌습니다. 정당한 승부가 아니었다는 비난 여론이 있었는데요. 거기에 대해서는 어떻게 생각하시죠?"

"그 선수를 비난할 생각은 전혀 없습니다. 번트도 엄연히 야구 기술 중의 하나기 때문에 정당한 승부가 아니라는 의견은 맞지 않다고 생각합니다."

"최성일 선수로 인해서 퍼펙트게임도 깨졌는데요. 이강찬 선수와는 정말 악연인 것 같습니다. 솔직히 밉지 않았나요?"

"최성일 선수는 현재 프로야구를 이끌어가고 있는 수위타자로서 대단한 능력을 지닌 선수입니다. 그런 선수가 있기에 제가 더 발전해 나갈 수 있다고 생각합니다. 승부의 세계에서 미움이란 단어는 어울리지 않는 것 같습니다."

강찬의 대답에 서혜린이 해설위원들을 바라보았다.

황주희와 달리 그녀는 주로 최성일과의 악연에 대해서 질문을 던졌는데 강찬이 자신의 의도에 말려들지 않자 도와달라는 신호를 보냈다.

하지만 김명호와 양일석은 그런 서혜린의 시선을 비껴내고 자신들이 준비한 질문들을 했다.

양일석은 투수 출신답게 어제 경기에서 던졌던 구질과 완투 능력에 대해서 주로 질문했고 반대로 김명호는 타자 입장에서 강찬이 던지는 유인구가 얼마나 무서운 위력을 발휘하는지에 대해서 집중 조명했다.

그는 강찬이 마지막 타자를 삼진으로 처리한 공을 언급하면서 찬사를 늘어놓았는데 자신이 타석에 섰어도 배트가 나갔을 거라는 말을 했다.

해설위원들의 질문을 지켜보던 서혜린의 표정이 점점 변해갔다.

윗선으로부터 가급적 최성일과의 관계에 대해 대화를 이끌어가라는 지시를 받았는데 엉뚱한 질문만 하고 있었으니 답답한 마음이 들었기 때문이다.

해설위원들은 방송 전에 서혜린의 부탁에 대해서 알았다며 고개를 끄덕였었는데 막상 방송에 들어와 강찬의 대답을 들은 후에는 거기에 대해서 전혀 입을 열지 않았다.

같은 야구인으로서 강찬이 구설수에 오르는 걸 스스로 만들고 싶지 않았던 모양이었다.

하지만 서혜린은 금방 표정을 바꾸고 해설위원들의 질문을 끊었다.

이제 강찬 모르게 CBS 측에서 준비한 폭탄을 터뜨릴 차례였다.

오늘 강찬을 스튜디오에 끌어낸 진짜 이유는 바로 이것이었다.

"지금 스튜디오에 귀중한 손님이 한 분 더 와계십니다. 바로 뉴욕 메츠의 스카우터 벤 호크 씨입니다."

서혜린의 소개가 끝나자 벤 호크가 멋진 정장을 걸쳐 입고 강찬이 나왔던 문을 통해 스튜디오로 들어왔다.

비어 있던 하나의 의자.

강찬은 1개의 의자가 여유분으로 있는 것을 봤지만 주인이 있을 거란 생각은 전혀 해보지 않았는데 벤 호크는 미리 약속이 된 것처럼 자연스럽게 자리를 차지했다.

벤 호크가 나오자 서혜린이 능숙한 솜씨로 인사를 한 후 그를 자리에 앉히고 질문을 시작했다.

대부분의 방송은 외국인이 나왔을 경우 통역을 붙이지만 오늘은 벤 호크만 덜렁 나왔기 때문에 서혜린이 혼자 질문과 통역을 동시에 해나갔다.

뇌쇄적인 외모와는 다르게 서혜린은 유창한 영어 실력을 자랑했는데 먼저 우리말로 말한 후 영어로 벤 호크에게 질문하는 식이었다.

"안녕하세요. 벤 호크 씨. 만나서 매우 반갑습니다. 뉴욕 메츠의 스카우터로 알고 있는데 한국에는 어쩐 일로 오셨습니까?"

"이강찬 선수를 보기 위해 왔습니다."

"정확히 무슨 뜻인지 물어봐도 되겠습니까?"

"우리 뉴욕 메츠는 이강찬 선수를 스카우트하기를 원하고 있습니다."

"대개의 경우 스카우트는 비밀리에 하는 것으로 아는데 메츠 측의 행보는 매우 다르군요. 혹시 이유라도 있나요?"

"있습니다."

"물어봐도 되겠습니까?"

"다른 어떤 구단보다 메츠가 이강찬 선수를 간절히 원하기 때문입니다. 지금 양키스나 다저스에서도 스카우터가 넘어와서 이강찬 선수를 지켜보고 있다는 걸 저희들도 잘 알고 있습니다. 앵커께서 말씀하신 대로 스카우트는 비밀리에 진행하는 암묵적인 룰이 분명히 존재합니다. 하지만 메츠가 이렇게 공개적인 방송에 나온 이유는 이강찬 선수와 대화할 수 있기를 원해서였습니다."

"이강찬 선수를 만날 수 없었던 모양이군요."

"무슨 일 때문인지 이강찬 선수는 나를 비롯해서 모든 스카우터들을 줄곧 피해왔습니다. 그래서 오늘 이강찬 선수가 출연한다는 소리를 듣고 지인께 부탁해서 자리를 함께한 것입니다."

"그렇다면 두 분이 대화할 수 있는 기회를 드려도 될까요?"

서혜린이 바라본 것은 벤 호크가 아니라 이강찬이었다.

벤 호크야 목을 맨 사람이니까 물어볼 필요도 없지만 강찬이 거부하면 방송은 순식간에 개판이 될지도 몰랐다.

하지만 벤 호크가 나오면서 심각하게 얼굴이 굳어졌던 강찬은 서혜린이 자신의 눈치를 보며 물어오자 표정과는 다르게 천천히 입을 열었다.

"저는 아직까지 스카우터와 직접적인 대화를 한 적이 없습니다. 대화할 필요성을 느끼지 못했고 만나도 할 말이 없었기 때문입니다. 하지만 이런 자리까지 마련되었으니 팬 여러분을 위해서라도 성심성의껏 질문에 대답하겠습니다."

강찬의 대답에 서혜린의 얼굴이 순식간에 밝아졌다.

스튜디오에 있던 십여 명의 스태프들도 움직임이 분주해졌는데 프로그램을 담당하는 PD는 자신의 시계를 가리키며 빨리 진행하라는 듯 시뻘게진 얼굴로 팔을 빙빙 돌려댔다.

벌써 정규 프로그램 방송 시간은 10분이나 지나고 있었으나 담당 PD는 방송을 끊지 않은 채 그냥 진행시켰다.

탁월한 감이다.

이건 방송 시간이 문제가 아닐 정도의 특종이었기 때문에 어떤 누가 와서 시비를 걸어도 충분히 버텨낼 자신이 있었다.

서혜린이 강찬의 말을 통역해 주자 벤 호크가 기다렸다는 듯이 입을 열었다.

"이강찬 선수, 뉴욕 메츠는 메이저리그의 수많은 팀 중에서도 작년 디비전 시리즈에 올랐던 강팀입니다. 메츠는 당신을 원하고 있습니다. 우리 팀에 들어올 의향이 없습니까?"

"저의 최종 목표는 메이저리그입니다. 당연히 언젠가는 진출한 것이지만 그러기 위해서는 많은 것들이 선결되어야 합니다."

"어떤 것들을 말하는 겁니까?"

"그것은 내 입으로 말하지 않을 생각입니다. 때가 되면 제 대리인이 그런 것들에 대해서 이야기할 날이 올 것입니다."

"참으로 답답하군요. 메츠는 이강찬 선수와 보다 더 진일보된 대화를 원하고 있습니다. 이강찬 선수가 직접 언급하기 뭐하다면 대리인과 협상을 진행해도 되겠습니까?"

"그것은 제 대리인이 결정할 것입니다. 그러나 찾아갈 때는 미리 전화를 하고 가는 게 좋을 겁니다. 그분은 오늘처럼 무작정 찾아갔을 경우 저와 달리 냉정하게 대할 테니 말입니다."

"대리인이 청주에 있는 미스터 최가 맞습니까?"

"그렇습니다."

"그 사람이 당신의 에이전트까지 동시에 진행하는 건지 알고 싶습니다."

"물론입니다."

"당신은 미스터 최의 결정에 무조건 따를 생각입니까?"

"저의 선생님은 언제나 독단으로 결정하지 않습니다. 저를 위해 최선의 선택을 하시는 분이기 때문에 가급적 일임할 생각입니다."

"당신의 의견과 맞지 않아도 그런가요?"

"그렇게는 되지 않을 것입니다. 선생님께서는 계속해서 저의 의견을 들은 후 일을 진행하기 때문에 그분의 결정에는 저의 의견도 포함되었다고 보시면 맞을 겁니다."

"혹시 다른 팀에서 스카우트와 관련한 오퍼를 받은 적이 있습니까?"

"그것은 말씀드리지 않겠습니다. 자, 이제 저는 대화를 그만했으면 합니다. 선수가 이렇게 직접 스카우터와 대화하는 것은 옳지 못한 일임에도 이렇게 대화를 하게 된 것은 '오늘의 프로야구'가 저에게 보여준 호의에 보답하기 위함이었음을 알아주셨으면 고맙겠습니다."

강찬이 서혜린을 쳐다보며 말을 끊었다.

서혜린의 입장에서는 PD가 전화 통화를 하면서 계속 진행하라는 사인을 보내왔기 때문에 두 사람의 대화를 이어가려 했으나 강찬이 입을 닫아버리자 더 이상 진행이 어렵게 돼버렸다.

난감한 상황이 발생했기 때문에 스튜디오가 잠시 동안 정적에 빠져들었다.

하지만 서혜린은 그 정도를 커버하지 못할 만큼 멍청한 앵커가 아니었기에 즉시 강찬의 마지막 말을 통역한 후 벤 호크의 반응을 기다렸다.

그러자 벤 호크는 아쉬운 얼굴로 강찬을 바라보았다.

"이강찬 선수. 오늘 이 자리가 불쾌하지 않았기를 진심으로 바라겠습니다. 하지만 미리 허락을 받지 않고 이렇게 이강찬 선수를 만나러 나온 것은 그만큼 우리 메츠가 이강찬 선수를 간절하게 원하기 때문임을 알아주십시오. 메츠는 이강찬 선수를 위해 많은 부분을 고려할 수 있다는 것을 미리 말씀드리는 바입니다. 그러니 기회가 된다면 우리 메츠에게 우선 협상의 기회를 주시기를 기대하겠습니다."

벤 호크가 기나긴 말을 끝내고 입을 닫았다.

그러자 서혜린은 벤 호크의 말을 동시통역하면서 거의 울 것과 같은 얼굴을 만들었다.

지금까지 메이저 구단에게 이렇게까지 간절한 구애를 해 온 적이 한 번이라도 있었단 말인가.

메츠의 스카우터 벤 호크의 얼굴은 진심이 가득 담겨 있어 강찬을 바라보는 시선이 마치 짝사랑하는 여인의 눈빛과 비슷했다.

그랬기에 서혜린은 통역을 하면서 가슴에서 뜨거운 것이 복받쳐 오르는 걸 참아내지 못했다.

메이저 구단의 간절한 구애에도 당당하게 맞서는 이강찬.

그의 모습이 너무 멋져 보여 그녀는 자신도 모르게 눈을 떼지 못했다.

정말 치명적인 매력을 가진 남자다.

강찬은 서혜린의 말을 듣고 그저 조용하게 고개만 끄덕였다.

비록 직접적으로 알아듣지 못했지만 통역을 하기도 전에 그의 마음을 알아챌 수 있었다.

사람의 마음은 그 사람의 행동과 눈빛에 따라 얼마든지 표현이 가능했기 때문인데 벤 호크의 눈빛은 절박한 심정을 그대로 나타내고 있었다.

서울에서 벌어진 트윈스와의 주중 2연전을 모두 이긴 이글스는 하루의 달콤한 휴식을 가졌다.

라이온즈와 동률을 이뤘기 때문에 이제부터는 한 게임 한 게임이 진검승부가 될 수밖에 없었다.

비록 내일부터 다이노스를 홈으로 불러들여 2연전을 펼치게 되나 이글스 선수들은 대전에 도착하자마자 환호성을 지르며 가족들의 품으로 돌아갔다.

하루가 지나면 또다시 치열한 전쟁을 치러야 하지만 녹초가 된 몸은 가족들의 품을 그리워하며 휴식을 간절하게 원했다.

강찬은 은서를 대학교 앞에서 픽업한 후 곧장 차를 몰아 대전 외곽의 자주 가는 레스토랑으로 데려갔다.

임관에게 빌린 중형차는 아직도 쓸 만해서 그런대로 안락한 드라이브를 할 수 있었다.

돌체는 대전에서 유성 방향으로 10km 정도 떨어져 있는 외딴 레스토랑이었는데 안락한 분위기와 음식 맛이 좋았고 전부 룸으로 이루어져 있어 사람들의 시선을 피하는 데 적격이었다.

사랑하는 사람과 같이 보내는 시간은 꿈결같이 지나간다.

점심을 먹고 돌체에서 조금 떨어진 호수를 걸으며 마음껏 사랑을 속삭인 두 사람은 변장을 마치고 시내로 돌아와 요즘 한창 인기 있는 영화까지 봤다.

영화는 천만 관중을 동원했다고 했는데 액션과 웃음 코드가 적절히 배치되었고 마지막 순간 관객들을 펑펑 울게 만들 정도의 감동까지 가미되어 상영이 끝나고도 쉽게 자리에서 일어나지 못하게 만들었다.

강찬은 한동안 은서가 눈물을 그칠 때까지 기다렸다가 그녀가 그를 보며 배시시 웃은 후에야 천천히 자리에서 일어났다.

은서는 어릴 때도 눈물이 많더니 어른이 되어도 이렇게 슬피 울곤 한다.

그럼에도 예쁘고 사랑스럽다.

슬픈 것을 보면 슬퍼하고, 기쁜 것을 볼 때면 환하게 웃은 은서가 그는 세상에서 제일 사랑스러웠다.

"오빠야, 좋았어?"

"바보, 그건 남자가 물어보는 말이야."

"히힛, 그럼 물어봐."

"싫어."

"왜?"

"별로였다고 그럴 거잖아."

"아니야, 나 정말 좋았어."

은서가 강찬의 품으로 파고들었다.

그토록 순수하고 착하던 은서는 언제부턴가 아주 대놓고 야한 이야기를 했는데 전혀 천박해 보이지 않았다.

처음에는 은서의 손을 만지는 것도 죄를 짓는 것 같았다.

오랜 세월 동안 동생으로 지내왔던 은서를 여자로 대한다는 건 생각보다 훨씬 어려운 일이었다.

그럼에도 사랑은 두 사람을 자연스럽게 하나가 되도록 만들었다.

청혼을 했고 혼인을 받아들인 두 사람에게 감정의 제약은 한순간의 장애물에 불과했다.

은서는 생각보다 훨씬 적극적이었다.

처음에는 머뭇거리고 부끄러움에 정신을 못 차리더니 시

간이 지나자 점점 대담해졌다.

김유정의 말대로 강찬은 오랜 세월 동안 운동으로 다져진 몸을 지녔기 때문에 섹스에 대해서 일반인보다 훨씬 뛰어난 정력을 가졌지만 은서는 그런 강찬을 무리 없이 감당했고 오히려 어떨 때는 더 적극적이었다.

부부가 잘 살기 위해서는 속궁합이 잘 맞아야 한다는데 그런 면에서 봤을 때 강찬과 은서의 속궁합은 천생연분이라 볼 정도였다.

은서는 품에 안긴 상태에서 강찬의 얼굴을 빤히 바라보며 손끝으로 입술을 간지럽혔다.

"오빠, 어제 텔레비전에 나오는데 정말 잘생겼더라. 여자들이 오빠 때문에 상사병에 걸린다던데 충분히 이해가 됐어."

"그거 다 인기가 만들어낸 신기루야. 내가 인기를 얻기 전에는 아무도 날 쳐다보지 않았어. 그러니까 그건 분명 손으로 찌르면 터지는 물방울 같은 걸 거다."

"바보, 그거 물방울 아니야. 오빠가 예전으로 돌아가지 않듯이 여자들이 오빠를 바라보는 선망의 시선도 현실이 될 수밖에 없어. 걱정이야, 그런 여자들이 많아서."

"우리 은서, 질투하는구나?"

"질투가 아니라 겁내는 거야. 오빠 뺏길까 봐."

"그러니까 빨리 결혼하자. 난 빨리 같이 살고 싶어. 우리 은서하고 헤어져 있으면 보고 싶어서 어쩔 줄을 모르겠어."

"정말이지?"

"그럼."

"시즌 끝내고 약사 고시 마치면 빨라도 내년 3월은 되어야해. 얼마 남지 않았으니까 참아. 나도 오빠하고 함께 있고 싶지만 이렇게 잘 참고 있잖아."

"쩝, 알았다."

"그나저나 오빠 우리 정말 미국 가는 거야?"

"몰라. 선생님이 알아서 하겠지."

"그럼 선생님이 결정하면 미국 가야겠네."

"언젠가는 가야 해. 나도 메이저리그에 가서 뛰고 싶으니까 선생님이 결정하는 대로 따를 거야. 내 꿈은 월드시리즈에서 이기고 우승 반지를 끼는 거거든."

"어제 그 사람은 뉴욕 메츠 팀 스카우터잖아. 거기로 갈 생각이야?"

"왜 그렇게 생각해?"

"어제 오빠가 그 사람을 바라보는 시선이 무척 호의적이었어. 다른 사람은 몰라도 나는 알아. 오빠가 그런 눈을 하면 거의 반쯤 넘어간 거니까 그렇게 생각할 수밖에 없잖아."

"하하, 은서가 잘 봤네. 하지만 아직 결정된 건 아무것도 없어. 그건 그 사람에 대한 내 감정이 좋았던 거고 계약은 다른 거니까 쉽게 생각할 일이 아니야."

"이왕 가는 거 우리나라 사람들 많이 사는 곳으로 가고 싶다. 오빠, 우리 LA에 가는 건 어때?"

"LA다저스 말하는 거니?"

＊　　　＊　　　＊

황인호가 사무실로 들어서자 소파에 앉아 있던 백성춘이 고개를 번쩍 쳐들었다.

백성춘의 앞에는 식은 찻잔이 놓여 있었는데 그 옆에는 단장인 윤종운이 심각한 표정으로 앉아 있었다.

구단주인 백성춘은 윤종운과 대화를 나누고 있었던 모양인데 탁자에는 메이저리그에 소속된 구단들의 자료가 여기저기 흩어져 있었다.

"어서 와, 차가 좀 막히지?"

"아닙니다. 갑작스럽게 연락을 받아서 조금 늦었습니다. 죄송합니다."

황인호는 머리부터 숙여서 미안함을 표현했다.

비록 백성춘이 도로 사정으로 인해 늦었을 것이란 핑계를 마련해 줬지만 그는 그것을 받아들이지 않고 자신의 실수였음을 순순히 인정했다.

이것이 그가 뛰어난 스카우터로 살아가는 방식이었다.

자신보다 먹이사슬이 높은 사람에게는 언제나 신뢰를 심어주는 것이 무엇보다 중요하다는 걸 그는 머릿속 깊이 각인해 놓고 살아왔다.

백성춘 역시 늑대다.

황인호가 자신의 실수를 인정하고 머리를 숙이자 풀썩 웃으며 고개를 절레절레 흔들었다.

오랜 세월을 강호에서 살아온 늑대들은 상대방의 의중과 자신의 생각을 가급적 일치시키기 위해 노력하기 때문에 쉽게 상대의 페이스에 말려들지 않는다.

"방송 봤지?"

백성춘은 황인호가 자리에 앉자마자 질문을 던져 왔다. 질문으로 나온 목소리에는 당연히 황인호가 방송을 봤을 거란 전제가 깔려 있었다.

물론 당연히 봤다.

벤 호크가 '오늘의 프로야구'에 나갈 수 있도록 주선한 것은 바로 자신이었으니 무조건 볼 수밖에 없었다.

물론 구단과의 사전 교감이 이루어진 다음에 벌인 일이라 후환은 없겠지만 그럼에도 황인호는 찜찜한 마음을 숨기지 못했다.

지금까지 살아오면서 목적을 위해 계략을 써본 적이 그리 많지 않았기 때문인데 이번 일은 구단과 자신의 이익이 달려 있는 것이라 그런 마음이 더욱 컸다.

밝지 않은 황인호의 안색을 확인한 백성춘의 목소리가 은근하게 변했다.

자신은 구단주로서 구린 일을 벌이면서 전면에 나서면 안 된다.

모든 일은 실무자들이 처리해야 하고 자신은 가장 마지막에 나타나 결정만 짓는 형식을 취해야 말썽이 생겨도 벗어나기 쉽다.

"메츠는 올해 반드시 이강찬을 스카우트하고 싶어 하는데 황 부장 생각은 어때?"

"우리는 이강찬의 동의 없이 트레이드가 불가능한 상황입니다."

"그걸 누가 모르나!"

같은 맥락이다.

물론 모든 결정과 의사는 구단주가 하지만 형식은 황인호가 취하기를 바라기에 하는 질문이다.

그랬기에 황인호는 잠시 뜸을 들였다가 입을 열었다.

버틴다는 건 말이 되지 않는다.

이글스를 떠나겠다고 결심을 굳히지 않는 이상 구단주의 의중을 거스르는 것은 어리석은 짓에 불과하다.

"이강찬은 고등학교 때 그를 가르친 최인혁 감독을 대리인으로 내세웠습니다. 트레이드를 성사시키기 위해서는 최 감독을 먼저 설득해야 됩니다."

"아무래도 그래야겠지. 그 사람 지금 분식집 한다고 그랬나?"

"그렇습니다. 먹고살기 빠듯한 것 같더군요."

"평생을 야구만 한 사람이 분식집이라, 어울리지 않는군. 이글스의 코치직을 제의하면 받아들이겠지?"

은근한 목소리로 묻는 백성춘의 목소리에는 자신이 없다.

그깟 코치직에 낼름 마음을 바꿀 정도라면 애초부터 이런 고민조차 하지 않았을 테니 말이다.

현재 성적으로 봤을 때 이강찬을 시장에 내놓으면 포스팅 비용이 2천만 달러는 가볍게 넘을 것으로 예측되었다.

2천만 달러면 우리나라 돈으로 계산하면 2백4십억이 넘는다.

늘 선수가 부족해서 허덕이는 이글스의 입장으로 본다면 FA로 시장에 나올 대어들을 전부 싹쓸이할 수 있을 만큼 큰 돈이다.

물론 이강찬이란 존재가 이글스에 있는 것과 없는 것은 엄청난 차이가 있기 때문에 어떤 것이 더 이득인지 면밀하게 분석해 봐야 되겠지만 그것은 정상적인 계약 상태에 있을 때 애기고 내년 시즌이 끝난 후 자유의 몸으로 풀리는 것을 감안한다면 무조건 최대한 빨리 파는 것이 이익이었다.

그렇게 큰돈이 달려 있다는 것을 최인혁이 모를 리 없으니 코치직 제의만 가지고 넘어오지는 않을 것이다.

황인호의 입이 천천히 열린 것은 구단주가 자신에게서 시선을 떼지 않은 채 커피 잔을 들 때였다.

"코치직에 최소 30억을 얹어주면 가능할지도 모릅니다."

"30억?"

"그렇습니다. 제가 알기로 그와 이강찬의 관계는 상당히 깊은 것으로 알고 있습니다. 최소 30억은 안겨줘야 마음을 돌릴 수 있을 것 같습니다."

"음……."

황인호의 말에 백성춘이 커다란 한숨과 함께 무서운 신음을 흘려냈다.

30억이라.

많다고 생각하면 많을지 모르지만 이글스가 얻는 이익에 비하면 그리 큰돈도 아니다.

그럼에도 백성춘이 잠시 고민에 빠진 것은 이강찬도 아니고 엉뚱한 놈에게 30억이란 거금을 줘야 하는 게 억울했기 때문이었다.

황인호는 그런 구단주에게서 시선을 떼고 책상을 바라봤다.

그가 무슨 생각으로 침묵을 지키는지 잘 알지만 어차피 그는 승낙할 수밖에 없을 것이다.

자신이 별도로 벤 호크에게 약속받은 금액이 3백만 달러였다.

이강찬을 금년에 메츠로 보내주기만 한다면 벤 호크는 일이 성사되는 시기에 3백만 달러를 지불하겠다고 제의했다.

지불 방법은 이강찬이 포스팅에 응할 경우 백만 달러를 선불로 주고 메츠와 입단 계약을 체결했을 때 나머지 이백만 달러를 준다는 것이었다.

그로서는 손해 볼 일이 전혀 없었다.

구단도 모르는 이면 계약이었기 때문에 최선을 다해서 성공만 한다면 거금을 한꺼번에 손에 쥘 수 있었고 만약 안되더라도 아쉬울 뿐이었다.

성공 가능성은 컸다.

이강찬은 공만 던지는 놈이었기 때문에 가장 커다란 영향력을 가진 두 사람이 동시에 움직인다면 이번 일은 어쩌면 손쉽게 성공할 수 있을지도 몰랐다.

물론 이강찬에게는 미안한 일이다.

그가 받아야 할 돈을 엉뚱한 자들이 나눠 먹는 결과였으니 다르게 생각하면 이글스나 자신 또는 최인혁까지 모두 도둑놈들이다.

하지만 법으로 저촉되는 일은 아무것도 없었다.

오로지 하나, 이강찬만 손해를 본다면 모든 것은 조용하게 성공적으로 끝날 수 있었다.

구단주의 입이 마침내 열린 것은 황인호가 자신만의 생각을 끝내고 슬며시 고개를 들 때였다.

"좋아, 그렇게 베팅해 봐."

"구단주님. 그것은 제 예상 금액이었습니다. 만약 그가 더 요구한다면 어찌시겠습니까?"

"그럴 수도 있을까?"

"당연한 일이라고 생각합니다. 어차피 칼을 뽑는다면 그도 끝장을 보려 할 테니까요."

"크크크, 배신의 대가를 최대한 울궈내야겠다면 응해줘야 되지 않겠어? 50억까지는 해준다고 해. 그래도 남는 장사니까. 대신 포스팅 비용이 2천만 달러를 넘는다는 전제 조건이 있어야겠지. 곰은 재주가 넘고 돈은 엉뚱한 놈이 다 챙기면 안 되잖아."

"그 사람이 협상에 응하기만 한다면 그런 것이 문제겠습니까. 최대한 구단 측에 유리하도록 제가 잘 조정하겠습니다."

"잘해봐. 이번일이 잘 끝나면 두둑하게 보너스를 줄 테니까 최선을 다해."

"알겠습니다."

황인호가 구단주의 말에 고개를 깊숙이 숙였다.

두둑한 보너스라, 웃기는 소리다.

만약 이 일이 성공한다면 구단주는 그룹 오너에게 능력을 인정받아 계열사 사장으로 자리를 옮길지도 모른다.

기껏 보너스 정도는 껌 값에 지나지 않는다는 뜻이다.

하지만 황인호는 그런 내색을 조금도 비추지 않고 자리에서 일어났다.

성공만 한다면 그 역시 백성춘 이상으로 신상에 변화가 생긴다.

떵떵거리며 남의 눈치를 보지 않는 삶을 살고 싶었다.

자신이 가지고 있는 모든 역량을 동원해서 이번 일만 무사히 성공할 수 있다면 자신은 남은 인생을 그런 삶으로 살아갈 수 있을 것이다.

최인혁도 '오늘의 프로야구'에 강찬이 출연해서 벤 호크와 대화를 나누는 방송을 지켜봤다.

전 국민이 지켜보는 앞에서 강찬은 이적을 비롯해서 모든 계약에 관한 대리인이 자신이라는 말을 서슴없이 했다.

도대체 저놈은 나한테 왜 이러는 걸까?

아무리 생각해도 이강찬은 이해가 되지 않는 놈이었다.

고교 신입생 때 처음 자신을 찾아온 걸 받아줬을 뿐 성적내는 데 정신이 팔려 제대로 가르쳐 주지도 않았고 인간적인 정을 준 적도 없었다.

오로지 저 스스로 뼈를 깎는 노력을 통해 언터처블 투수로 성장해서 자신을 고교 최고의 감독으로 불리게 만들어줬으니 고마움을 느껴도 자신이 느껴야 맞는 일이었다.

무리한 등판, 그리고 부상.

명감독이란 허상에 사로잡혀 이제 막 성장하는 강찬을 무리하게 등판시키면서 어깨를 작살낸 장본인은 바로 자신이었다.

최성일의 타구는 어쩌면 강찬의 어깨가 작살나 있었던 것을 알려주는 계기에 불과했을지도 모른다.

이미 강찬의 어깨는 근육 파열이 심각할 정도로 진행되어 있었는데 놈은 그것도 모르고 얼음찜질로 고통을 참아왔던 것이다.

놈의 병원비를 책임진 것은 자신으로 인해 다쳤다는 죄책감 때문이었다.

미안하고 부끄러워 고통과 절망으로 몸부림치는 강찬을 보는 게 두려웠다.

그런데 저놈은 언제나 바보같이 자신을 아버지처럼 믿고 따랐다.

고교 시절, 화려한 스포트라이트를 받으며 몸값이 천정부

지로 뛰어올랐을 때도 강찬은 모든 것을 자신에게 일임하고 그저 훈련과 시합에 몰두했었다.

청렴한 삶을 살아오지 않았다.

고교 감독을 하면서 학부형이 가져다주는 촌지는 두꺼비가 파리 삼키듯 자연스럽게 먹어치웠고 심지어 대학 진학과 관련해서 제법 큰 목돈까지 챙겨 먹은 적도 몇 번 있었다.

그렇게 하지 않으면 쥐꼬리만 한 월급으로 살아가는 것이 쉽지 않았기 때문이었다.

강찬이 진로를 자신에게 맡겼을 때 수없이 갈등했지만 결국 양심을 버리려 했다.

만약 강찬이 부상이 입지 않았다면 제자의 앞길보다 자신에게 유리한 쪽으로 진로를 결정했을 가능성이 컸다.

그때까지 살아온 그의 삶은 양심만 생각하기에는 너무 각박한 것이었다.

방송이 나간 그다음 날부터 약속이나 한 것처럼 메츠의 벤 호크와 양키스, 그리고 LA다저스의 스카우터들이 줄줄이 찾아왔다.

재밌는 것은 그들이 찾아오기 전부터 분식집 앞이 기자들로 난장판이 되었다는 것이었다.

우리나라의 개인 신상 파악 능력이 세계 최고라더니 그들은 어떻게 알았는지 분식집으로 찾아와 최인혁에게 인터뷰를 요청했다.

단칼에 모든 요청을 거부하고 분식집을 닫아걸었다.

자신이 언론에 노출되는 것은 강찬에게 전혀 이로운 일이 없을 거란 판단 때문이었다.

메이저 구단의 스카우터들에게도 마찬가지였다.

메츠의 벤 호크는 이미 만난 적이 있었지만 그 당시에도 이적할 생각이 전혀 없다는 말만 하고 돌려보낸 적이 있었다.

박수도 짝이 맞아야 소리가 나는 법인데 사람 관계는 오죽하겠는가.

벤 호크를 비롯해서 스카우터들은 통역사를 통해 오랫동안 간절하게 만남을 원했으나 최인혁은 더 이상 그들을 쳐다보지도 않았다.

아내인 정숙과 딸아이는 언제나 조용했던 분식집이 전쟁터처럼 변하자 겁에 질려 방에서 나올 생각조차 못 했는데 무슨 일이냐는 질문조차 하지 못했다.

황인호에게서 전화가 온 것은 그날 밤이었다.

워낙 강경한 최인혁의 대응에 오전에 찾아왔던 스카우터들은 돌아간 지 오래였고 끈질기게 남아 있던 기자들마저 전부 철수해서 아무도 없을 때였다.

황인호를 만나러 나간 것은 구단의 생각을 알고 싶었기 때문이었다.

아무래도 감이 이상했다.

구단이 관여하지 않았다면 스카우터들이 이 난리를 치지는 않았을 테니 말이다.

약속 시간이 되자 황인호는 분식집 앞으로 차를 가져와 최인혁을 태우고 곧장 청주에서 가장 번화가인 남문로 쪽으로 이동했다.

미리 예약을 했는지 그는 망설임 없이 화려한 조명이 비추는 가게 앞에다 차를 댔는데 깔끔한 정장을 갖춰 입은 사내가 다가와 차 키를 받았다.

황인호를 따라 지하로 내려갔다.

내려가는 길이 온통 대리석으로 깔려 있고 계단이 끝나는 곳부터는 휘황찬란한 조명이 복도를 가득 채웠다. 황인호는 이곳을 여러 번 와봤는지 미로처럼 엉켜 있는 복도를 걸어 마지막 방으로 들어섰다.

방은 복도보다 훨씬 더 고급스럽게 꾸며져 있었다.

마치 유럽의 궁전을 보는 듯했는데 치장된 장식물들이 모두 쉽게 볼 수 없는 것들이었다.

소주나 기울이며 대화를 나눌 거라 생각했는데 전혀 예상치 못했던 장소로 오자 그의 얼굴이 슬며시 굳어졌다.

"황 형, 여기는 어딥니까?"

"어제 방송 나간 것 때문에 고생하셨죠? 오랜만에 감독님

하고 술 한잔하려고 모셨습니다. 예전에는 몇 번 이런 자리를 했었는데 너무 격조했습니다."

은근한 목소리로 황인호가 말하자 최인혁의 오므려졌던 눈이 슬그머니 커졌다.

사실이다.

강찬을 스카우기 위해 안달이 났을 때 그는 최인혁을 이런 룸살롱에 세 번 데려간 적이 있었다.

하지만 이곳은 예전에 갔던 룸살롱보다 시설이 훨씬 좋아 방으로 들어설 때까지 술 마시는 곳인지도 몰랐다.

못 이기는 체 자리에 앉았다.

이곳에 데려온 것은 황인호가 그에게 뭔가 바라는 것이 있다는 뜻이니 무슨 말을 하는지 들어볼 필요성이 있었다.

자리를 잡고 앉자 이십 대 후반의 여자가 문을 열고 들어섰다.

정말 눈이 번쩍 뜨일 정도의 미인이었다.

여자는 황인호를 잘 아는 모양인지 들어서면서 그에게 웃음을 보인 후 최인혁을 향해서는 정중하게 허리까지 숙여 인사를 했다.

"처음 뵙겠습니다. 강인화라고 합니다. 그냥 강 실장이라고 불러주셔도 됩니다. 황 부장님께서 워낙 신신당부하셨기 때문에 부담이 크지만 최선을 다해서 모시겠습니다."

"반갑소."

최인혁이 그녀의 인사를 받았다.

살아오면서 룸살롱은 여러 번 가봤기 때문에 강 실장이 마담이란 걸 단박에 알아챌 수 있었다.

문제는 그녀의 미모였다.

어떤 룸살롱에서도 이런 미모를 가진 마담을 본 적이 없었다.

강인화는 그냥 현역으로 뛰어도 충분히 인기를 얻었을 만큼 아름다운 여자였다.

강 실장의 행동 또한 뭔가 기품이 달랐다.

그녀는 최인혁이 인사를 받아주자 살며시 고개를 돌려 황인호를 바라봤는데 그 모습이 무척이나 자연스러웠다.

"부장님, 술은 어떤 걸로 준비시킬까요?"

"오늘은 특별한 손님이 오셨으니까 조니 워커로 가져와."

"블루 가져올까요?"

"그래. 그리고 준비한 애들도 들여보내."

"알겠습니다. 곧 준비하겠습니다."

강 실장이 황인호의 지시를 받고 나가자 최인혁이 그녀가 나간 방문을 뚫어지게 쳐다봤다.

조니 워커 블루라면 시중에서 30만 원 정도 하는 걸로 아는데 이런 고급 룸살롱에서 마신다면 적어도 시중 가격의 배는 더 줘야 할 것이다.

당장 선택된 술의 종류만 해도 황인호가 얼마나 중요한 이야기를 할지 대충 짐작이 갔다.

하지만 최인혁은 입을 열지 않고 주머니에서 담배를 빼어 물었다.

아내에게서 늘 잔소리를 듣지만 이놈의 담배는 쉽게 끊을 수가 없었다.

술이 세팅된 것은 불과 5분도 걸리지 않았는데 웨이터가 나가자 기다렸다는 듯 두 명의 아가씨가 강 실장의 뒤를 따라 들어왔다.

입이 떠억 벌어졌다.

도대체 이런 미인들이 어디 있다가 나온 것일까?

청주에 수십 년을 살았어도 이런 여자들은 본 적이 없었다.

강 실장은 능숙한 솜씨로 아가씨들을 배치해 줬는데 최인혁에게 다가온 여자는 눈이 동그랗고 입술이 작았으며 레이싱 모델처럼 몸매가 늘씬했다.

그러고 보니 얼굴 생김새도 그렇다.

요즘 아가씨들은 전부 얼굴을 뜯어 고쳐서 전부 비슷하다더니 가까이서 보자 옆에 앉은 아가씨도 판에 박은 듯 잡지에서 본 것과 비슷한 얼굴을 가졌다.

이런 얼굴은 거의 90프로 성형 미인이다.

그럼에도 막상 옆에 앉자 천상의 선녀를 보는 것 같았다.

압도적인 아름다움.

성형 미인이든 뭐든 그녀는 예쁜 얼굴과 환상적인 몸매가 조합되어 최인혁의 혼을 흔들어놓기에 충분했다.

"이은영이에요. 잘 부탁드립니다."

대답은 하지 않았다.

이은영도 대답을 기다리지 않았는지 즉시 술을 들어 그의 잔에 따랐을 뿐이다.

아가씨들이 들어오자 어색하던 분위기가 한순간에 사라져 버렸다.

서로 할 이야기가 있다는 것을 알지만 상대방이 먼저 꺼내기를 기다리고 있으니 대화가 이루어지지 않았다.

그만큼 하기 어려운 이야기란 뜻이다.

최인혁은 아가씨가 따라준 술잔을 들어 황인호의 잔에 부딪친 후 단숨에 마셨다.

기다릴 심산이었다.

자신은 포커 게임으로 봤을 때 족보 중에서 가장 높은 로티플을 쥐고 있으니 느긋하게 게임을 즐기기만 하면 된다.

시간이 지날수록 즐거움은 늘어났다.

좋은 술과 아름다운 미녀들, 그리고 흥겨운 노래.

시간이 어떻게 지났는지 모를 정도로 즐겁게 보냈고 술도 얼근하게 취했다.

하지만 정신은 점점 맑아져 갔다.

시간이 지날수록 황인호의 얼굴에서 점점 웃음이 적어지는 걸 확인한 후부터였다.

황인호가 아가씨들을 내보낸 것은 벽에 걸린 시계가 11시가 넘었을 때였다.

"감독님, 오랜만에 회포를 푸시지요."

"그거야 황 형 이야기를 듣고 나서 해도 늦지 않을 것 같군요."

"그러시겠습니까?"

"그래야 물건이 설 것 같습니다. 내 물건은 뭔가 찜찜하면 서지 않는 버릇이 있어서요."

"그럼 오늘 제가 온 용건을 말씀드리지요. 감독님, 우리 강찬이를 메츠에 보냅시다."

"금년에 말이오?"

"그렇습니다."

"아직 시즌도 끝나지 않았는데 그 이야기를 하는 이유가 뭡니까. 3년 내리 꼴찌를 하던 이글스가 우승할 기회가 왔는데 그런 마당에 강찬의 이적을 말하다니 이해가 되지 않는군요."

"당연히 이적은 시즌이 끝난 후에 해야겠지요. 이글스도 우승은 한번 해봐야 되지 않겠습니까. 제가 말씀드리는 것은 미리 협상을 하자는 이야깁니다."

"왜 그래야 하지요?"

"서로에게 좋은 일이기 때문입니다."

"나는 도통 무슨 뜻인지 알 수 없군요."

최인혁이 말을 끊고 황인호의 시선과 부딪쳐 갔다.

음모의 냄새가 진동한다.

강찬의 계약은 내년까지였고 1년만 지나면 자유계약 선수 자격을 얻게 되는데 황인호가 서두르는 것은 이글스의 이익을 위해서였다.

말도 안 되는 소리다.

그런 것을 방지하기 위해 터무니없는 계약금을 받고 2년을 이글스에서 뛰는 것으로 한 건데 황인호는 은근한 시선으로 자신을 보고 있었다.

"감독님, 분식집 잘 안 되죠?"

"상관없는 이야기는 하지 맙시다."

"왜 상관이 없습니까. 강찬이를 메츠에 보내주기만 하면 이글스의 코치직을 준다는 구단의 방침이 있었습니다. 그것도 최소 7년을 보장한다는 것이고 계약금과 연봉을 합쳐서 30억입니다. 물론 서류에는 형평성을 고려해서 다른 금액이 들어가겠지만 감독님은 30억을 손에 쥐게 될 겁니다."

황인호는 최인혁를 바라보며 이야기를 마친 후 입을 꾹 다물었다.

구단주와 협의했을 때보다 20억 정도 깎은 가격이다.

협상은 자신이 가진 패를 처음부터 전부 꺼내놓으면 바보가 될 가능성이 크다.

대화를 진행시키면서 상대의 의중에 따라 조건을 올려주는 것이 훨씬 커다란 만족도를 줄 수 있고 성공 가능성도 높여준다.

바로 그런 이유로 황인호는 표정 변화 없이 최인혁의 반응을 기다렸다.

지금 그가 운영하는 분식집은 최악의 상황이었다.

사람을 붙여 확인해 본 결과 마이너스 통장으로 살림을 할만큼 가정 형편도 어려웠다.

마누라한테는 바가지를 긁혔고 아이들에게는 가장으로서의 위신조차 서지 않는다.

그를 따라 들어오는 최인혁은 예전 야구 감독을 했을 때와는 비교조차 할 수 없을 정도로 초라하게 변해 있었다.

허름한 옷차림, 흔들리는 눈빛.

이런 고급 술집은 아마 처음일 것이다.

이곳은 일반적인 룸살롱과 차별을 두기 위해 청주의 유지들이 조폭들과 결탁해서 최고급으로 만들었기 때문에 입구를 장식한 대리석부터 수입산이었고 아가씨들도 연예인을 찜 쪄 먹을 정도로 아름다운 애들만 고용했다.

10억을 다운시킨 가장 결정적인 이유는 최인혁이 아가씨를 보자 반쯤 정신 줄을 놓는 걸 확인했기 때문이었다.

아마, 오랫동안 섹스를 하지 못했을 것이다.

생활 형편이 어려운 여자는 밤이 되어도 남자에게 대부분 섹스를 허락하지 않는다.

불만이 쌓인 상태에서 여자는 흥분을 느끼지 못하기 때문인데 그런 상황이 오래 지속되면 섹스리스 부부가 된다.

최인혁은 돈이 없었기 때문에 섹스에 대한 불만을 바깥에서도 풀지 못했을 것이다.

일단 먼저 이야기를 마치자며 강단을 부렸지만 분명 그의 머릿속에는 이은영의 벗은 몸이 왔다 갔다 하는 중일 게 분명했다.

금액은 일정한 수준이 되면 문제없을 거란 생각이 들었다.

어차피 궁지에 몰려 있는 상황이기 때문에 최인혁이 이강찬보다 자신의 안위를 먼저 생각한다면 덥석 물 가능성이 매우 컸다.

최인혁이 망설인다면 최대 30억을 더 베팅할 수 있으니 일단 최인혁의 반응을 살피는 게 중요했다.

최인혁은 한동안 말이 없었다.

그의 눈은 그저 술잔을 향해 고정되어 있었는데 무슨 생각을 하는지 전혀 알아챌 수 없었다.

조니워커 블루.

비싼 술인 만큼 평상시에는 구경조차 하지 못한다.

그래서 그런가. 술잔을 노려보던 최인혁이 대뜸 한입에 털어 넣은 후 술병을 들어 다시 잔을 채웠다.

다시 한 잔. 그리고 또 한 잔.

연속해서 세 잔을 입속에 털어 넣은 최인혁이 그때서야 황인호를 바라봤다.

"황 형, 강찬이를 신고 선수로 뽑아줬다면서요?"

"그렇습니다."

"강찬이가 나에게 그 이야기를 몇 번이고 합디다. 황 형 때문에 새로운 인생을 시작하게 됐다며 언젠가 그 은혜를 꼭 보답하고 싶다고 하더군요."

"저도 주변 사람들에게 언뜻 들었습니다. 아직까지 그런 생각을 하다니 강찬이는 마음이 약한 놈입니다."

"아닙니다. 황 형은 강찬이를 잘못 본 모양이군요. 강찬이는 절대 마음이 약한 놈이 아니오. 마음이 약했다면 그 절망과 고통을 어찌 이겨낼 수 있었겠습니까. 강찬이는 마음이 약한 게 아니라 은혜를 잊지 않았을 뿐입니다."

"감독님, 무슨 말씀을 하고 싶은 겁니까?"

"하나만 물읍시다."

"말하세요."

"이런 거래를 해서 황 형이 얻는 건 뭐요?"

"나는 이글스의 스카우터입니다. 지금 하는 것은 내 본업이지 뭘 얻기 위해 하는 일이 아닙니다."

"하긴 그렇기도 하겠소. 강찬이 당신에게 고마움을 느끼고 있으니 구단에서는 충분히 전면에 내세울 만하겠군요."

"강찬과의 관계 때문이 아니라고 몇 번을 말해야 됩니까. 나는 내 일을 하고 있을 뿐입니다."

황인호가 눈을 부릅뜬 채 최인혁을 노려봤다.

가슴이 저릿하게 뜨거워졌다.

씨발.

최인혁은 그가 가장 생각하기 싫어하는 것을 꺼냈기에 자신도 모르게 인상이 우그러들었다.

이강찬. 바보 같은 놈.

최인혁의 태도를 보니 자신의 제안이 먹혀드는 것 같았다.

물어오는 질문이 그렇다.

최인혁은 강찬의 믿음을 깨버리는 자신의 행동에 대해서 교묘하게 걸고 들어오는 중이었다.

그것은 곧 자신이 벌일 행동에 대해서 면죄부를 주기 위한 사전 포석으로 보였다.

뻔히 보이는 수작이었지만 기분이 극도로 나빠졌다.

자신의 안위를 위해 세상 물정 모르는 젊은 놈 하나를 속이고 있으니 마음이 편하지 않았다.

그때 최인혁의 얼굴에서 웃음이 떠올랐다.

그는 자신이 소리를 높였어도 전혀 불쾌한 기색을 보이지 않았다.

"황 형, 강찬이가 포스팅 비용으로 받아낼 수 있는 금액을 얼마로 생각합니까?"

"우리는 천만에서 2천만 달러 사이로 생각하고 있소."

이번에도 간을 봤다.

최인혁은 전문 스카우터가 아니었기 때문에 자신이 슬쩍 아래로 내려도 모를 가능성이 컸다.

하지만 최인혁은 고개를 절레절레 흔들었다.

아직도 그의 얼굴에는 웃음이 매달려 있었다.

"강찬이는 지금 당장 나가도 2천만 달러 이상은 충분히 받을 수 있소. 그런데 나보고 30억을 먹고 떨어지란 말이오?"

"코치직과 30억이라면 최형은 나머지 인생을 멋지게 살 수 있습니다. 너무 욕심을 부리면 화를 부르게 될 겁니다."

"어떤 화를 말하는 거요? 나에게 30억을 줘도 포스팅 비용이 2천만 달러를 넘으면 이글스는 2백억 이상의 공돈을 버는데 그것이 크단 말입니까?"

"음⋯⋯."

너무 과소평가한 모양이다.

어느 정도 예측은 했지만 최인혁은 강찬의 몸값을 정확하게 파악하고 있었다.

자신도 모르게 무거운 신음을 흘린 황인호가 다시 입을 연 것은 치열한 눈싸움이 끝난 후였다.

"도대체 얼마를 원하는 겁니까?"

"말해보시오. 얼마까지 베팅할 수 있소?"

"구단 측에 50억까지는 말해보겠소. 아마 더 요구한다면 이 일은 없는 일이 될지도 모릅니다. 그러니 이쯤에서 협상하시는 게 어떻겠습니까."

또다시 거짓말이다.

아마 최인혁이 끝까지 버틴다면 구단 측은 최대 100억까지 내놓을지도 몰랐다.

기업은 이익이 된다면 무슨 짓이라도 하는 집단이었으니 최인혁에게 100억을 줘도 150억이란 돈이 남는다면 팔아치울 게 분명했다.

그러나 최인혁의 웃음은 여전히 멈추지 않았다.

"내 생각에 강찬이는 올해 22승까지 할 겁니다. 내 입으로 포스팅 비용이 2천만 달러라고 말했지만 그것은 최소 금액일

뿐이었소. 루키라는 단점과 한 시즌에 불과한 성적, 그리고 대한민국 프로야구에서 거둔 성적이란 것을 모두 감안한다 해도 말이오."

"그래서요?"

"작년 아베가 양키스로 이적하면서 기록한 포스팅 금액이 6천만 달러였소. 아시죠?"

"아베는 강찬과 클래스가 다른 놈입니다. 그놈은 일본 리그에서 3년 연속 20승 이상을 거뒀으니 차이가 있어요."

"강찬이가 그놈과 비교되지 못한다는 말을 하고 싶은 거요?"

"그런 게 아니라⋯⋯."

"황 형은 유능한 스카우터니까 강찬이가 얼마나 뛰어난 투수지 알 것이오. 강찬이는 아베보다 절대 아래가 아닙니다. 강찬이의 완투 능력을 감안한다면 아베는 상대조차 되지 않소. 나는 내년에 강찬이가 월드 베이스볼 클래식에서 세계를 상대로 위력을 보이고 올해처럼 성적을 올렸을 때 메이저 구단에서 얼마나 제시하는지 보고 싶소."

"그렇게 되면 감독님에게 돌아가는 것은 아무것도 없을 겁니다."

"나에게 돌아오는 것이 없다고?"

"자유계약 선수로 풀리면 구단이 빠지게 되고 감독님에게

이런 거액을 베팅할 주체도 사라지게 된다는 걸 잘 아시지 않습니까!'

"푸하하……."

황인호의 말에 최인혁이 미친 듯 웃음을 터뜨렸다.

그의 웃음은 한동안 계속되었는데 웃음이 지속될수록 황인호의 얼굴은 굳어져 갔다.

알 수 없는 불안감.

최인혁의 웃음 속에 담긴 것은 정체를 알 수 없는 불안감이었다.

길고 긴 웃음이 끝난 후 최인혁의 얼굴은 붉어질 대로 붉어져 있었다.

하지만 눈만은 차갑게 가라앉아 있었는데 극도로 냉정하게 보였다.

"황 형, 아들이 있소?"

"있습니다."

"황 형은 아들 돈을 훔치는 아버지가 될 수 있겠소?"

"무슨 말씀인지 알아들을 수가 없군요."

"강찬이는 내 아들이오. 그리고 내년에 강찬이가 또다시 비상하게 되면 아마 포스팅 비용이 6천만 달러까지 갈 것이오. 그 돈이 다 내 것이 될지도 모르는데 당신 같으면 50억을 먹고 떨어지겠소?"

"말도 안 되는 소리를 하는군요."

"왜 말이 안 된다고 생각하는 거요?"

"강찬이가 왜 감독님한테 6천만 달러를 준다는 겁니까? 그럴 이유가 없잖습니까?"

"크크크… 강찬이가 일 년 전 이글스와 계약한 돈 중에서 반을 내가 가져다 썼소. 무단으로 쓴 거지."

황인호의 시선이 의아함으로 변했다.

아직도 그는 최인혁이 무슨 소리를 하는지 알아채지 못하고 있었다.

"양심에 찔려서 돈을 써놓고 내가 먼저 말했어요. 사정이 궁해서 네 돈을 썼다고. 그랬더니 그놈이 필요하면 나머지 돈까지 쓰라면서 통장을 내밀더군요. 놈은 나에게 이렇게 말했소. 지금은 많은 돈을 벌지 못하지만 나중에 성적이 좋아져서 메이저리그에 가면 큰돈을 벌 테니 나보고 그때 마음껏 쓰라며 활짝 웃었소."

"감독님. 무슨 말을 하시고 싶은 겁니까!"

흥분하며 소리친 황인호를 향해 최인혁의 이가 드러났다.

그의 목소리는 그릉거리며 흘러나왔는데 지금까지의 부드러운 음성이 아니라 호랑이가 울부짖는 것 같은 압도적인 위엄이 담겨 있었다.

"황인호! 사람으로 대해줄 때 그만 돌아가라. 그리고 가서 구단 측에 분명하게 전해. 여기서 더 이상 이상한 짓거리를 한다면 무슨 수를 동원해서라도 구단을 박살 내 버릴 테니 그만하란 말이다. 강찬이가 이글스를 택했던 것은 사람으로서의 고마움을 잊지 않았기 때문이었지 돈 때문이 아니었다. 그런 강찬이를 물 먹이려 하다니 그게 사람이 할 짓이냐? 봐라, 지금 이글스가 강찬으로 인해 어떤 성적을 나타내고 있는지 보란 말이다. 그냥 조용하게 지켜보거나 해. 엉뚱한 짓 하지 말고 강찬이의 활약으로 이글스가 비상하는 것을 지켜보기만 하란 말이야!"

제3장
최종전

이글스와 자이언츠의 최종전.

라이언스와는 반 게임 차에 불과했기 때문에 이 경기를 지게 되면 마지막 순간 역전을 당할 가능성이 컸다.

이글스의 선발투수는 그동안 이글스의 에이스 역할을 맡아왔던 이태진이었다.

강찬에게 묻혀 에이스 자리를 뺏기기는 했지만 그는 올 시즌에 14승을 거두면서 이글스가 선두 탈환을 하는 데 커다란 공을 세운 사람이었다.

더군다나 요즘 들어 공 끝이 살아나고 있었다.

작년에는 체력적인 부담으로 인해 시즌 막바지로 갈수록 턱없이 페이스가 무너졌었는데 올해는 치열했던 동계 훈련 덕분인지 체력이 받쳐 줘 구위가 전혀 약해지지 않았다.

시합은 대전과 대구에서 동시에 벌어졌기 때문에 수시로 대구 시합의 결과를 확인할 수 있었다.

라이온즈는 5년 연속 우승을 한 팀답게 끝까지 우승의 열망을 놓지 않고 1회부터 타이거즈를 몰아붙이고 있었다.

1회부터 착실하게 득점을 한 라이온즈는 6회까지 무려 8점을 뽑아내서 에이스인 백강현의 어깨를 한결 가볍게 만들고 있었다.

역시 최강 팀의 에이스답게 백강현은 타이거즈 타선을 산발 4안타만 내주며 실점 없이 끌어가고 있는 중이었다.

이대로라면 라이온즈는 대전 경기의 결과에 따라 또다시 페넌트레이스에서 우승을 차지할 수 있었다.

일방적이었던 대구 경기와 다르게 대전 경기는 이글스가 고전을 면치 못하는 중이었다.

에이스인 이태진이 5안타와 볼넷 2개를 곁들이며 6회까지 2점만 내주는 호투를 했으나 타선이 침묵을 지키며 1점밖에 얻지 못했기 때문이었다.

오늘 선발로 나온 자이언츠의 투수 한영기는 오랜만에 쾌투를 펼치며 이글스의 타선을 압박했는데 얼마나 공이 좋은

지 이글스 타선은 단 3개의 안타만 기록할 정도였다.

8회 말 이글스의 공격.

9번 타자 이성렬이 타석으로 나가는 걸 김남구 감독이 제동을 걸고 심판에게 사인을 보냈다.

대타 작전이었다.

우익수를 맡고 있는 이성렬은 얼마나 수비 범위가 넓은지 중견수가 처리해야 할 공도 커버링이 가능할 정도로 감각이 좋았고 발도 빨랐지만 수비에 비해 공격력이 약하다는 단점을 가졌다.

그가 빠른 발을 가지고도 9번 타자를 맡을 수밖에 없던 것은 그런 수비 능력에 비해 타격이 조금 부족했기 때문이었다.

시즌 타율 0.243.

이글스에서 가장 저조한 타격 성적이었다.

김남구 감독이 이성렬을 빼고 대타로 내세운 것은 김일배였다.

같은 우익수를 보는 선수로 수비가 약하다는 단점이 있어 주전으로 기용되지 못했지만 타격만큼은 정평이 날 정도로 날카롭다.

이번 시즌에도 대타로 나와 23타수 8안타를 쳤으니 3할 5푼에 가까운 타격 실력을 뽐내는 중이었다.

김남구 감독은 김일배가 타석에 서는 것을 보며 침을 꿀꺽 삼켰다.

나름대로 한영기에게 2개의 안타를 뺏어냈다는 전력 때문에 내보내기는 했지만 막상 결정을 하고 나자 수비가 걱정이 되었다.

그러나 지금 승부를 걸지 않으면 이번 경기를 잡아내지 못할 거란 판단이 들어 과감한 결정을 내렸다.

"일배야, 나 좀 살려줘라."

김 감독은 입속에서 중얼거렸는데 귀신같이 알아듣고 장혁태 코치가 입맛을 다셨다.

자신도 모르게 웅얼거리며 흘러나온 말이었다.

그만큼 우승에 대한 갈망이 컸고 김일배를 대타로 내세운 이 작전이 성공하기를 간절히 바랐기 때문이다.

"잘할 겁니다."

"그래야지. 안 그러면 난 우리 팬들에게 맞아 죽을지도 몰라."

장혁태 코치의 말에 김남구 감독이 너스레를 떨며 침을 꿀꺽 삼켰다.

앞날은 아무도 모른다.

그럼에도 김일배를 대타로 내세운 것은 데이터를 믿고 조금이라도 확률을 높이기 위함이었다.

김일배는 고교 시절 4번 타자를 맡았을 정도로 펀치력도 좋았고 배팅 스피드도 빨랐다.

고등학교 선수들은 대부분 포수가 4번 타자를 맡는 경우가 많은데 그것은 배팅 타이밍이 정확하게 형성되지 않은 고교 선수들의 경우 힘에 의해 장타력이 생산되기 때문이었다.

체격이 월등하게 뛰어나지 않음에도 그가 고교 시절에 4번 타자를 맡았다는 것은 그의 임팩트 능력이 남다르다는 것을 증명하는 것이었다.

그의 고교 시절 통산 타율은 3할이 훌쩍 넘었고 1루 수비도 수준급이었기 때문에 초고교 급이라는 수식어를 달고 다닌 유망주였다.

하지만 이글스에 입단하면서 그런 수식어는 순식간에 사라지고 말았다.

이글스에는 윤태균이란 걸출한 스타가 있었고 1루수 백업 멤버들도 화려했기 때문에 그가 설 자리는 그 어디에도 없었다.

그랬기에 그는 입단 후 5년이 지나고 나서야 그의 타격 솜씨를 아까워하는 코치진의 권유를 받아들여 우익수로 전향하게 되었다.

그것이 2년 전이었다.

프로야구가 무섭다는 것은 우익수로 전향하고 나서도 뼈저리게 느꼈다.

이성렬의 타격이 워낙 형편없어 충분히 경쟁할 수 있을 거란 판단은 불과 한 달 만에 우주 저 너머로 사라져 버렸다.

이성렬의 수비 능력은 그의 부족한 타격력을 보완하고도 남을 만큼 정말 대단한 것이었기 때문이었다.

미치도록 괴로웠다.

벌써 프로가 된 지 7년이란 세월이 지났음에도 아직 후보에서 벗어나지 못한 채 시간을 보내고 있으니 아내와 두 딸에게 미안해서 고개를 들지 못했다.

그럼에도 포기하지는 않았다.

여기서 포기하는 건 가족을 버리는 거란 생각으로 밤낮없이 타격과 수비 연습에 미쳤다.

타격 능력은 원래부터 있었기 때문에 가뭄에 콩 나듯 기회가 찾아온 대타 기회에서 3할 5푼을 쳐 냈다.

언제 나설지 모르는 대타로 기용되면서 3할 5푼을 쳐 낸다는 것은 그의 타격 능력을 단적으로 증명하는 것이었다.

그리고 오늘.

전혀 예상치 못했던 곳에서 전혀 예상치 못했던 순간 김남구 감독은 그를 지명했다.

다른 때 같았다면 기쁘게 나섰을 테지만 지금은 지명을 받자 가슴이 덜컥 떨어지는 느낌을 받았다.

고전 중인 경기.

페넌트레이스 우승이 달린 중요한 경기였음에도 팀은 고전을 면치 못하는 중이었고 이번 이닝에서 점수를 뽑아내지 못한다면 패배를 당할 가능성이 컸다.

그런 와중에 대타로 기용되자 김일배의 얼굴이 무섭게 굳어졌다.

눈을 돌려 자신이 가져온 5개의 배트를 바라보다 가운데 850g짜리 검은색 배트를 들어 올렸다.

그가 가지고 있는 배트 중에서 가장 가벼운 것이었고 오늘 아침 큰딸이 품에 꼬옥 안은 채 그에게 가져다준 배트였다.

가벼울수록 스윙 스피드를 극대화시킬 수 있었다.

장타를 쳐 달라고 대타로 내보내는 것이 아닐 테니 망설임 없이 배트를 꺼내 들고 그는 대기석에서 걸어 나가 세 번의 풀스윙을 날린 후 호흡을 가다듬었다.

타석에 들어서자 한영기가 자신을 바라보는 것이 보였다.

오늘 그는 단 3개의 안타만 맞으며 이글스 타선을 침묵하게 만들 정도로 뛰어난 공을 구사하고 있었다.

투수에게는 강찬이 노히트 노런을 기록한 것처럼 1년에 한 번씩 미친 날이 온다고 하는데 한영기에게는 오늘이 그날인 모양이었다.

머릿속에서 한영기에 대한 데이터가 물 흐르듯이 파노라마처럼 지나갔다.

한영기, 우완 정통파로 직구의 스피드는 150㎞/h에도 못 미치지만 슬라이더와 체인지업이 일품이었다.

하지만 종종 포볼을 남발해서 위기를 자처하는 경우가 많았고 마음이 여려 결정적인 순간에 안타를 맞는 경우가 많은 선수였다.

천천히 배트를 돌린 김일배는 투수를 바라보며 짧게 기침을 했다.

더그아웃에서 지켜보며 오늘따라 이글스의 타자들의 공격이 빠르다는 걸 계속 느껴왔다.

서두르다 보니 나쁜 공에 손이 나갔고 결과는 나쁘게 나타나서 8회 말까지 2 : 1로 끌려가는 중이었다.

그랬기에 스트라이크존을 좁혀놓고 철저히 고를 생각이었다.

한영기가 워낙 호투를 거듭했기 때문에 아직까지 투수 교체를 하지 않고 있었지만 벌써 그의 투구 수는 120개가 훌쩍 넘고 있었다.

기연을 얻어 어깨가 강철같이 변한 강찬이었으니 연속해서 완투 행진을 벌여 나갈 수 있는 것이지 일반 투수들마저 그런 것은 아니었다.

투구 수가 100개가 넘어가면 대부분의 투수들은 구위가 현저하게 떨어지기 시작하는데 그렇게 되면 안타를 맞은 확률이 현저하게 커진다.

그의 예상대로 한영기는 2개의 공을 연속해서 볼로 유인해왔다.

꼼짝하지 않았다.

볼이라는 생각을 염두에 두고 지켜보자 한영기의 손끝에서 공이 떠난 순간의 궤적이 한눈에 들어왔다.

이제 스트라이크가 들어올 차례였다.

더군다나 그 공은 한영기가 가장 자신 있어 하는 슬라이더일 가능성이 매우 컸다.

따악!

김일배의 배트가 마치 먹이를 낚아채는 독수리처럼 번개처럼 움직이며 가운데로 몰린 슬라이더를 강타했다.

배트의 중량이 적다 해도 제대로 임팩트된 공은 중견수를 훌쩍 넘어 펜스까지 굴러갔다.

김일배는 하늘 높이 떠서 날아가는 공을 확인하고 전력을 다해 1루를 돌아 2루로 달려갔다.

중견수가 공을 집어 드는 걸 확인하고 오버런했던 것을 멈추며 2루로 다시 돌아왔다.

자신의 빠른 발로 충분히 3루까지 갈 수 있었지만 노아웃인 상태였으니 무리할 필요가 없었다.

"와아!"

떠나갈 듯한 함성이 김일배의 2루타와 함께 터져 나왔다.

그동안 답답한 경기에 속을 태우던 이글스의 팬들이 동시에 자리를 박차고 일어났는데 그들의 손에 든 하얀 막대기가 동시에 하늘로 솟구치자 장관을 연출했다.

응원단의 선동에 맞춰 이글스의 영원한 응원가 '나는 행복합니다'가 관중들의 입에서 흘러나왔다.

1만 4천의 관중이 동시에 부르는 노래는 웅장하게 울려 퍼져 전율이 생길 정도였다.

이글스의 더그아웃도 난리가 났다.

김일배가 2루에 안착하자 선수들은 전부 만세를 불렀고 코치들마저 상기된 얼굴로 박수를 쳐 댔다.

그러나 모든 사람이 웃고 있는 상황에서도 오직 한 사람은 무섭게 표정을 굳힌 채 마운드를 노려보고 있었다.

바로 이글스의 1번 타자 이문승이었다.

이문승이 스윙 연습을 마치고 타석으로 들어서자 임관이 강찬의 옆구리를 쿡 찔렀다.

"야, 오줌 마렵다."

"갔다 오면 되잖아."

"지금 이 순간에 어떻게 가냐."

"하아, 그놈 참."

"아우, 씨발. 살 떨려. 나 좀 어떻게 해줘봐."

"너 저쪽으로 가라. 너 때문에 집중이 안 되잖아."

강찬이 밀어냈어도 임관은 그 큰 덩치로 꿈쩍 안 하고 이문 승만 바라보고 있었다.

그는 오늘 벤치를 지키고 있었는데 2경기를 뛰고 쉬는 날 이라서 그런지 유니폼이 깨끗했다.

"문승이 형이 잘해줘야 될 텐데 걱정이네."

"걱정하지 마. 저 형은 기어서라도 나갈 거니까."

"하기야, 괜히 국가대표 1번 타자겠냐. 어이쿠!"

강찬의 대답에 맞장구를 치던 임관이 작은 비명과 함께 몸 을 움찔했다.

한영기가 초구로 던진 공이 이문승의 몸 쪽으로 바짝 붙으 며 스트라이크존을 통과했기 때문이었다.

아직 자이언츠 벤치에서는 투수 교체를 하지 않고 있었는 데 한영기는 그런 벤치에게 걱정하지 말라는 듯 강한 패스트 볼로 스트라이크를 잡아냈다.

이문승은 잠시 제자리에 서 있다가 천천히 타석에서 벗어 났다.

전혀 동요하지 않는 모습이었다.

그 모습에 임관의 입이 다시 열렸다.

"나는 저 형이 타석에 들어설 때마다 꼭 검을 든 무사를 보는 것 같아. 그런 타자가 몇 명 있어. 최성일도 그런 놈인데 문승이 형도 비슷해."

"그만큼 멘탈이 강하다는 뜻이겠지. 그런 타자들은 언제든지 투수를 공략할 수 있다는 자신감을 가지고 있거든."

"하긴, 그런 타자들 대부분이 뛰어난 타격력을 가지고 있긴 하지. 그래도 너한테는 안되더라."

"뭔 소리야?"

"무사같이 느껴지는 선수들이 있지만 네 공을 받게 되면 그런 감각이 모두 사려져 버려. 그 이유에 대해서 곰곰이 생각해 봤는데 결론은 네가 더 강해서인 것 같아. 아무리 날카로운 검을 휘두르는 무사들이라도 터미네이터를 상대할 수 없는 거잖아."

"얼씨구."

"어때, 나 표현 능력이 꽤 괜찮지 않냐?"

"이번엔 볼이다."

고개를 내밀며 칭찬해 달라는 임관의 얼굴을 밀어낸 강찬이 슬쩍 웃음을 지었다.

임관의 말대로 놈은 데이트를 하더니 계속해서 말솜씨가 몰라보게 늘어가고 있는 중이었다.

2스트라이크, 1볼.

이문승의 타격이 빛난 것은 3구로 던진 슬라이더가 석연치 않은 스트라이크 판정을 받고 난 후였다.

볼카운트가 불리하게 몰리자 이문승은 4구로 들어온 체인지업을 받아쳤는데 그것이 2루수 옆을 빠지며 안타가 되었다.

분명 이문승의 타격 자세는 직구를 노리는 것이었다.

그런데도 체인지업이 바깥쪽으로 들어오자 그는 허리가 빠진 채 정확하게 배트를 가져다 대서 안타를 만들어냈다.

발 빠른 김일배가 홈으로 파고들었으나 자이언츠의 수비는 중간에서 공을 커트하며 이문승이 2루로 가는 것을 차단했다.

드디어 동점.

이문승의 센스 있는 타격으로 동점을 이루자 드디어 대전구장이 노래방으로 변하고 말았다.

관중들의 함성은 끝없이 울려 퍼졌고 김일배를 맞이하는 선수들은 기쁨으로 인해 만면에 웃음이 가득했다.

그것은 강찬과 임관도 마찬가지였다.

이문승이 안타를 때려내는 순간 둘은 누가 먼저랄 것 없이 더그아웃으로 뛰어나가며 김일배가 전력 질주하는 모습을 지켜보았다.

그러고는 더그아웃 쪽으로 들어오는 김일배를 향해 기쁨의 하이파이브를 날린 후 두 손을 번쩍 들었다.

이제 승부는 원점으로 돌아갔기 때문에 노아웃에 주자가 진루되어 있는 이글스의 더그아웃은 흥분으로 가득 찼다.

나간 김에 강찬과 임관은 아예 펜스에 기대어 경기를 지켜보았다.

아직도 임관은 믿어지지 않는 듯 1루에 우뚝 서 있는 이문승에게서 시선을 떼지 못했다.

"그 공을 밀어 쳤어. 허리가 빠진 상태에서 정확하게 밀었단 말이지. 만약 2루수가 잡았어도 절대 병살타가 될 수 없었을 거다."

"그러니까 문승이 형이 베스트라는 거야. 저런 능력이 있으니까 국가대표 1번 타자를 맡는 거 아니겠어?"

"그렇긴 하지. 그래도 대단한 건 사실이야. 난 죽어도 저렇게는 못 쳐 내."

"자랑이다."

강찬의 통박에 임관이 익살스러운 표정을 지었다.

하긴 그의 타격 솜씨는 2할 6푼에 불과해서 김남구 감독의 전폭적인 지지를 끌어내지 못했다.

강찬과 고동식이 출전하는 경기에만 나서는 것도 어찌 보면 그의 타격 때문이 아니라 수비 능력이 좋았기 때문이다.

주전 포수인 송권수는 3할이 넘는 타격력을 가지고 있어 아직도 이글스의 주전 포수를 뽑으라면 그의 이름을 내세운다.

자이언츠 측에서는 그사이에 이문승에게 안타를 맞은 한영기를 강판시키고 릴리프로 김창량을 등판시켰다.

그는 금년 시즌 9홀드를 한 변화구 위주의 기교파 투수였는데 타자의 생각을 읽는 능력이 뛰어나서 여간해서는 연속 안타를 맞지 않는 선수였다.

연습 투구를 모두 마친 김창량이 포수한테서 공을 건네받고 자신들의 야수들을 향해 손을 번쩍 들었다.

투수가 야수들에게 손을 드는 것은 잘 부탁한다는 의미가 담겨 있는 것이었다.

임관의 입이 다시 열린 것은 타석으로 2번 타자 백성춘이 들어설 때였다.

"그나저나, 성춘이 형은 이전 타석에서 병살타를 쳤기 때문에 부담이 왕창 되겠다."

"베테랑이니까 이겨내겠지."

"이런 경기에서 그런 걸 이겨내는 게 쉽겠냐. 분명 긴장하고 있을 거다."

"기다려 봐. 잘할 거야."

"경기하는 거보다 지켜보는 게 더 떨린다. 안 그러냐, 강찬아?"

임관의 질문에 강찬이 대답하지 않고 어깨를 움찔했다. 멀리서 장혁태 코치가 자신을 바라보는 모습이 보였기 때문이었다.

그냥 우연히 마주쳤을 수도 있었으나 뭔가 감이 이상했다.

임관의 우려대로 백성춘은 이전 타석에서의 병살타가 마음에 걸렸는지 제대로 스윙을 하지 못하고 삼진으로 물러나고 말았다.

아쉬움에 가득 찬 탄성이 여기저기서 동시에 쏟아져 나왔다.

관중들 속에서는 웅성거리며 백성춘의 삼진을 성토하는 소리와 다음 타자로 나오는 정성화를 향한 기대에 찬 환호가 같이 흘러나오고 있었다.

하지만 정성화의 컨디션도 그렇게 좋지만은 않았다.

부상에서 복귀한 후로 수비는 그런대로 원래의 기량을 회복했으나 타격이 살아나지 않고 있었다.

복귀 후의 타격이 겨우 2할 조금 넘었을 정도였기 때문에 그는 부상에 시달릴 때보다 훨씬 더 큰 스트레스에 시달리는 중이었다.

김창량은 수시로 주자를 견제하면서 정성화에게 절대로

좋은 공을 주지 않았다.

초구를 스트라이크로 잡은 그는 2구 때부터 지극히 타격하기 어려운 코스로 공을 던졌는데 거의 공 하나와 반 개 사이를 왔다 갔다 할 만큼 절묘한 컨트롤을 보여주었다.

따악!

결국 2스트라이크, 2볼에서 건드린 공이 유격수를 향해 굴러갔다.

워낙 좋은 코스였기 때문에 평상시 같았다면 무조건 병살타였지만 다행스럽게도 공이 굴러가는 속도가 빗맞았기 때문인지 무척 느렸다.

더군다나 1루 주자 이문승의 발이 워낙 빨랐기 때문에 자이언츠의 유격수는 2루를 포기하고 1루만 아웃 카운트를 잡았다.

이글스의 승리를 바라는 모든 관중과 선수들, 그리고 코치진까지 표정이 기묘했다.

기뻐하지도 못했고 아쉬움에 고개를 떨꾸지도 못했다.

주자가 2루까지 진출했으니 이제 안타 1개면 경기를 뒤집을 수 있었다.

그러나 2아웃까지 몰렸기 때문에 4번 타자인 윤태균이 안타를 쳐 주지 못한다면 승부는 9회로 넘어가야 한다.

대전구장의 열기는 정점으로 치닫고 있었다.

스코어 2 : 2. 2아웃에 주자 2루.

타자는 이글스의 영원한 4번 타자이자 홈런 타자인 윤태균이었으니 관중들은 광기에 젖은 함성으로 그가 경기를 뒤집어주기를 간절히 염원했다.

드디어 윤태균이 타석에 들어서자 그의 이름이 끊임없이 연호되었다. 대전구장을 가득 채운 팬들은 흥분으로 잠시도 가만히 있지 못했다.

윤태균은 관중들의 반응에 일절 아무런 표정도 짓지 않고 그저 타석에 들어선 후 땅을 고르며 투수를 바라볼 뿐이었다.

프로야구 13년 차의 베테랑 중의 베테랑.

오직 이글스와 함께하며 이글스의 역사와 함께 길을 걸어온 사내였다.

통산 타율 0.325.

3할을 치지 못한 것은 단 2시즌에 불과할 정도로 그는 장타자이면서도 정교한 타격을 자랑했고 결정적인 한 방을 터뜨려 경기를 뒤집는 능력도 탁월했다.

두둑한 배짱과 뛰어난 선구안을 가진 그는 투수들이 상대하기 가장 어려운 타자 순위 3위에 기록될 정도로 뛰어난 타자였기 때문에 그를 상대하는 자이언츠의 투수 김창량의 얼굴은 붉게 물들어갔다.

윤태균은 이를 지그시 깨물고 배트를 치켜세웠다.

지난 3년 동안 내리 꼴찌를 하면서 그가 겪은 고통은 이루 말할 수 없을 정도였다.

　팀의 간판타자이며 정신적인 지주였던 그는 스스로 먼저 머리를 미는 등 별짓을 다하며 이글스의 추락을 막기 위해 노력했지만 결국 아무런 도움이 되지 못하고 팀이 최하위로 결정되자 화장실에서 남모르게 펑펑 울었다.

　올해도 이글스의 앞날은 그렇게 밝은 편이 아니었다.

　비록 괜찮은 용병들을 영입하기는 했으나 선발투수진이 약했고 확실한 에이스가 없었기 때문에 중간 정도만 해도 괜찮을 거란 생각을 했었다.

　시즌 시작 전 전문가들의 분석은 그의 예상보다 훨씬 야박해서 여전히 이글스를 최하위로 평가했었다.

　선발투수진의 뚜렷한 보강이 없었고 여전히 선수층이 약하기 때문에 주전들이 부상으로 빠질 경우 대체 요원들이 부족하다는 게 그들의 논리였다.

　하지만 그들은 강찬의 존재를 알지 못했다.

　22승 3패의 철완.

　무려 18번의 완투로 이글스의 마운드를 철벽으로 만든 장본인.

　그가 있었기에 이글스는 누구도 예상하지 못했던 강팀으로 변하고 말았다.

초반부터 무섭게 치고 나간 이글스는 5년 연속 한국시리즈를 제패한 라이온즈와 치열한 선두 다툼을 벌이면서 막판까지 경합을 벌였으니 윤태균은 시즌 내내 하늘을 나는 것 같은 기분을 맛봤다.

우승하고 싶었다.

반드시 우승해서 그동안 겪어왔던 고통을 단숨에 날려 보내고 새로운 출발을 하고 싶었다.

그랬기에 윤태균은 몸부림을 쳤다.

오랜만에 찾아온 우승 기회를 잡아내기 위해 사재를 털어 수시로 후배들에게 밥을 사면서 분위기를 이끌었고 성적이 좋지 못한 선수들에게는 격려를 아끼지 않으며 분발할 수 있도록 최선을 다해 도왔다.

이일화가 시즌 내내 강찬의 옆에 붙어서 불편한 점이 있으면 즉각 해결할 수 있도록 조치한 것도 사실은 그의 작품이라고 볼 수 있었다.

그는 같은 투수인 이일화가 자신보다는 강찬에게 훨씬 도움이 될 거란 판단을 내리고 이일화의 집으로 찾아가 도와줄 것을 간곡히 부탁했었다.

누구보다 강하게 우승에 대한 열망을 가진 남자.

김창량의 초구를 기다리는 그의 눈은 무표정 속에서 투지로 활활 불타오르고 있었다.

"김 위원님, 정말 긴장되는 순간이 아닐 수 없습니다. 윤태균 선수가 한 방을 쳐 준다면 이글스는 무려 25년 만에 페넌트레이스에서 우승할 수 있는 기회를 잡게 됩니다."

"그렇습니다. 지금 대구 경기가 끝났다는 소식이 들어왔는데 9 : 0으로 라이온즈가 이겼군요. 여기서 이글스가 진다면 라이온즈가 6년 내리 페넌트레이스의 우승자로 결정됩니다. 이글스 입장에서는 반드시 윤태균의 한 방이 필요한 시점입니다."

뒤에서 넘겨준 데이터를 받은 김동호가 흥분에 찬 목소리로 말을 하자 장춘진 역시 비슷한 목소리로 말을 받았다.

그들은 지금 벌어지고 있는 상황에 관중들 못지않은 흥분을 느끼고 있는 것 같았다.

"윤태균 선수의 득점권 타율이 3할 7푼이니까 자신의 평균 타율보다 5푼 정도가 높군요. 다시 말해서 찬스에 강하다는 뜻인데 정말 이글스의 간판타자답습니다."

"네, 그렇죠. 윤태균 선수는 3년 내리 이글스가 최하위에 머물 때도 홀로 타선을 이끌며 분전을 펼쳐 왔습니다. 저번에 인터뷰를 했더니 금년 시즌만은 반드시 우승하고 싶다는 열망을 숨기지 않았습니다. 나이가 34살이니까 아마 이번이 마지막 기회가 될지도 모른다는 생각을 하는 것 같더군요."

"그렇군요. 벌써 13년 차니까 그렇기도 하겠습니다. 아, 말씀드리는 순간 김창량 선수, 외곽에 꽉 찬 스트라이큽니다."

"커브였습니다. 김창량 선수, 자신의 주 무기인 바깥쪽 커브로 볼카운트를 유리하게 이끌고 갑니다."

"데이터상으로는 김창량 선수의 직구 스피드는 145㎞/h가 최고로 나오는군요. 확실히 패스트볼의 스피드가 적은 투수들의 공통점은 변화구가 좋은 것 같습니다."

"그래도 대단한 배짱입니다. 타자가 윤태균인데 김창량 선수, 잠시의 망설임도 없이 초구부터 자신의 장기인 커브를 꽂아 넣습니다. 사실 저는 승부를 피할 수도 있다는 생각을 했는데 김창량 선수는 그럴 생각이 전혀 없는 모양입니다. 1루가 비어 있으니 절대 좋은 공으로 승부하지 않을 거라 생각했는데 정면승부를 할 생각인 것 같습니다."

"김창량 선수가 원래 배짱은 탁월한 것으로 정평이 나 있습니다. 더군다나 다음 타자가 오늘 안타가 있는 가르시아기 때문에 정면승부를 택한 모양입니다."

"하지만 김창량 선수, 조심스럽게 승부해야 될 겁니다. 윤태균 선수는 데이터에서 봤듯이 찬스에 무척 강한 선수니까 말입니다."

"김창량 선수 2구 던졌습니다. 볼입니다. 이번에는 인코스 낮은 직구였습니다. 볼카운트는 1스트라이크 1볼. 초구와 달리 2구는 유인구를 던졌는데 이번에도 윤태균 선수의 배트는 돌아가지 않았습니다."

"느린 화면이 나오는군요. 보십시오. 공에서 눈이 전혀 떨어지지 않잖습니까. 끝까지 공을 지켜본다는 것이 얼마나 힘든 일인지 겪어보지 않았던 사람들은 잘 모를 겁니다. 저 정도의 선구안을 가지기 위해서는 아마 뼈를 깎는 노력을 오랫동안 해왔을 것입니다."

"정말 대단한 화면이 잡혔습니다. 김 위원님의 말씀대로 눈이 전혀 떨어지지 않는군요."

오랜 경력을 가진 장춘진도 이런 화면을 본 적이 없었던 모양인지 놀라움을 숨기지 못했다.

윤태균은 공이 떨어져 내리는 순간까지 공에 시선을 끝까지 매달아놓고 있었다.

하지만 그 놀라움은 그리 오래가지 않았다.

그의 놀라움을 해소시켜 주기 위함인지 김동호가 입을 열려는 순간 윤태균의 배트가 힘차게 돌아갔기 때문이었다.

세트포지션에서 팔로우까지 김창량의 3구는 순식간에 이루어졌는데 그가 던진 공은 바깥으로 빠져나가는 유인구였다.

하지만 컨트롤이 완벽하지 않아 궤도가 밋밋했고 코스마저 외곽을 완전히 벗어나지 못해 때려내기 좋은 공이 되어버렸는데 윤태균은 기다렸다는 듯 먹이를 낚아채 버렸다.

따악!

배트 중심에 맞은 공이 뻗어 나가자 장춘진이 고래고래 소리를 지르기 시작했다.

"3구 강타. 윤태균 선수가 때린 공이 외야를 향해 날아가고 있습니다. 홈런이냐, 홈런이냐. 앗, 펜스 상단을 맞혔습니다. 2루에 있던 이문승 선수 홈인, 홈인, 역전입니다. 윤태균 선수는 2루까지 진출했습니다. 2루타. 8회 말에서 이글스가 드디어 경기를 뒤집습니다!"

대전구장을 꽉 채운 관중들은 윤태균이 2루타를 쳐서 경기가 역전되자 모두 자리에서 일어나 열광을 했다.

그들은 이문승이 홈을 통과하며 두 손을 번쩍 드는 걸 보면서 비명 같은 함성을 질렀는데 어떤 사람은 기쁨으로 인해 눈물까지 쏟아내고 있었다.

무려 23년 만의 페넌트레이스 우승이 눈앞으로 다가왔기 때문이었다.

"오빠야, 물."

"응, 여기 있다. 천천히 마셔, 체해!"

곽선화가 건네받은 물을 벌컥벌컥 마시자 이동렬이 급하게 물병을 붙잡았다.

걱정한 대로 곽선화는 사레가 들려 목을 잡고 캑캑거렸다.

"조심하라니까."

"됐다, 이제. 오빠야, 우리 이글스가 이제 정말 우승하는가 보다."

"가르시아가 한 방 더 때려줘야 해. 그러면 여유가 생길 텐데……."

"저놈은 덩치는 남산만 한 게 믿음이 안 가. 꼭 결정적인 순간에 삽질을 하잖아. 아마 쟤 득점권 타율이 3할도 안 될걸?"

"그래도 홈런 많이 때렸잖아. 벌써 34개를 때렸으니까 그만하면 준수하지. 이번에 홈런이나 때려줬으면 좋겠다."

이동렬의 말이 끝나고 가르시아가 타석으로 들어오자 홈런 때리란 소리가 여기저기서 흘러나왔다.

역시 야구팬들의 마음은 거기서 거긴 모양이었다.

하지만 가르시아는 이글스 팬들의 염원과는 다르게 우익수 플라이로 물러나고 말았다.

처음에는 경쾌한 타격음과 함께 공이 까마득히 솟구쳤기 때문에 자리를 박차고 일어섰던 관중들은 우익수가 펜스 앞에서 공을 잡아내자 아쉬운 한숨을 터뜨리며 자리에 주저앉았다.

비거리가 5m만 더 나갔어도 홈런이 되었을 만큼 커다란 타구였기 때문에 관중들이 느끼는 아쉬움은 훨씬 클 수밖에 없었다.

공수 교대.

길고 길었던 8회 말이 끝나고 자이언츠 선수들이 더그아웃으로 들어가자 아쉬움을 뒤로한 관중들의 얼굴에서 슬금슬금 긴장감이 피어나기 시작했다.

이제 정말 마지막 공격만 막으면 이글스의 우승이 확정되기 때문이었다.

"이제 마지막이다. 9회만 잘 막으면 우승이야. 그런데 왜 이렇게 가슴이 뛰냐."

"오빠도 그래? 난 심장이 터질 것 같아서 미치겠어."

"마지막이니까 니퍼슨이 나오겠지?"

팽팽한 긴장감은 공격이 끝나자 순식간에 이글스의 더그아웃을 사로잡았다.

윤태균이 2루타로 경기를 역전시키면서 더그아웃을 사로잡았던 환호는 어느샌가 사라졌고 마지막 수비를 위해 나가는 이글스 선수들의 얼굴에는 비장함마저 감돌았다.

이제 마지막 수비를 무사히 마치면 꿈에 그리던 우승을 차지하는 것이었다.

9회 초 마지막 공격은 1번 타자부터였기 때문에 자이언츠도 이를 악물었다.

그들 역시 4위 싸움을 하면서 피가 마르는 접전을 펼치고 있는 중이었기 때문인데 이번 경기를 이기면 그들도 트윈스를 제치고 가을 야구에 진출할 수 있었다.

한 팀은 우승이고 한 팀은 4위를 결정하는 중요한 경기였으니 어느 팀도 마지막까지 포기할 수 없었다.

관중들과 전문가들의 예상과 다르게 마운드로 올라온 것은 8회에 마운드를 지켰던 신민찬이었다.

그는 이태진에 이어 7, 8회를 던졌는데 9회까지 마운드에 오르자 모든 이가 웅성거리기 시작했다.

릴리프에도 종류가 많은데 1타자만 상대하는 원 포인트 릴리프가 있고 2~3이닝을 책임지는 미들 릴리프, 선발이 무너졌을 때 나서서 4~5이닝을 던지는 롱 릴리프로 구분된다.

신민찬은 그중 미들 릴리프에 해당되는 투수였다.

특히 7회에 나와 2이닝을 전력으로 던졌기 때문에 당연히 마무리 투수인 니퍼슨이 나와야 되는데 그가 다시 등판하자 관중석은 이해할 수 없다는 표정을 숨기지 못했다.

그것은 구단 관계자들도 마찬가지였다.

우승을 눈앞에 두고 김남구 감독이 이해하지 못할 용병술을 펼치자 그들은 불안한 시선을 감추지 못했다.

그러나 막상 마운드에 오른 신민찬은 편안한 모습이었다.

오늘 그의 투구는 꽤나 좋은 것이었다.

이태진에 이어 7회부터 마운드에 올라 산발 2안타로 자이언츠의 타선을 틀어막아 역전의 기반을 마련해 줬으니 수훈 선수임은 분명했다.

그럼에도 그는 마무리를 해본 적이 한 번도 없는 선수였기 때문에 긴장된 모습을 보여야 했다.

아무리 그가 배짱이 두둑하더라도 우승을 눈앞에 둔 마지막 이닝에 올라오면서 저렇게 편안한 모습을 보인다는 것은 정말 이해 못 할 일이었다.

마운드에 오른 신민찬은 아주 천천히 연습 투구를 했다.

타자가 대기석에서 들어오지 않았기 때문에 그는 마치 자신이 지닌 주 무기를 시험이라도 하듯 전력을 다해 공을 던졌다.

3구의 연습 투구를 모두 마치고 타석으로 타자가 들어오자 포수에게서 공을 넘겨받은 신민찬이 양발을 모은 자세로 타자를 바라봤다.

자이언츠의 1번 타자 차대신은 이를 앙다문 자세로 타석에 서서 그가 공을 던지기를 기다리고 있었다.

장혁태 코치가 타임을 걸고 마운드로 천천히 걸어 나온 것은 대전구장이 곧 터질 것 같은 긴장감으로 사로잡혀 있을 때였다.

장혁태 코치가 손을 내밀자 신민찬은 기다렸다는 듯 그에게 공을 넘겨주었다.

그런 후 히죽 웃으며 더그아웃 쪽으로 걸어갔는데 그와 반대쪽에서 강찬이 마운드를 향해 뛰어오고 있었다.

전광판에 구원투수의 이름으로 이강찬이 떠오르자 불안한 마음으로 지켜보던 관중들의 입에서 엄청난 환성이 터져 나왔다.

그들은 이강찬이 마운드에 모습을 드러내자 서로를 부둥켜안고 기뻐했는데 마치 경기가 끝나서 우승을 차지한 것과 같은 모습들이었다.

"김 위원님, 역시 신민찬 선수를 올렸던 것은 트릭이었던 모양입니다. 이강찬 선수가 몸을 풀 수 있도록 시간을 벌었던 걸까요?"

"충분히 그랬을 가능성이 큽니다."

"김남구 감독이 니퍼슨을 선택하지 않은 이유가 있습니까?"

장춘진의 얼굴에 의아함이 서렸다.

그의 상식으로는 도저히 이해가 되지 않는 일이었다.

지금까지 니퍼슨은 23세이브를 기록하며 이글스의 마무리 역할을 충실히 해왔었기 때문에 선발투수인 강찬의 기용은 전혀 예상 밖의 일이었다.

하지만 그의 질문을 받은 김동호의 표정은 어느 정도 예상하고 있었던 일이라는 듯 편안해 보였다.

"아무래도 이전 경기에서 세이브에 실패한 것이 원인이었던 것 같습니다. 더군다나 니퍼슨 선수는 시즌 후반에 들어오면서 체력적으로 부담이 되는지 구위가 떨어지는 모습을 보였기 때문에 김남구 감독이 이런 선택을 한 것 같습니다. 이강찬 선수는 3일을 쉬었고 이번 경기에서 이기면 2주 이상의 휴식을 취할 수 있기 때문에 가장 안전한 패를 꺼내 든 것 같습니다."

"우승에 대한 열망이 그만큼 크다고 봐야겠군요."

"아마, 그럴 겁니다. 이번에 이글스가 우승한다면 창단 후 첫 우승입니다. 물론 그 이전에 다른 기업이 팀을 운영했을 때는 해본 적이 있지만 실질적으로는 첫 우승이기 때문에 그 염원이 어느 때보다 간절할 것입니다."

"그럼 미리 준비해도 되지 않았겠습니까? 신민찬 선수를 9회에 올리면서까지 깜짝쇼를 할 이유가 있었을까요?"

"8회 말에 역전이 되었으니 당연히 그랬을 수밖에 없었겠죠. 이강찬 선수는 동점이 되는 순간부터 몸을 풀기 시작했을 테니 시간이 현저하게 부족했을 겁니다. 만약 동점이 되지 않았다면 포스트 시즌을 대비해서 이강찬 선수를 올리지 않았겠지만 기회가 찾아온 이상 가장 확실한 패를 선택한 것 같습니다."

"그런 이유가 있군요. 이제야 왜 이런 선수 기용이 벌어졌는지 이유를 알 수 있겠습니다. 정말 우승을 향한 집념이 치열하군요. 언터처블, 이강찬 선수. 과연 그가 이글스에게 우승을 안겨줄 수 있을지 지켜보도록 하겠습니다. 잠시 광고 보고 다시 찾아오겠습니다."

대전구장을 가득 메운 이글스의 팬들은 모두 일어나 더 이상 자리에 앉지 않았다.

지금 마운드에서는 강찬이 연습 투구를 하고 있었는데 그들은 그 모습을 보면서 연신 강찬의 이름을 연호하는 중이었다.

강찬이 장혁태 코치의 부름을 받은 것은 이문승이 동점타를 터뜨려 김일배가 홈으로 들어왔을 때였다.

처음에는 영문을 몰라 어리둥절했던 강찬은 임관과 함께 투수 연습장으로 급히 뛰어가 몸을 풀기 시작했다.

시간이 없었다.

통상적으로 투수가 마운드에 올라가기 전에 공을 던지는 개수는 30~50개 사이였다.

몸을 풀면서 컨트롤도 점검하고 구속과 구위, 구질에 대해서 충분히 익숙해진 다음에 등판하기 위해서였다.

다행스럽게 노아웃 상태에서 터진 동점타였기 때문에 32개의 연습구를 던질 수 있었다.

전혀 몸도 풀지 않고 나섰다면 모를까 32개만 던져도 겨드랑이에서 땀이 배어 나왔다.

관중들이 자신을 부르는 소리가 생생하게 귓가에 들어왔다.

마치 그 소리가 엄마의 자장가처럼 더없이 편안하게 느껴졌다.

임관에게서 공을 넘겨받고 타자를 바라봤다.

자이언츠의 1번 타자 차대신은 신민찬과 대결하기 위해 타석에 들어왔을 때와는 다르게 얼굴이 무섭게 굳어져 있었다.

강력한 킥킹에 이은 백스윙, 그리고 유연한 릴리스와 완벽한 피니시.

강찬의 손을 떠난 공이 순식간에 차대신의 무릎 높이로 날아와 정확하게 포수의 미트로 틀어박혔다.

빡!

마치 도끼로 장작을 패는 소리와도 같았고 어찌 보면 옆에서 듣는 총소리와도 비슷했다.

초구 스피드, 154㎞/h.

오늘 경기에서 지금까지 상대했던 최고 구속은 이태진이 던진 148㎞/h였으니 차대신의 눈에는 공이 보이지도 않았을 것이다.

심판이 펄쩍 뛰어올랐고 관중들도 만세를 불렀다.

그러나 강찬은 작정을 한 듯 몸이 굳어버린 타자를 향해 바깥쪽으로 155㎞/h짜리 패스트볼을 연이어 찔러 넣었다.

차대신은 2구도 손을 대지 못하고 마치 넋 잃은 사람처럼 멍하니 강찬을 바라보았다.

이태진의 패스트볼에 신체적인 감각이 맞춰져 있던 차대신은 강찬의 속구에 배트를 휘두르지 못했다.

그가 3구째 들어온 터무니없이 높은 패스트볼에 배트가 나간 것은 강찬의 속구에 적응하지 못했기 때문일 것이다.

아무도 예상하지 못했던 강찬의 등판이 이런 결과를 만들어냈다.

수 싸움을 할 새도 없었고 그저 서서 얻어맞을 뿐이었다.

뒤에서 지켜보던 2번 타자는 차대신처럼 일방적으로 당하지 않았지만 바깥으로 휘어 나가는 볼에 손을 대서 2루 땅볼로 물러나고 말았기 때문에 순식간에 아웃 카운트는 하나만 남았다.

마지막 타자로 나선 자이언츠의 3번 타자 윤경찬은 애써 무표정을 만들려고 했으나 막상 타석에 들어서자 자신도 모르게 눈을 부릅뜨고 말았다.

마운드에 서 있는 강찬의 모습이 너무 커 보여 저절로 위압감이 느껴졌기 때문이었다.

그러한 감정은 눈에 보이지 않을 정도의 속도로 날아온 직구가 자신의 무릎을 관통해서 포수 미트에 박혔을 때 극에 달했다.

도저히 칠 엄두가 나지 않을 정도로 빠른 공이었고 심지어

눈에 들어오지도 않았다.

너무 놀라 자신도 모르게 전광판을 확인했더니 무려 159㎞
/h가 찍히고 있었다.

놈은 분명 이 경기를 이기기 위해 죽기 살기로 던지고 있는
모양이었다.

눈을 돌려 관중들을 보자 미친 듯 이강찬을 환호하는 소리
가 들려왔다.

애써 듣지 않기 위해 눈을 돌렸지만 그 소리는 여전히 머릿
속에서 맴돌고 있었다.

이대로 당할 수는 없었다.

자신이 홈런을 때리면 이 경기는 원점에서 다시 시작할 수
있다.

놈이 현재 프로야구계를 들었다 놓을 정도로 엄청난 투구
를 하고 있다지만 저도 사람인 이상 실투를 할 수도 있으니
마지막까지 최선을 다해야 한다.

이를 악물고 2구를 기다리자 놈이 와인드업하는 것이 보
였다.

웬만한 투수들에 대해서는 투구 폼을 철저히 분석해서 던
지는 구질을 한두 개 정도 알아낼 수 있었지만 이강찬만은 어
떠한 단점도 찾아낼 수 없었다.

그야말로 모든 구질이 동일한 폼에서 나오는데 그 폼이 너

무 유연했기 때문에 공이 손에서 떠난 후에야 구질을 알 수 있었다.

강찬의 손에서 공이 떠난 순간 직구라는 생각이 들었다.

본능이 그의 판단에 충실하게 움직이며 배트를 끌어내리는 순간 뭔가 잘못되었다는 것을 알 수 있었다.

150㎞/h의 공이 홈 플레이트에 도착하는 시간은 0.44초에 불과하기 때문에 판단을 마친 순간 무조건 배팅이 시작되어야 임팩트가 가능해진다.

그것은 오직 본능에 의해 타격이 되어야 한다는 뜻인데 그러한 본능을 철저하게 농락하는 것이 바로 지금 날아온 체인지업이었다.

강찬의 체인지업은 125㎞/h였고 홈 플레이트에서 뚝 하고 떨어졌기 때문에 윤경찬의 배트가 돌아가고 나서야 공이 포수의 미트에 들어왔다.

정말 어이없는 타격이었지만 윤경찬은 자세를 바로잡고 타석에서 물러났다.

완벽하게 속았다.

그렇다고 왜 속였냐며 따질 수 없는 것이 바로 야구라는 게임이었다.

이제 그에게는 오직 한 개의 공만이 남아 있을 뿐이었다.

2스트라이크 노 볼이었으니 유인구가 날아올 가능성이

컸다.

하지만 그렇다고 안심할 수도 없으니 조금이라도 비슷하면 무조건 배트가 나가야 한다.

반드시 살아 나가야 된다는 마음은 이미 머릿속에서 사라진 지 오래였고 지금은 오직 하나의 바람만 떠오르고 있었다.

아웃되어도 좋다.

하지만 삼진만큼은 무조건 피하고 싶었다.

강찬은 타석에 바짝 붙어서 마지막 공을 기다리는 윤경찬의 모습을 보면서 혀를 내밀어 입술을 적셨다.

배트를 최대한 짧게 잡은 타자의 모습에서 어떤 수를 쓰든 치고 말겠다는 의지가 보였다.

잠깐 고민이 들었지만 정면승부를 해야겠다는 생각이 들었다.

저렇게 배트를 짧게 잡는다면 아무리 잘 맞아도 홈런은 되지 않을 것 같다는 생각이 들었기 때문이다.

이렇게 중요한 순간에 그런 생각이 든 것 자체가 우스운 일이었지만 강찬은 임관의 사인을 여러 번 고개를 가로저어 흘려보낸 후 바깥쪽 직구를 던졌다.

마지막이라는 생각에 혼신의 힘을 다한 공이었다.

손을 떠난 공이 마치 창이 날아가는 것처럼 잔영을 일으키며 포수를 향해 날아갔다.

임관은 자신에게 오는 공의 궤적에서 조금 위쪽으로 미트를 가져다 댔는데 수없이 반복된 연습으로 강찬의 공이 떠오른다는 것을 알고 있었기 때문이었다.

윤경찬의 배트가 힘차게 돌아갔지만 공은 포수의 미트에 정확하게 틀어박혔다.

치고 싶다고 해서 칠 수 있는 공이 아니었다.

강찬의 전력을 다한 패스트볼은 타자의 배팅을 완전하게 무력화시킬 정도로 강력한 것이었다.

삼진.

윤경찬의 삼진이 확정되는 순간 임관이 제일 먼저 강찬을 향해 뛰쳐나왔고 김남구 감독을 비롯한 전 선수가 그라운드로 쏟아져 나왔다.

시즌 전적 98승 46패로 이글스가 우승을 차지하는 순간 대전구장을 가득 채웠던 모든 관중이 자리에서 일어나 만세를 불렀다.

이글스가 창단 후 처음으로 페넌트레이스에서 우승을 차지하며 한국시리즈에 직행하는 순간이었다.

제4장
수 싸움

시즌이 끝나자 곧 가을 야구의 열풍이 불어왔다.

극적으로 4위를 차지한 트윈스와 3위 와이번스가 붙은 준 플레이오프는 당장 내일부터 5전 3선승제로 벌어져 라이온 즈와 싸울 플레이오프 진출 팀을 가린다.

이글스는 페넌트레이스를 우승하는 순간 모기업의 왕 회장까지 직접 경기장에 나와 선수들을 일일이 격려하고 거액의 포상금을 내놨는데 그 금액이 상당했기 때문에 선수들의 사기가 하늘을 찔렀다.

우승을 확정한 날 구단 임직원과 코치진, 그리고 선수들까지 축하 파티를 열어 오랜만에 마음껏 웃고 떠들며 마셨다.

이제 한국시리즈까지는 17일의 여유가 있기 때문에 페넌트레이스에서 우승한 이글스 팀은 승자의 여유를 즐기며 기쁨의 순간을 만끽했다.

창단 후 첫 우승.

정말 기쁜 일이 아닐 수 없었다.

최인혁을 만난 황인호가 진행된 상황을 보고했을 때 백성춘은 머리끝까지 치밀어 오르는 분노로 한동안 부들부들 떨었다.

이런 경우를 위해 놈들이 말도 안 되는 계약을 요구했다는 걸 알고 있었지만 막상 현실로 다가오자 받아들일 수가 없었다.

선수는 구단에 소속되는 부속품이고 그 부속품을 팔아먹는 것은 구단이다.

그 규칙은 지금까지 한 번도 어겨지지 않던 불문율이었고 앞으로도 지켜져야 하는 철칙 같은 것이었다.

그런데 그 철칙이 이강찬과 최인혁으로 인해 깨지고 있었다.

2천만 달러.

그 돈만 있으면 이글스는 어려워진 구단 운영에 숨통을 틀 수 있고 당장 우수한 선수들을 스카우트해서 몇 년 동안 선두

권을 유지할 수 있는 기반을 마련할 수 있었다.

그런데 그런 거금이 한순간에 날아간다고 생각하자 분통이 터져 잠시도 가만있을 수가 없었다.

최인혁은 마치 미친놈 같았단다.

도저히 이해하지 못할 말을 했지만 핵심은 강찬을 아들로 생각하고 있다는 것이었다.

금액이 적다든가 하는 이유였다면 어떡하든 협상을 할 수 있었겠지만 최인혁이 말한 이유는 협상할 여지조차 없는 것이었다.

그랬기에 더욱더 화가 났다.

금년 시즌에서 활약한 가치로만 따져도 아마 강찬은 포스팅 비용으로 2천만 달러를 충분히 받아낼 수 있을 것이다.

최인혁의 예측대로 강찬이 만약에 내년까지 이런 활약을 한다면 그 몸값이 얼마까지 치솟을지 아무도 장담할 수 없었다.

그러나 그런 금액은 강찬이 무지막지한 성적을 계속해서 냈을 때에 한정된 계산법이었다.

만약 지금 당장부터 강찬이 전혀 게임에 뛰지 못한다면 어쩔 텐가.

그렇게 된다면 놈은 당장 메이저리그 진출이 어려워질 수도 있고 진출한다 해도 현저하게 낮은 금액을 받게 될 것이다.

놈들의 행태에 분노한 백성춘의 머리가 팽이처럼 돌아가며 눈이 새파랗게 빛났다.

선수 하나 망치는 건 일도 아니었으니 언제든 마음만 먹으면 나락으로 떨어뜨릴 수 있다.

하지만 그는 곧 머리를 흔들고 식어버린 찻잔을 들며 그런 생각을 지웠다.

이글스로서는 너무나 중요한 순간이었다.

한 게임 차로 선두 싸움을 벌이고 있는데 강찬을 게임에서 빼게 되면 이글스는 힘을 잃고 주저앉을 가능성이 너무 커서 분풀이를 하기에는 시기가 너무 좋지 않았다.

이번에 이글스가 페넌트레이스에서 우승하게 되면 자신은 최초로 우승이란 대업을 완성시킨 구단주로 길이 남게 될 것이다.

욕심이 생겼다.

페넌트레이스뿐만 아니라 한국시리즈까지 움켜쥘 수만 있다면 당분간 강찬의 행동을 눈감아줄 수도 있을 것 같았다.

그랬기에 칼을 다시 집어넣고 전폭적인 지원을 아끼지 않았다.

한 게임, 한 게임이 피 말리는 접전들이었다.

라이온즈는 5연속 우승 팀답게 이글스를 압박해 왔는데 그때마다 강찬은 완벽한 투구로 팀을 승리로 이끌었다.

그리고 오늘.

그토록 꿈속에서조차 간절히 원하던 페넌트레이스 우승이 확정되는 순간 눈물이 주르륵 흘러내렸다.

수많은 구단 관계자들의 축하 인사를 받으며 웃음을 멈추지 못했고 선수들이 헹가래 쳐 줬을 때는 온 세상을 모두 가진 것과 같은 행복감을 느꼈다.

대전구장을 가득 채운 팬들과 선수들이 하나가 되어 우승을 축하하는 것을 보며 백성춘은 웃음을 멈추지 않았다.

그중에는 해맑은 표정으로 기뻐하는 이강찬의 모습도 포함되어 있었다.

놈은 자기에게 어떤 위기가 닥칠지 전혀 알지 못한 상태에서 동료들과 함께 우승의 기쁨을 즐기고 있었다.

내가 갖지 못한다면 남도 갖지 못한다.

이글스가 우승을 차지하는 것 못지않게 야구계의 질서를 어지럽히는 존재로 남지 않는 것도 그만큼 중요했다.

우승은 한 번으로 충분하다는 게 그의 생각이었다.

오랜만에 찾아온 휴식.

그동안 온 정신이 선두 싸움에 몰려 있어 제대로 휴식을 취하지 못했던 이글스 선수들은 3일간의 휴가를 얻고 가족들에게 뿔뿔이 돌아갔다.

임관과 강찬도 외출을 하기 위해 아침부터 부지런히 닦고 조이며 광을 냈는데 거울 앞에 서자 전혀 다른 사람으로 변해 있었다.

"청주로 갈 거지?"

"응."

"내가 데려다줄게."

"애인 온다며."

"그러니까 데려다주는 거야."

"왜?"

"미영이가 널 보고 싶어 한다. 이글스의 영웅이 잘 계시는 지 보고 싶다니까 부탁 좀 들어주라."

"얼씨구."

"나도 오랜만에 은서 얼굴 보고 싶고. 저녁이나 같이해."

"미리 말했어야지. 은서가 난감해할 수도 있어."

"그런 걸 미리 말해야 해?"

"약속 있을 수도 있잖아."

"너랑 만나기로 한 거 아니야?"

"했지."

"그런데 무슨 약속이 있어!"

"말이 그렇다는 거지. 날 만나기로 한 거지 널 만나기로 한 건 아니잖아. 여자들은 그런 걸 무척 민감하게 생각한다니까."

"지랄한다."

강찬의 말에 임관의 주둥이가 한 다발이나 튀어나왔다.

만약 그의 핸드폰이 울어대지 않았다면 어떤 일이 벌어질지 모를 정도로 그의 주먹은 어깨 위까지 올라가 있었다.

전화는 그의 애인인 엄미영에게서 온 것이었다.

"밑에 와 있단다. 가자."

"하여간 너 같은 막무가내는 처음 본다. 둘이 오붓하게 즐길 것이지 왜 날 끌어들여."

"우승했으니까 우리도 축하 파티 열어야지. 너네 부부랑 우리 부부랑."

"결혼할 거냐?"

"지금 간보고 있는 중이야. 그런데 마음씨가 너무 착해서 반쯤은 넘어간 상태다."

"어차피 할 거면 빨리 해. 미영 씨 조급하게 만들지 말고."

"너무 빠른 거 아닌가 싶어서 고민이야. 내 나이 겨우 스물다섯인데 벌써 장가간다면 억울하지 않겠냐?"

"야구 선수는 가정을 가져야 안정이 돼서 성적이 좋아진단다. 그러니까 그냥 해. 미영 씨 정도면 너한테 황송하고도 남아."

"이놈이 왜 이래? 너 미영이한테 뭐 얻어먹은 거라도 있어?"

청주의 번화가는 남문로와 북문로 사이에 있고 저녁 식사는 북문로의 중심에 있는 '로체'에서 이뤄졌다.

로체는 이탈리안 레스토랑으로 젊은 연인들이 자주 찾는 청주의 명소였는데 스테이크가 맛있기로 소문난 집이었다.

이미 안면이 있었기 때문에 탁자를 마주 두고 앉은 네 사람의 표정은 편안했다.

임관은 다가온 웨이터에게 마치 준비라도 한 듯 코스 요리를 주문했는데 레드 와인까지 한 병 준비시키는 센스를 발휘했다.

오래전부터 자신이 거나하게 한번 쏘겠다고 떠들더니 오늘이 바로 그날인 모양이었다.

"은서 씨, 강찬이가 어제 죽여줬습니다. 봤죠?"

"네, 봤어요."

"멋있었죠?"

"그럼요, 우리 오빠는 언제 봐도 멋지거든요. 그런데 어제는 얼마나 멋있던지 오빠밖에 보이지 않았어요."

"콩깍지가 단단히 쓰였군요."

은서의 대답에 임관이 열심히 혀를 차댔다.

나름대로 조금 부끄러운 표정을 기대했지만 은서가 전혀 아무렇지 않게 대답하자 심술이 도졌던 모양이다.

그런 임관의 옆구리를 꾹 찌르며 나선 것은 엄미영이었다.

그녀는 임관과 사귄 지 5개월이 지났는데 대전에서 초등학교 선생님으로 재직하고 있었다.

"오빠, 그거 콩깍지 아닌 것 같아. 내가 봐도 강찬 오빠는 멋있거든."

"헐, 애인 옆에 버젓이 있는데 너무한 거 아냐?"

"우리 친구들이 강찬 오빠 사인 받아 오라고 했어. 지금 강찬 오빠는 여자들 사이에서 영웅으로 통해."

"내 얘기는 없어? 강찬이가 공을 던지면 내가 받거든. 그러니까 있을 만도 한데?"

"없어."

칼 같은 엄미영의 대답에 기대로 가득했던 임관의 표정이 우스꽝스럽게 우그러들었다.

그 모습에 강찬과 은서가 동시에 폭소를 터뜨렸는데 엄미영은 자신이 말해놓고도 미안했던지 금방 아양을 떨었다.

"그래도 오빠한테는 내가 있잖아. 사실 나는 강찬 오빠보다 울 오빠가 훨씬 좋아."

"흐흐… 여우."

"정말이라니까. 강찬 오빠처럼 인기가 많으면 불안해서 어떻게 살겠어. 차라리 속은 은서 씨보다 내가 훨씬 편할 거야."

"맞아요."

엄미영의 말에 은서가 순순히 고개를 끄덕였다.

사실이다.

요즘 들어 강찬을 향해 날아오는 팬레터는 거의 대부분 여자들 것이었는데 그 내용은 모두 사랑한다는 것들이었다.

지금도 마찬가지였다.

처음 식당에 들어올 때부터 강찬을 알아본 사람들이 웅성거리기 시작하더니 조금 전부터는 아예 이쪽을 향해서 연신 카메라를 들이대고 있었다.

그럼에도 사람들은 이쪽으로 다가오지 않았다.

강찬 일행이 식사를 하기 위해 기다리고 있다는 것을 배려하는 모양이었다.

사람들의 시선을 받는다는 게 시간이 지날수록 점점 부담스러워졌다.

강찬과 사귀면서 처음 얼마 동안은 시내를 다녀도 못 알아보는 경우가 많았는데 이제는 조금만 걸어도 거의 모든 사람이 알아봤기 때문에 행동이 조심스러웠다.

임관이 시킨 음식 나오기 시작한 것은 은서의 말을 들은 강찬이 어이없게 웃었을 때였다.

재밌는 것은 주문을 받아 간 웨이터가 아니라 정장을 근사하게 받쳐 입은 중년인이 가져왔다는 것이다.

그는 마흔이 훌쩍 넘은 것 같았는데 음식 캐리어를 직접 끌고 와서 스프와 샐러드를 식탁에 올려놓은 후 강찬을 향해 눈을 맞췄다.

"저는 이 가게의 사장입니다. 이강찬 선수, 저희 가게를 찾아와 주셔서 정말 감사드립니다. 어제 벌어진 마지막 경기를 보면서 만세를 불렀을 정도로 이글스의 팬이기도 합니다. 그동안 성적이 안 좋았던 이글스를 우승시켜 줘서 정말 고맙습니다. 그런 의미로 오늘 음식은 제가 낼 테니 부디 맛있게 드시며 즐거운 시간을 보내주시면 감사하겠습니다."

뭐라 말할 새도 없이 사장은 정중하게 인사를 마친 후 홀쪽으로 사라져 갔다.

임관이 시킨 코스 요리는 인당 8만 원짜리였고 와인까지 시켰기 때문에 대충 계산해도 40만 원에 가까웠는데 사장은 전혀 아깝다는 표정조차 짓지 않았다.

사람들의 시선이 부담되기도 했지만 스타로서 대접을 받게 되자 여자들은 호들갑을 떨며 즐거움을 숨기지 못했다.

로체의 음식은 훌륭했기에 네 사람은 맛있게 먹으며 청춘의 분위기를 즐겼다.

경기를 치르면서 가졌던 긴장감과 피로를 단숨에 날릴 수 있을 정도로 즐거운 시간들이었다.

그러나 문제는 그들이 식사를 모두 마치고 나서 벌어졌다.

강찬을 계속해서 흘끔거리던 사람들이 식사가 끝나자 벌 떼처럼 일어서며 사인을 요청해 왔던 것이다.

*　　*　　*

언론은 꼴찌의 반란이 현실로 나타나자 대대적으로 이글스의 우승 소식을 다뤘다.

시즌 전 꼴찌 후보로 예상됐던 이글스가 반전을 거듭한 끝에 라이온즈를 제치고 페넌트레이스 우승을 거머쥐자 언론은 '다윗의 반란' 이란 타이틀로 전면을 장식하며 호들갑을 떨어 댔다.

그 어느 때보다 강렬한 반응이었다.

가장 약하다고 생각한 팀이 모든 예상을 깨고 우승의 영광을 안았기 때문에 사람들이 느끼는 감동은 더욱 클 수밖에 없었다.

이제 문제는 이글스가 한국시리즈까지 우승할 수 있냐는 것이었다.

여전히 강력한 우승 후보로 꼽히는 라이온즈와의 맞대결에서 이글스는 열세를 보이고 있었다.

6승 10패.

강찬이 3승 1패로 우세를 거뒀을 뿐 나머지 투수들은 전부 승리보다 패배가 훨씬 더 많았기 때문에 언론은 정규 리그 우승 팀인 이글스보다 오히려 라이온즈에 더 많은 점수를 주었다.

라이온즈가 가장 강력할 거란 예상은 들었으나 공은 둥글고 승부는 끝나봐야 알 수 있으니 누가 한국시리즈에 올라올지는 아무도 모른다.

하지만 이것만은 분명했다.

당장 내일부터 우승의 꿈을 이루기 위한 준플레이오프가 벌어진다는 것이었다.

치열한 단기간의 전쟁.

그 숨 막히는 승부가 드디어 일 년이란 시공을 넘어 포문을 열기 시작했다.

문학구장에서 맞붙은 와이번스와 트윈스의 대결은 예상을 뒤집고 4위인 트윈스가 2승을 먼저 챙겼다.

1, 2차전의 히어로는 단연 최성일이었다.

그는 2게임에서 10타수 6안타를 때려냈는데 1개의 홈런을 포함, 무려 7타점이나 올렸다.

야구가 투수 놀음이라는 전문가들의 의견은 정설로 받아들여진 지 오래였으나 한 명의 타자가 게임을 지배할 수 있다는 것 또한 익히 알려진 지 오래였다.

20년 전 야구계를 휩쓸었던 풍운아, 바람의 아들 이종호는 그 당시 약체로 평가받던 타이거즈를 이끌며 한국시리즈를 제패하는 일등 공신이 되었다.

그는 그 당시 53개의 도루와 0.375에 달하는 타율, 38개의 홈런을 때려내며 타격 전 부문을 석권했는데 결정적인 순간마다 터지는 그의 타격으로 타이거즈는 수많은 승리를 챙길 수 있었다.

과거의 전설이 되살아나듯 최성일은 문학구장에서 펄펄 날았다.

강찬에게 당한 분풀이를 하는 것처럼 그는 찬스 때마다 불방망이를 휘두르며 주자를 홈으로 불러들였다. 트윈스의 플레이오프 진출은 기정사실로 굳어져 갔다.

먼저 2승을 거둔 팀이 연패를 해서 떨어진 경우는 과거의 전례로 봤을 때 거의 없었기 때문이었다.

그러나 야구는 언제나 그냥 끝나는 법이 없었다.

금방이라도 목숨이 떨어질 것 같았던 와이번스는 시즌 18승을 거둔 에르난데스와 홈런 1위를 달리고 있는 최황을 앞장세우며 맹렬한 반격을 시도했던 것이다.

시작하자마자 두 게임에서 내리 졌기 때문에 시름에 빠졌던 인천의 와이번스 팬들이 광란으로 빠져들었다.

4차전은 정말 극적이었는데 역전에 역전을 거듭하다가 9

회에 터진 최황의 홈런으로 와이번스가 9 : 8로 승리했다.

양 팀 전적 2승 2패.

정말 누구도 선불리 예측하지 못할 접전이 펼쳐지고 있었다.

이제 남은 경기는 단 하나.

마지막 경기의 승패에 따라 두 팀의 운명이 갈리게 된다.

언론은 그야말로 신이 났다.

모든 야구팬의 시선이 쏠려 있는 준플레이오프가 역전에 역전을 거듭하자 야구기자들은 발에 땀이 나도록 현장을 뛰어다녀야 했다.

마지막 경기 결과에 따라 라이온즈의 상대가 결정되기 때문에 그들은 양 팀을 오가며 최종전에 대한 각오를 인터뷰했고 그들이 지닌 전략들을 분석했다.

단기간에 벌이는 승부였으니 이제 그들은 남아 있는 모든 전력을 투입할 수밖에 없을 것이다.

와이번스의 훈련장에서 빠져나온 김혁이 옆에서 걷는 홍재진에게 불쑥 입을 열었다.

"이상하지?"

"뭐가요?"

"내일 경기의 선발투수에 대해서 입을 열지 않는 걸 보니 뭔가 있는 것 같아. 김홍운이 아닐지도 모르겠다."

"설마요. 와이번스에 남아 있는 투수는 김홍운밖에 없어요. 4차전에서 거의 모든 투수를 쏟아부었기 때문에 나올 선수가 없단 말입니다."

"그게 정상이지. 그런데 뭔가 찜찜해. 김경무 감독, 표정이 이상하지 않았어?"

"그렇긴 한데……."

김혁의 질문에 홍재진이 덩달아 입술을 끌어 올렸다.

그도 10년이 넘게 야구 판에서 굴렀으니 뭔가 이상한 걸 느꼈기 때문이었다.

하지만 아무리 생각해도 변수는 없는 것 같았다.

김혁의 입이 불쑥 열린 것은 홍재진이 입맛을 다시며 앞에서 다가오는 동료 기자를 향해 손을 들어 올렸을 때였다.

와이번스와 트윈스의 연습장은 기자들로 북새통을 이뤄 마치 시장판에 온 것 같다는 생각을 하게 만들었다.

"난 김홍운이 아니라 에르난데스일 거란 생각이 자꾸 든다."

"에르난데스는 이틀 전에 던졌어요. 절대 안 나올 겁니다."

"와이번스가 가지고 있는 가장 확실한 패는 에르난데스야. 김경무 감독의 반응도 그렇고, 그놈이 나올 가능성이 큰 것 같다."

"설마요. 김경무 감독이 시켜도 그놈은 말을 듣지 않을 겁니다. 어깨에 무리가 가는 짓은 절대 안 할 놈이거든요."

"내기할까?"

"좋습니다. 뭐로 할까요?"

"치맥, 오케이?"

"저렴하군요. 혹시 자신 없어서 그러는 건 아니죠?"

"그럼 뭐 더 좋은 거로 올리자."

김혁의 반격에 홍재진이 움찔했다.

오랫동안 사귀어본 결과 김혁은 자신 없는 일에는 절대 나서는 법이 없는 사람이었다.

그랬기에 홍재진은 언제 그랬냐는 듯 부처님 같은 미소를 흘리며 즉시 말을 바꿨다.

"웃자고 해본 소립니다. 치맥 좋지요. 오랜만에 선배님한 테 술을 얻어먹게 생겼군요."

"크크, 잘 안 될 거다."

"쓰실 겁니까?"

"당연히 써야지. 밥줄인데 써야 되지 않겠어?"

"하여간 선배님은 너무 모험을 좋아하세요. 그러다 틀리면 국장님한테 잔소리 꽤나 들으실 텐데요."

"유능한 기자는 원래 국장하고 사이가 좋지 않아야 돼. 그 래야 쓰고 싶은 기사를 빵빵 쓸 수 있거든."

김혁이 손을 흔들며 사라져 가자 홍재진의 표정이 기묘하게 변했다.

김혁은 자타가 공인하는 야구전문기자였다.

그의 눈은 전문가 수준을 뛰어넘은 지 오래였고 탁월한 감각으로 수많은 특종을 뽑아낸 사람이었다.

페넌트레이스 때와는 다르게 준플레이오프부터는 선발투수 예고제를 시행하지 않았다.

그것은 3년 전부터 바뀐 제도였는데 한 해의 농사를 결정짓는 포스트 시즌에서는 경기의 흥미를 극대화하고 단기전에서 감독의 전략이 극대화될 수 있도록 하기 위함이었다.

설마 하는 생각은 사라지고 정말 에르난데스가 나올지도 모르겠다는 생각이 들자 그의 발걸음이 빨라졌다.

붙어먹는 것도 능력이다.

기자란 직업은 원래부터 그런 것이었으니 비겁하거나 부끄러워할 일이 아니었다.

내일스포츠와 미래스포츠의 와이번스 선발투수 예측 기사를 보고 사람들은 황당하다는 표정을 지었지만 마지막 5차전에서 나온 것은 김혁이 예측한 대로 에르난데스였다.

기자석에 앉은 김혁과 홍재진은 에르난데스가 마운드에 올라오는 순간 하이파이브를 터뜨렸다.

국장의 반대를 무릅쓰고 쓴 기사가 대박을 터뜨렸으니 회

사 내에서의 입지는 또 그만큼 넓어졌다.

다른 신문이나 방송은 에르난데스가 선발로 나올 거란 예측을 하지 못했기 때문에 그들의 기사는 더욱 가치가 클 수밖에 없었다.

하지만 와이번스의 선택은 모험에 가까운 것이었다.

그 이유는 첫째, 에르난데스의 피로가 풀리지 않은 상태에서 등판했기 때문에 금방 구위가 저하될 것이고 둘째, 자원해서 등판하지 않았으니 경기에 대한 집중력이 현저히 떨어질 거란 판단 때문이었다.

그리고 그 판단은 정확하게 맞아들어 1회부터 에르난데스는 난타를 당하기 시작했다.

예상했던 것처럼 그의 구위는 이틀 전보다 훨씬 떨어져 있었기 때문에 트윈스의 타자들은 마음껏 그의 공을 공략했다.

하지만 와이번스의 타자들도 집중력을 잃지 않고 트윈스의 선발투수로 나온 최문호를 2회부터 두들겨 댔다.

완벽한 난타전.

점수는 회가 진행될수록 무섭게 올라갔고 9회가 되자 양 팀의 득점은 두 자리 숫자가 기록되었다.

12 : 10.

모든 전력이 총동원된 준플레이오프의 마지막 경기에서 나오리라고는 생각하지 못했을 만큼 정말 말도 안 되는 점수였다.

역전에 역전.

관중들과 양 팀의 선수들은 피가 마를 정도의 시간들을 보내며 환호와 탄식을 수없이 거듭했다.

이번 경기에서 투입된 투수들의 숫자만 해도 무려 11명이었다.

와이번스가 6명을 내보냈고 트윈스도 5명이 경기에 나섰다.

그야말로 마지막 순간까지 양 팀 벤치에서는 경기를 잡기 위해 최선을 다했다.

하지만 경기는 9회까지 흘러왔고 와이번스의 김경무 감독은 마지막 타자였던 7번 타자가 우익수 뜬공으로 물러나면서 경기가 끝나자 결국 고개를 떨어뜨리고 말았다.

최선을 다했으나 마지막 고비를 넘지 못하고 시즌을 끝내야 했으니 그가 느낀 아쉬움은 분명 일반인이 생각하지 못할 정도로 클 것이다.

준플레이오프의 치열함과 달리 플레이오프는 라이온즈의 일방적인 경기로 끝났다.

1차전부터 타선이 폭발했고 백강현을 앞장세운 투수력은 트윈스의 타선을 효율적으로 봉쇄했기 때문에 경기는 긴장감조차 들지 않을 정도였다.

3승으로 한국시리즈에 올라선 라이온즈 선수들의 얼굴은 자신감으로 가득 차 있었다.

　비록 페넌트레이스에서는 반 게임 차로 이글스에게 우승을 넘겨줬지만 상대 전적에서 워낙 우세를 점하고 있었기 때문에 그들은 자신들의 시리즈 6연패를 전혀 의심하지 않았다.

　김남구 감독은 한국시리즈에 진출한 후 그라운드에 몰려나와 기뻐하는 라이온즈 선수들을 바라보며 탄식을 터뜨렸다.

　그는 장혁태 코치와 함께 대전에 있는 자신의 집에서 저녁을 먹은 후 경기를 지켜봤는데 그들의 앞에는 과일이 예쁘게 깎인 채 놓여 있었다.

　김남구 감독의 부인인 이명숙은 성품이 너그럽고 사려가 깊어서 저녁 식사가 끝나자 과일 후식만 남겨놓고 두 사람이 편하게 텔레비전을 볼 수 있도록 안방으로 들어가 버렸다.

　"정말 환장하겠군."

　"예상하고 있었던 건데 뭘 그러세요. 어차피 전략도 라이온즈가 올라온다고 생각해서 짰잖습니까?"

　"그래도 이건 너무했어. 최소한 한두 게임은 잡아줬어야 되잖아. 3차전에서 끝났으니 최소한 5일은 쉴 수 있을 거 아냐. 정규 시즌에서 우승한 어드밴티지가 모두 날아가 버렸으니 너무 억울하다."

"트윈스가 준플레이오프에서 너무 힘을 뺀 것 같아요. 하기야 5차전 모두 전력을 다했기 때문에 어쩔 수 없었겠지요."

"이것 참. 꼬이는구만."

"그런데 감독님 정말 결정한 것처럼 하실 겁니까? 저는 아직도 걱정이 됩니다."

"다른 방법을 써서 이길 수 있으면 말해봐. 그럼 그렇게 할 테니까."

"이성우 감독이 정말 피할까요?"

"나 같아도 피하겠다. 강찬만 피하면 무조건 이기는데 뭐 하러 붙겠어."

"우리도 만만치 않습니다. 강찬이 제 역할만 해주고 이태진과 송우진이 한 경기씩만 맡아주면 이길 수 있습니다. 저는 솔직히 너무 극단적인 방법이란 생각이 들어 걱정이 됩니다. 만약 강찬이 지기라도 한다면……."

"안 져, 절대 안 진다고. 그리고 우리가 이기려면 반드시 백강현을 때려잡아야 돼. 백강현을 놔두면 우리가 이길 가능성은 반도 안 되니까 이 방법밖에 없어. 그러니까 내 말대로 가자."

김남구 감독의 결심은 바뀌지 않을 것 같았다.

한국시리즈에 직행하면서 두 사람은 수시로 머리를 맞대

고 전략을 짰으나 결론은 언제나 불리하다는 것이었다.

야구전문가들의 판단대로 투수력에서 결정적인 차이가 났고 타선도 초반과는 다르게 중반 이후부터 라이온즈가 앞서 나갔다.

원투펀치에서는 거의 비슷했으나 나머지 투수들의 능력이 라이온즈에 비해서 떨어졌다.

상대 전적이 6승 10패로 몰린 것도 그런 것이 원인이었다.

백강현은 여전히 금년 시즌에도 이글스를 상대로 3승을 챙기며 강한 면모를 보였고 김진태와 나머지 선발투수진이 2승씩을 챙기며 골고루 활약을 했다.

반면 이글스 투수진은 강찬만 3승을 했을 뿐 나머지 투수들은 1승씩밖에 거두지 못했다.

선발투수진 전체를 놓고 본다면 절대적으로 불리한 상황이었다.

물론 공은 둥글다.

그렇기 때문에 어떤 결과가 벌어질지 알 수는 없으나 김 감독은 수많은 고민 끝에 강수를 선택했다.

바로 백강현이 출전하는 경기에 강찬을 투입하는 것이었다.

전체 투수의 상대적인 불리를 일거에 만회하는 방법은 오직 강찬이 백강현을 제압해 주는 것뿐이었다.

그의 생각대로 강찬이 2경기만 잡아준다면 한국시리즈는

이글스가 이긴다는 것이 그의 판단이었다.

문제는 출전 오더가 그의 생각대로 될 것이냐는 것이었다.

라이온즈가 정공법을 펼쳐서 백강현을 1차전에 투입하는 경우가 생긴다면 김남구 감독의 결정은 어쩌면 패착으로 변하게 될지도 몰랐다.

하지만 그것도 역시 모험이다.

라이온즈의 감독 이성우는 그와 같은 시대를 살아오면서 수많은 관록을 쌓아온 사람이었다.

그는 분명히 우승하는 방법을 알았고 그 방법으로 강찬을 철저하게 피할 거란 판단이 들었다.

어차피 불리한 이상 승부를 걸 필요성이 있었다.

두 팀 간의 에이스를 맞붙여 놓고 그 경기에 따라 한국시리즈의 행방을 결정짓겠다는 김남구 감독의 판단은 단숨에 판을 뒤엎을 만큼 강렬한 것이었다.

* * *

한국시리즈가 눈앞으로 다가오자 대전과 대구가 들썩거리기 시작했다.

정말 오랜만에 한국시리즈에서 맞붙은 두 팀의 최근 성적은 압도적으로 라이온즈가 유리했다.

무려 5년 연속 한국시리즈를 제패한 라이온즈의 전력은 시즌 초반부터 무적으로 알려져 있었지만 반면 이글스는 최근 3년 동안 내리 최하위에 머물었고 시즌 전 평가도 좋지 않았기 때문에 두 팀이 한국시리즈에서 싸울 거라고 예상한 사람은 아무도 없었다.

　꼴찌의 혁명.

　이글스가 만년 꼴찌란 오명을 단숨에 벗어던지고 페넌트레이스에서 우승하며 한국시리즈에 직행했기 때문에 이번 가을 야구를 지켜보는 언론과 팬들은 다른 어떤 때보다 광적인 반응을 보이고 있었다.

　사람들은 약자가 새롭게 태어나 강자로 변하는 모습에서 전율이 일어날 정도의 카타르시스를 느끼게 되는데 이글스의 행보는 야구팬들에게 그런 감동을 선물해 주었던 것이다.

　이글스가 미운 오리 새끼의 탈을 벗어던지고 창공으로 비상하는 백조가 된다면 그것 또한 대한민국 프로야구사의 한 페이지를 장식하는 역사가 된다.

　모든 언론이 연일 두 팀의 대결을 집중 조명하며 환호를 보내는 것은 그런 이유들이 있기 때문이었다.

　"윤 코치?"

　"예, 감독님."

"김남구가 그렇게 나올 가능성이 몇 프로나 될 것 같나?"

"제 판단에는 최소 50% 이상은 될 것 같습니다."

"50%라……."

라이온즈의 이성우 감독은 선수 명단이 적힌 자료를 탁자에 내려놓은 채 고민을 거듭했다.

한국시리즈의 첫 게임이 내일로 다가왔기 때문에 출전 오더를 짜야 했는데 가장 고민스러운 것은 역시 선발투수였다.

상식적으로 첫 게임은 팀의 에이스인 백강현을 내세우는 것이 당연했다.

지금까지 한국시리즈를 5연속 제패하면서 언제나 개막전의 주인공은 백강현이었고 그는 자신의 기대에 부응하면서 늘 좋은 성적을 보여주었다.

금년 성적도 뛰어났다.

17승 6패를 기록했으니 작년과 비슷한 성적이었고 구위도 여전히 강력해서 상대 타자들을 압도할 정도였다.

그럼에도 이성우 감독이 이토록 고민하고 있는 것은 바로 이강찬 때문이었다.

괴물 중의 괴물.

야구 인생 40년 동안 별별 투수를 다 겪어봤지만 이강찬 같은 괴물투수는 처음 봤다.

금년 성적만 본다면 백강현의 성적도 좋았지만 이강찬의 성적은 그야말로 비교할 수 없을 정도로 엄청난 것이었다.

언터처블.

얼마나 강력한 공을 던지는지 더그아웃에서 지켜보면서도 섬뜩한 기분이 든 게 한두 번이 아니었다.

한국시리즈를 대비해서 이글스의 전력을 철저히 분석하며 이강찬이 패배를 기록한 경기들을 처음부터 다시 살펴봤다.

정말 헛웃음이 나올 정도로 말도 안 되는 경기들이었다.

첫 패배는 정말 재수가 없어도 그렇게 재수가 없을 정도로 웃긴 상황의 연속에서 당한 것이었다.

2개 빼고는 5개의 안타가 전부 빗맞은 것이었고 주자가 나가면 이글스의 수비는 에러를 연발하면서 상대 팀에게 점수를 상납했다.

강찬이 던진 게임에서 가장 많은 점수를 내준 경기였는데 스코어는 5 : 0이었다.

2번째 패배는 라이온즈에게 당한 것이기 때문에 자신이 직접 경기를 지켜봤었다.

팽팽한 투수전으로 벌어진 경기였지만 승부는 단 하나의 공에 의해 결정되었다.

무서운 구위로 라이온즈의 타선을 압박하던 이강찬의 실투를 이청화가 놓치지 않고 홈런으로 응징하면서 1 : 0으로 간신히 이겼다.

그 당시 라이온즈가 강찬을 상대로 내보낸 투수는 무려 4명이었고 마지막 이닝에는 마무리를 맡고 있던 오석명도 내보냈다. 이기고도 찝찝한 마음이 들었을 정도로 힘든 경기였다.

마지막 패배는 자이언츠에 당한 것이었는데 스코어는 3 : 2였다.

이성우 감독은 이강찬의 기록을 면밀히 살피면서 고개를 절레절레 흔들었다.

무려 18게임이나 완투했으니 감독의 입장에서 봤을 때 이강찬은 수호천사나 다름없는 존재였을 것이다.

한 명의 투수가 한 게임을 완벽하게 책임져 준다는 것은 감독의 투수 운영에 어마어마한 도움을 주기 때문이다.

한국시리즈가 단기간에 승패가 결정된다 해도 마찬가지였다.

투수력에 여유가 생긴다는 것은 불리한 경기에 총력전을 벌일 수 있다는 뜻이 된다.

그런 마당에 이강찬은 승률이 9할에 가까웠고 방어율도 1.13에 불과했다.

그야말로 신들린 듯한 투구를 해왔기 때문에 그의 기록을 볼 때마다 입이 벌어져 다물어지지 않았다.

자신이 이끄는 라이온즈는 당초의 예상대로 무사히 한국

시리즈에 안착했으나 이강찬만 생각하면 머리가 지끈지끈 아파왔다.

그랬기에 수많은 고민 끝에 승리할 수 있는 방법을 고안해 냈다.

문제는 이글스를 이끌고 있는 김남구 감독이 자신의 의중을 간파할 수도 있다는 것이었다.

확률은 50%다.

알 수도 있고 모를 수도 있다는 뜻인데 수석 코치인 윤만일 역시 자신과 비슷한 생각을 가지고 있었다.

그랬기에 계속된 고민을 할 수밖에 없었다.

확신이 있다면 무조건 결행하겠지만 그렇지 않았기 때문에 숙고에 숙고를 거듭했다.

"윤 코치는 김진태하고 이태진이 붙으면 누가 이길 것 같나?"

"그거야 상황에 따라 다르겠지만 우리가 이길 가능성이 더 큽니다. 우리 클린업트리오가 이태진에게 강하거든요. 반면에 이글스는 김진태한테 두 번이나 꽁꽁 묶인 적이 있습니다. 그러니까 둘이 붙으면 해볼 만할 겁니다."

"자, 그렇다면 정리해 보자고. 강현이 자존심이 조금 상하겠지만 1차전에서 김진태를 내보내는 거야. 이강찬이가 나오든 안 나오든 해볼 만한 경기가 되는 거지. 그렇게만 되면 김남구가 우리의 전략을 눈치채고 이강찬을 2차전으로 빼도 1차전만 이기면 강현이를 한 게임 더 뒤로 뺄 수 있는 여유가 생긴다. 무슨 뜻인지 알아들었지?"

"이강찬이 나오는 2, 5차전을 내주고 1, 3, 4차전을 잡자는 말씀이시군요. 그렇다면 6차전에서 끝낼 수 있겠습니다."

"변수는 있다. 알지?"

"압니다. 무조건 1차전을 잡아야 나머지가 풀릴 테니 우리는 1차전에서 총력전을 벌여야 합니다."

"빙고. 바로 그거야. 주장인 청화와 몇몇 고참들한테 설명해 줘. 내일은 라이온즈의 모든 것을 걸고 반드시 이겨야 하는 경기란 걸 주지시켜. 내일 승패에 따라 우리의 6연패가 결정된다는 걸 강조하란 말이다."

"알겠습니다."

윤만일은 이성우 감독의 지시에 무겁게 고개를 끄덕였다. 라이온즈 선수들의 정신 무장은 충분히 잘되어 있었지만 워낙 변칙 전술이었기 때문에 쉽게 받아들이지 못할 수도 있었다.

그랬기에 이청화를 비롯해서 고참 선수들에게 자세히 설명해 주고 선수단의 분위기를 다잡아야 했다.

이성우 감독이 직접 나서지 않은 것은 자신들의 판단이 틀릴 수도 있기 때문이었다.

그는 어떤 경우에도 선수들에게 허점을 보이는 걸 죽기보다 싫어하는 사람이었다.

시간이 별로 없었다.

하루 만에 선수단 전체의 분위기를 총력전으로 만들기 위해서는 서둘 필요성이 있었다.

경기장으로 출발 전 회의실에 모인 이글스의 분위기도 팽팽한 긴장 속에 사로잡혀 있었다.

김남구 감독을 비롯해서 장혁태 코치와 전 코치진이 눈을 부릅떴고 선수들은 긴장된 시선으로 화면을 지켜봤다.

라이온즈의 이성우 감독과는 다르게 이글스는 김남구 감독이 직접 나서서 브리핑을 했는데 그들의 분석도 라이온즈와 비슷했다.

하지만 다급한 것은 라이온즈보다 이글스가 더했다.

1차전을 지게 되면 한국시리즈의 우승이 어려워진다는 것을 누구보다 더 잘 알기에 김남구 감독은 비장한 심정으로 선수단에게 총력전에 대한 결의를 보여주었다.

이제 5시간 후면 한국시리즈의 향방을 결정짓는 대전구장에서의 1차전이 벌어지게 된다.

회의장에서 빠져나온 김남구 감독은 어젯밤 잠을 설쳤는지 붉어진 눈으로 옆에서 따라오는 장혁태 코치를 향해 불쑥 입을 열었다.

"긴장되는군. 우리 거 보냈지?"

"예."

"걔들 거 나왔냐?"

"아직입니다. 분명히 나왔을 것 같은데 협회에서 알려주지 않는군요. 그들도 그게 얼마나 중요한지 잘 알고 있을 겁니다. 아마, 시합 전에야 가르쳐 줄 것 같습니다."

"우리 생각대로 됐어야 할 텐데 말이야. 만약 이성우 감독이 정공법으로 밀어붙였다면 큰일인데 걱정이다."

"이 감독님은 한때 그라운드의 여우라고 불리던 사람입니다. 이기는 방법을 뻔히 알 테니 분명 백강현을 뒤로 돌렸을 겁니다. 1차전에서 강찬이 나오든 안 나오든 해볼 만하다고 판단했을 테니까요."

"그랬겠지."

"어차피 승부수를 던져 놨으니까 이제 최선을 다하는 일만 남았습니다. 공은 둥글다고 했으니 우리 선수들을 믿고 기다립시다."

"그래 씨발, 한 번 죽지 두 번 죽겠냐. 여기서 우승 못 해도 페넌트레이스에서 우승했으니까 재계약은 해줄 거야. 그렇지 않냐?"

"그럼요. 구단에서도 양심이 있다면 자르지는 않을 겁니다."

"이제 가보자, 라이온즈 잡으러. 한국시리즈에서 라이온즈 잡으면 우리 집에 박제된 사자 머리를 걸어놓을 거야. 전리품으로 멋있지 않겠어?"

"크크크, 그거 마련할 때 저도 하나 주십시오. 장식품으로 괜찮을 것 같네요."

이글스의 구단 전용 버스가 대전구장으로 들어서자 경기장 외곽까지 꽉 채운 팬들이 버스로 몰려들었다.

그들은 천천히 들어서는 버스를 따라 같이 걸었는데 이강찬을 비롯해서 좋아하는 선수들과 김남구 감독의 이름을 끝없이 연호했다.

대전 팬들은 지금 이 상황이 마치 꿈꾸는 것처럼 여겨질지도 몰랐다.

늘 간절히 원했지만 한 번도 기대에 부응하지 못한 채 만년 하위권을 맴돌던 이글스가 정규 리그 우승을 차지했고 한국시리즈를 제패하기 위해 들어오고 있으니 그들의 환호는 열렬할 수밖에 없었다.

버스를 기다리는 팬들의 연령층과 성별도 과거와는 완전하게 바뀌었다.

예전에는 꼬마 팬들과 남성층이 사인을 받기 위해 기다리는 경우가 많았으나 이제는 남녀의 성별이 비슷했고 나이도 천차만별이었다.

특히 팬들은 경기를 치르기 위해 들어오는 선수들에게 사인을 요청하는 대신 멀리서 사진을 찍었다.

팬들 사이에서도 경기를 치르기 위해 나서는 선수들을 괴롭혀서는 안 된다는 불문율이 자리 잡았기 때문이었다.

강찬은 임관과 함께 버스를 내리다 자신을 연호하는 팬들을 향해 활짝 웃으며 손을 들어주었다.

처음에는 이런 광경이 어색해서 그냥 고개를 돌리곤 했는데 경험이 쌓이자 자연스럽게 팬들을 향해 인사를 하게 되었다.

팬들로 인해 잠시 흩어졌던 분위기가 경기장으로 들어서자 다시 팽팽하게 당겨졌다.

이미 대전구장은 관중들로 가득 차 있었는데 3루 쪽 스탠드에는 라이온즈 응원단이 상당수 자리를 차지한 채 응원전을 펼치고 있었다.

물론 이글스의 팬들에 비하면 상대도 안 되는 숫자였지만 그들은 5연속 우승 팀의 응원단답게 정연한 태도를 보이며 라이온즈의 승리를 기원했다.

그 모습을 보던 임관이 입술을 삐죽 내밀었다.

"우리도 좀 하자. 라이온즈는 마이 묵었다 아이가."

"그래서 들리겠냐."

"들리면 큰일이게."

"소심한 놈."

"그나저나 엄청나게 왔구나. 꽉 찼는데."

"우리 팀 팬도 그러고 보면 타이거즈나 자이언츠 팬들 못지않게 열광적이야. 충청도 사람들이 느긋하다고 그러던데 응원하는 거 보면 전혀 딴판이다."

"저거 봐라. 관중들이 네가 나오는 거로 아는 모양이다."

임관의 손가락질에 1루 쪽 스탠드를 확인하자 팬클럽에서 만들었는지 거대한 플래카드가 벽면을 가득 채우고 있었다.

거기에 적혀 있는 응원 문구는 '이강찬, 노히트 노런 우습잖아. 그러니까 다시 한 번 해줘!' 였다.

웃음이 풀썩 나왔다.

응원 문구처럼 노히트 노런을 밥 먹듯이 할 수 있다면 얼마나 좋겠는가.

그나저나 살짝 걱정이 되었다.

오늘의 선발투수가 이태진이란 것을 알게 된다면 자신이 나올 거라 기대했던 팬들은 실망을 하게 될지도 몰랐다.

더그아웃에 짐을 내려놓고 선수단과 함께 천천히 달리며 몸을 풀었다.

모든 훈련의 처음은 달리는 것부터 시작했는데 그것은 시합 당일도 다르지 않았다.

"걸려들었군."

"다행입니다."

라이온즈의 라인업에서 선발투수를 확인한 김남구 감독의 얼굴에 웃음이 떠올랐다.

예상대로 라이온즈의 선발투수는 김진태였기 때문인데 거기에 맞춰 타순을 짜놓은 김남구 감독은 한시름 놓았다는 표정을 지었다.

그것은 장혁태 코치도 마찬가지였다.

하지만 잠시의 기쁨은 라이온즈의 타순이 이태진을 감안해서 짜졌다는 것을 확인한 순간 슬쩍 굳어졌다.

역시 이성우 감독이다.

그라운드의 여우답게 그는 김진태를 내세우면서 만약의 사태에도 대비하는 철저함을 보여주었던 것이다.

두 팀 사령탑의 반응도 복잡했지만 관중들의 반응도 그에 못지않았다.

특히 이글스의 팬들은 황당한 표정을 지은 채 라인업이 잘못된 건 아닌지 전광판을 가리키며 웅성거렸다. 이강찬의 이름이 선발 라인업에 없었기 때문이었다.

이글스의 에이스 이강찬이 1차전에서 나오지 않는다는 건 승리를 간절하게 염원하며 대전구장을 찾은 이글스 팬들에게 상당한 충격이었다.

그러나 그러한 소란스러움은 이태진이 마운드에 서서 연습 투구를 시작하자 금방 가라앉았다.

이태진.

지난 3년 동안 홀로 분투하며 이글스의 마운드를 책임졌던 에이스였다.

다른 투수들이 전부 죽을 쒔을 때도 그만은 10승대의 승리를 챙기며 이글스에도 투수가 있다는 것을 보여주었다.

경기가 시작되기를 기다리며 이강찬을 연호하던 관중들의 목소리는 어느샌가 사라졌고 이태진의 이름이 연호되기 시작했는데 그 함성에는 간절함이 가득 담겨 있었다.

이글스를 응원하는 대전 팬들은 선발투수로 나선 이태진이 라이온즈의 타선을 제압하고 한국시리즈의 첫판을 승리로 장식해 주길 바라며 자리에서 일어나 끝없는 함성을 토해냈다.

단기전의 승부는 투수가 가장 큰 영향을 차지하지만 가끔가다 누구도 예상치 못했던 히어로가 튀어나오게 마련이다.

한국시리즈 1차전의 승부는 단 한 명의 영웅으로 인해 승패가 결정되었는데 그 영웅은 전혀 예상치 못했던 사람이었기 때문에 수많은 관중들을 감동 속으로 몰아넣었다.

이글스의 7번 타자 안상재는 2년 전 라이온즈에서 트레이드되어 이글스로 이적한 프로 7년 차의 중견수였다.

라이온즈에서 주로 대타 요원으로 활약했지만 시합에 나설 수 있는 기회는 극히 적었다.

국가대표 부동의 중견수이자 라이온즈의 핵심 타자인 이경우가 철벽처럼 버티고 있었기 때문이었다.

그는 얼마나 자기 관리가 뛰어났던지 모범적인 생활을 하면서 지금까지 한 번도 부상을 당한 적이 없었기 때문에 안상재는 오랫동안 출전 기회조차 잡지 못했다.

오랫동안의 절치부심.

대학 시절 각종 대회에서 홈런왕을 거머쥐었던 슬러거였고 뛰어난 선구안과 타격 센스까지 갖춰 장래가 촉망되는 선수로 각종 언론에 보도되었지만 그는 이경우에 밀려 결국 이글스로 이적할 수밖에 없었다.

라이온즈는 필요성이 적은 안상재를 과감하게 버렸다.

3루수 대체 요원이 필요했던 라이온즈는 그를 이글스에 내주는 대신 유망주 황호근을 데려갔던 것이다.

고향을 떠난 안상재는 한동안 방황을 하며 자리를 잡지 못했다.

김남구 감독이 1군 감독으로 올라오기 전까지 그는 여전히 중견수 백업 멤버로서 가뭄에 콩 나듯이 경기에 출전했을 뿐이었다.

그런 그가 금년 들어 주전 중견수로 뛰게 된 것은 김남구 감독이 그의 타격 솜씨를 눈여겨보고 동계 훈련 동안 집중적으로 훈련시킨 결과였다.

패배감에 사로잡혀 있던 그는 김남구 감독이 전폭적으로 자신을 밀어주며 신뢰를 보이자 스스로 자신의 몸을 꽁꽁 싸매놓았던 허물을 벗고 창공으로 비상했다.

시즌 초반의 성적은 좋지 않았다.

워낙 오랫동안 실전에 투입되지 못하다 보니 적응이 쉽지 않았기 때문이다.

하지만 특유의 타격 솜씨가 살아나기 시작한 것은 여름이 지나고 후반기가 시작되면서부터였다.

전반기 3개에 불과했던 홈런이 시즌이 끝났을 때는 18개로 늘어났고 타율도 2할 8푼까지 올라오면서 타격감이 살아났다.

오늘 그는 2회에 맞은 첫 타석에서 안타를 터뜨리고 출루를 했으나 후속타 불발과 득점에 성공하지 못했다.

이글스의 선발투수 이태진은 2회에 라이온즈의 클린업트리오에게 연속 안타를 얻어맞고 2점을 내줬기 때문에 2사 1, 3루의 찬스를 살리지 못한 2회 말 공격은 정말 안타까운 일이었다.

타석에 들어온 안상재는 라이온즈의 선발투수 김진태를 바라보며 슬며시 눈을 감았다가 떴다.

다른 학교 출신이었지만 같은 나이였는데 자신에게 한 번도 먼저 말을 걸었던 적이 없던 놈이었다.

물론 성격이 다르면 친하게 지낼 수 없겠지만 놈이 그렇게 했던 이유는 단 하나뿐이었다.

만년 후보로 지내고 있는 자신이 우습게 보였기 때문이다.

그렇다고 대놓고 화를 터뜨린 적은 없었다.

그런 대접을 받은 원인은 모두 자신에게 있었으니 누굴 탓하는 것 자체가 부끄러운 일이라고 생각했다.

하지만 지금은 아니었다.

이글스는 한국시리즈에 올라와 있고 자신은 이글스의 주전으로 김진태와 맞붙어 있는 상황이었다.

미워서가 아니다.

단지 내 스스로의 존재 가치를 증명하기 위해서라도 반드시 부숴야 할 상대였다.

경기는 4회에 2점을 더 뺏겨 4 : 0까지 격차가 벌어졌는데 라이온즈의 타자들은 오늘 날을 잡았는지 이태진을 상대로 맹공을 퍼붓고 있었다.

이글스의 타자들도 김진태를 상대로 5개의 안타를 뺏어내며 분전을 하고 있었으나 매번 후속타가 불발되면서 득점을 올리지 못했다.

경기는 벌써 5회 말.

윤태균에 이어 가르시아가 연속 안타를 때려내면서 주자는 1, 2루가 되었지만 2사였기 때문에 안상재는 어금니를 악물고 김진태를 응시했다.

윤태균이나 가르시아는 팀의 중심 타자들이지만 발이 느리기 때문에 자칫 안타를 때려내도 홈으로 들어오지 못할 수가 있었다.

김진태는 이전 타석에 안타를 맞아놓고도 전혀 위축되지 않은 모습을 보였다.

그는 여전히 자신을 예전의 그 만년 후보로 생각하는 것 같았다.

바깥쪽으로 떨어지는 슬라이더를 그냥 보냈고 몸 쪽으로 떨어지는 커브도 골라냈다.

그러고는 기다리던 직구가 바깥쪽을 파고들자 장작을 패듯 배트를 찍어 돌렸다.

따악!

조금 비껴 맞은 공이 1루수의 옆을 관통하고 펜스까지 굴러가는 것이 보였다.

전력을 다해 뛰었다.

1루를 통과해서 힐끗 3루 쪽을 보자 주루 코치가 정신없이 팔을 돌리는 게 보였다.

관중들의 떠나갈 듯한 함성을 들으며 그는 미친 듯이 달려 3루로 헤드 슬라이딩을 했다.

라이온즈의 3루수가 글러브로 그의 등을 찍었지만 이미 안상재의 손이 먼저 들어간 상태였다.

3루타를 때려낸 안상재는 몸에 묻은 흙을 털지 않은 채 그대로 팔을 들어 기쁨을 나타냈다.

오늘따라 공이 크게 보인다.

6회에 들어와 이태진이 또다시 안타를 맞자 김남구 감독은 투수를 박성후로 교체했다.

박성후는 지금까지 12홀드를 기록하고 있었는데 변화구가 수준급이었다.

하지만 그는 노아웃 1루의 위기를 잘 극복했으나 그 와중에 1점을 더 내줘 2점 차로 따라붙었던 격차는 다시 3점으로 벌어졌다.

안상재의 3루타는 후속타 불발로 득점을 올리지 못했기 때문에 점수 차를 줄이지 못했다.

이글스의 타자들이 다시 반격을 펼친 것은 7회였다.

6회 공격에서 2개의 볼넷과 1개의 안타를 기록하고도 병살타로 인해 점수를 얻어내지 못한 이글스는 라이온즈의 바뀐 투수 오윤택을 상대로 6번 타자이자 3루수를 맡고 있는 이동진이 좌익수 앞 안타를 쳐 내면서 기회를 맞았다.

안상재가 타석에 들어서자 관중들의 환호가 터져 나왔다.

오늘 그는 두 번의 타석에서 단타와 3루타를 뽑아냈기에 관중들은 그가 들어서자 기대에 찬 목소리로 그의 이름을 연호했다.

오윤택을 바라보는 그의 시선이 잠시 흔들렸다.

오윤택은 라이온즈에 있을 때 가장 친하게 지냈던 후배였다.

그는 자신이 타석에 들어서자 모자챙을 만지며 알은척을 해왔다.

잠시 흔들렸던 시선은 금방 사라졌고 그의 눈은 다시 전의로 타올랐다.

친하게 지낸 만큼 그의 구질은 누구보다 잘 안다.

오윤택은 커브에 강점을 가졌기 때문에 반드시 잡아야 하는 타자에게는 커브로 승부를 하곤 했다.

끈질기게 기다리다 5구째 안쪽으로 파고드는 커브를 그대로 받아쳤다.

타구는 라인드라이브로 빨랫줄처럼 뻗어 나가 좌측 펜스를 그대로 때린 후 야수들 사이로 떨어졌다.

야수들이 허둥대는 사이에 이동진이 홈으로 대시했고 안

상재는 2루를 여유 있게 밟은 후 한숨을 내쉬었다.

노아웃에 2루, 점수는 5 : 3.

남은 타자들이 전부 번트를 댄다 해도 무조건 1점을 뽑을 수 있는 기회다.

물론 야구 경기에서는 노아웃 3루 상황에서도 온갖 삽질을 하면서 점수를 뽑아내지 못하는 경우도 있으나 사실 그런 경우는 그리 많지 않았다.

경기가 안되려고 그러는지 오늘따라 이글스의 득점권 타율은 빈약하기 그지없었다.

그럼에도 간신히 1점을 더 추가한 것은 이성렬의 희생플라이로 인해서였다.

이글스의 김남구 감독은 정말 총력전을 펼치기로 작정한 사람 같았다.

8회에 박성후가 안타를 맞자 즉시 이완수로 교체했고 2아웃 2루 상황에서 왼손 타자가 나오자 좌완인 이재명을 마운드에 올렸다.

그러나 가장 화끈했던 건 8회 공격에서 점수를 뽑지 못했기 때문에 여전히 지고 있는 상황에서 9회에 니퍼슨을 마운드에 올렸다는 것이다.

마무리 투수를 지고 있는 상황에서 올리는 경우는 거의 없는데 김남구 감독은 한 치의 망설임도 없이 니퍼슨을 등판시켰다.

연습 투구를 하는 니퍼슨을 지켜보는 김남구 감독의 눈은 차분하게 가라앉아 있었는데 무얼 생각하는지 알 수 없을 정도로 포커페이스를 유지하고 있었다.

"감독님, 우리가 너무 무리하는 거 아닐까요?"

"무리라고 생각해?"

"그건 아닌데 자꾸 쫄리네요."

"어쩔 수 없잖아. 여기서 더 점수를 주면 정말 가망이 없으니까 지푸라기라도 잡아야지."

"미치겠군요."

"원래 인생이란 그런 거 아니겠어? 이왕 던진 거 화끈하게 던지자고."

"그래도 이건 너무 강합니다."

장혁태 코치가 고통스러운 얼굴로 마운드를 바라보았다.

예측한 대로 라이온즈가 함정에 들어왔으나 결과는 그들이 원하는 대로 진행되지 않고 있었다.

김진태를 공략하지 못한 게 아니라 이태진이 너무 쉽게 무너졌기 때문에 생긴 결과였다.

그가 유독 라이온즈에 약하다는 것을 알면서도 어쩔 수 없이 선택했는데 4회에 이청화가 나섰을 때 바꾸지 못한 것이

천추의 한으로 남았다.

그때 이청화에게 2타점 2루타만 얻어맞지 않았어도 이기고 있는 것은 라이온즈가 아니라 이글스였을 것이다.

김남구 감독이 니퍼슨까지 마운드에 올리면서 이 경기를 포기하지 못하고 있는 것은 아쉬움 때문임이 분명했다.

1차전을 잡는 팀이 한국시리즈를 우승하게 된다는 공식이 이번만큼 강하게 적용된 적도 없었다.

강력한 에이스의 존재로 인해 치열한 눈치 싸움을 벌였기 때문에 1차전의 승리는 한국시리즈를 제패하는 지름길이 되어버렸다.

당장 라이온즈는 이 경기를 잡는다면 백강현을 3차전으로 돌릴 가능성이 컸다.

다행스럽게 기대대로 니퍼슨은 라이온즈의 하위 타선을 삼자범퇴로 때려잡고 더그아웃으로 들어왔다.

하지만 그의 얼굴도, 수비를 마치고 들어오는 야수들의 얼굴도 그리 밝지가 못했다.

9회 말 수비로 나서는 라이온즈의 투수가 오석환이었기 때문이었다.

라이온즈의 수호신 오석환.

6년째 세이브킹을 차지한 그는 시즌 평균 38세이브를 기록하고 있었다. 라이온즈가 이긴 게임의 반은 언제나 그가 챙겼다는 뜻이다.

방어율 1.4에 직구 최고 스피드는 157㎞/h였고 슬라이더와 파워커브도 일품이기 때문에 여간해서는 안타를 맞는 경우가 없었다.

"저놈 배탈 나라고 어제 밤새도록 기도했는데 하느님이 내 기도를 못 들으신 모양이다."

"감독님도 하셨습니까? 저도 했는데요."

"저놈 줄이 우리보다 좋은 모양이군. 우리 기도가 안 먹히는 걸 보면 말이야."

"라이온즈 쪽도 열렬히 기도했을 겁니다. 무사히 출전하게 해달라고 말이죠."

"동진이부턴가?"

"예."

"동진이한테 서두르지 말라고 그래라. 저놈 유일한 약점이 바뀌고 나서 컨트롤 조절이 정확하지 않다는 거니까 좋은 공 아니면 참으라고 해."

"알겠습니다."

감독의 말이니까 대답은 했지만 택도 없는 말이었다.

오석환은 컨트롤이 좋기로 유명한 놈이어서 면도날 같은 제구력을 지녔기 때문이다.

그런 놈에게 포볼을 골라낸다는 것은 안타를 쳐 내는 것보다 훨씬 어려운 일이었다.

정말 돗자리 펴고 앉아도 될 모양이었다.

어찌 된 영문인지 장혁태 코치의 지시를 받은 이동진이 배트를 들고 열심히 오석환을 노려보며 기다리자 연속해서 볼이 날아들었다.

바뀔 것을 충분히 예상했기 때문에 오래전부터 몸을 풀었을 텐데 그는 연속해서 3개나 공을 뺐다.

물론 4구째는 중간으로 파고드는 직구로 볼카운트를 조절했으나 이동진이 타석에 바짝 붙어서 이번에야말로 치겠다는 의지를 보이자 그것이 오석환의 어깨에 힘이 들어가게 만든 모양이었다.

지성이라면 감천이라더니 이동진이 정말 오석환을 상대로 포볼을 골라내자 장혁태 코치의 입이 저절로 벌어졌다.

타석으로 나서는 이동진을 붙잡아놓고 감독의 지시를 전달했는데 그것이 현실로 나타날 줄은 기대조차 하지 않았었다.

5구가 바깥쪽 높게 빠지면서 볼넷으로 이동진이 걸어 나가자 반쯤 포기하는 심정으로 경기를 지켜보던 대전 팬들의 응원이 점점 거세지기 시작했다.

오석환이 첫 타자를 볼넷으로 내보낸 경우는 가끔 있었지만 그러면서도 방어율이 1.4밖에 안 되는 것은 그의 위기관리 능력과 삼진을 잡아내는 능력이 발군이었기 때문이었다.

워낙 뛰어난 투수였고 그에 대한 분석이 종종 이루어졌기 때문에 야구에 조금이라도 관심이 있는 사람들은 그의 공을 쳐 내는 게 힘든 일이란 걸 너무나 잘 안다.

그럼에도 이글스 팬들이 자리에서 일어난 것은 다음 타자가 안상재였기 때문이었다.

그는 오늘 3안타를 때려내고 있었는데 컨디션이 최고조에 달한 것으로 보였다.

제5장
한국시리즈

  안상재는 깊숙이 담겨 있던 숨을 뱉어내고 천천히 타석에 들어서서 힘차게 배트를 돌린 후 오석환을 바라보았다.

  라이온즈에 5년간 있었으니 그곳의 모든 사람과 인연이 있었다.

  오석환은 자신보다 2년 선배였는데 금년 시즌이 끝나면 일본 리그로 진출한다는 소문이 자자했다.

  그만큼 그의 실력과 관록은 정평이 났을 정도로 대단한 것이었다.

  타석에 서자 자신을 바라보는 오석환의 모습이 거인처럼

크게 보였다.

5년 동안 같이 지내면서 봐왔던 오석환의 모습은 언제나 그에게 경외의 대상이었는데 그 모습은 한국시리즈의 승패를 결정하는 지금조차 그대로 나타나고 있었다.

그를 바라보는 오석환의 시선은 무슨 생각을 하는지 알 수 없을 정도로 깊이 가라앉아 있었다.

눈을 감은 채 고개를 숙였다.

여기서 오석환을 경외의 대상으로 생각한다면 승부를 해 보나 마나였다.

그렇기에 고개를 숙인 채 집에 있는 아내를 생각했다.

오랜 세월 후보로 지낸 자신에게 변하지 않는 사랑과 격려를 보내주던 사람이었다.

그런 아내가 아팠다.

아내의 병명은 자궁암이었다.

결혼한 지 4년이 지난 후에야 그녀가 몹쓸 병에 걸렸다는 것을 알게 되었다.

미치도록 괴로웠고 아무것도 할 수 없을 만큼 슬펐다.

두 번의 수술과 항암 치료를 하면서도 그녀는 단 한 번도 그에게 아프다는 소릴 하지 않았다.

밤마다 자신이 깨지 않도록 조심스런 발걸음으로 화장실에 가는 아내의 행동을 끝내 말리지 못했다.

그녀는 화장실에서 오랫동안 고통으로 억눌린 신음 소리를 지르다가 한참이 지나서야 나오곤 했다.

그렇게 사랑한다면서 막상 아파하는 그녀를 위해 해줄 것이 아무것도 없었다.

그랬기에 이를 악물고 배트를 휘둘렀다.

김남구 감독이 준 기회를 어떻게든 잡아서 얼마 남지 않은 시간만이라도 그녀를 행복하게 해주고 싶었다.

아내는 그가 후보에서 벗어나 주전으로 뛰는 걸 보며 누구보다 기뻐했다.

아내는 그가 세상에서 야구를 제일 잘할 거라며 끝없는 용기를 불어넣어 주었는데 그것 때문인지 하반기로 갈수록 성적이 좋아졌다.

경기를 하기 위해 집을 나서는 그에게 오늘도 아내는 잘 갔다 오라며 함박웃음을 지어주었다.

암이란 괴물에게 받은 고통으로 파리해진 얼굴을 한 채……

고개를 흔들고 눈을 뜨자 홈 플레이트가 눈에 들어왔다.

심판이 괜찮냐는 질문을 한 것은 그가 홈 플레이트에 시선을 고정시킨 채 잠시 동안 그대로 있었기 때문이었다.

허리를 펴고 오석환을 바라보자 그가 달리 보였다.

그토록 거대했던 모습은 어디론가 사라졌고 오직 공을 든 그의 손만 눈으로 들어왔다.

심호흡을 멈추고 날아오는 공을 노려봤다.

역시 빠르고 강력하다.

조금 낮다고 판단했던 초구는 자신의 무릎을 관통하며 그대로 박혔는데 미트의 위치를 확인한 그는 두말없이 타석에서 물러났다.

볼 것 없는 스트라이크였다.

심판의 판정이 뒤늦게 들려왔고 타석에서 물러나 연습 스윙을 마친 안상재는 다시 타석으로 들어와 허리를 곧추세웠다.

오석환도 경기가 경기인 만큼 신중하게 경기를 운영했는데 제구력의 마술사답게 공 반 개 정도 빠지는 유인구를 거듭해서 던지며 헛스윙을 유도했다.

2스트라이크, 1볼.

절대적으로 불리한 볼카운트로 몰렸다.

여기서 삼진을 당한다는 것은 절대 해서는 안 될 일이었다.

그렇다고 이도 저도 아닌 타격을 해서 병살타를 치게 된다면 정말 칼을 물고 자살이라도 해야 할 판이었다.

그랬기에 안상재는 이를 악물고 배트를 잡은 손에 힘을 가했다.

어차피 단 한 번의 기회가 남았으니 혼신의 힘을 다해 배팅하는 것만이 최선의 방법이다.

숨을 멈추고 기다리자 오석환의 손에서 떠난 공이 홈 플레이트로 다가왔다.

패스트볼이다.

그런데 그냥 패스트볼이 아니라 가운데 한복판으로 들어오는 실투였다.

머릿속에서 온갖 경우의 수를 계산하던 안상재의 배트가 공이 눈에 들어온 순간 맹렬하게 돌아갔다.

따악!

공이 하늘 높이 치솟는 순간 그는 세 걸음을 걸어 나간 후 들고 있던 배트를 그대로 집어 던지며 두 팔을 번쩍 쳐들었다.

감각만으로도 홈런이란 걸 충분히 알 수 있었다.

"안상재 선수, 쳤습니다. 갑니다, 갑니다. 홈런이냐, 홈런이냐. 홈런! 홈런입니다!! 안상재 선수의 굿바이 홈런이 기적적으로 터졌습니다!!"

벌떡 자리에서 일어선 장춘진이 마치 자신이 홈런을 친 것처럼 두 팔을 번쩍 치켜 올렸다.

그는 믿어지지 않는 듯 흥분을 가라앉히지 못한 채 그라운드에서 벌어지고 있는 장면들을 여과 없이 중계했는데 감동으로 얼굴이 붉게 달아올라 있었다.

"김 위원님, 정말 대단한 순간이 아닐 수 없습니다. 한국시리즈에서 굿바이 홈런이 터졌습니다. 그것도 사이클링 히트를 완성시키는 홈런입니다."

"설마 설마 했는데 한국시리즈에서 이런 대기록이 수립되는군요. 하반기로 올수록 좋아지던 안상재 선수였는데 기어코 큰일을 만들어냈습니다."

"아, 안상재 선수 그라운드를 돌면서 웃지 않는군요. 친정 팀에 대한 예의를 지키기 위해서 그러는 걸까요?"

"아무래도 그럴 것입니다. 안상재 선수는 라이온즈에 5년간 몸담았기 때문에 마음껏 즐거움을 표현하지 못하는 것 같습니다."

"그러나 이글스 선수들은 다르군요. 모든 선수가 그라운드로 뛰쳐나와 안상재 선수를 기다리고 있습니다."

장춘진의 말대로 이글스는 팀 전체가 나와서 안상재가 홈으로 들어오는 것을 지켜보고 있었는데 양손에는 물병들이 들려 있었고 서로를 부둥켜안은 채 기쁨을 숨기지 못하는 중이었다.

기어코 안상재가 홈으로 들어오자 모든 선수가 일제히 만세를 부르며 그를 짓눌렀다.

물병에 담긴 물들이 분수처럼 날아올랐고 안상재의 헬멧에 불똥이 튀었다.

굳은 얼굴로 그라운드를 돌았던 안상재는 그때서야 활짝 웃으며 마음껏 기쁨을 드러냈다.

한국시리즈에서의 끝내기 홈런.

더군다나 사이클링 히트를 극적인 순간 홈런으로 만들어 내다니 정말 믿어지지 않는 순간이었다.

"와아, 와아!"

좌측 스탠드로 날아간 공이 의자를 때리고 튀어 오르자 숨을 죽이고 지켜보던 관중들이 모두 자리를 박차고 일어나 우레와 같은 함성을 내질렀다.

끝내기 홈런이자 싸이클링 히트란 대기록을 기록하는 순간이었다.

"하느님이 보우하사 우리나라 만세!"

안상재의 스윙과 동시에 공이 하늘 높이 솟구치는 것을 보며 간절한 눈으로 지켜보던 김남구 감독의 입에서 말도 안 되는 소리가 새어 나왔다.

그는 자리에서 벌떡 일어나 안상재가 손을 번쩍 치켜드는 모습을 확인하고 비슷한 모습으로 같이 손을 번쩍 들었다.

장혁태 코치가 다가와 그를 와락 껴안은 것은 선수들이 모두 그라운드로 뛰어나갈 때였다.

"감독님, 이겼습니다."

"아이고, 이게 꿈이냐, 생시냐!"

"나가시죠. 축하해 줘야죠."

"그래, 가자."

김남구 감독은 뒤늦게 장혁태 코치와 함께 그라운드로 걸어 나갔다.

그라운드는 이미 개판으로 변해 있었다.

기쁨으로 선수들이 서로를 끌어안고 뒹굴었는데 안상재는 얼마나 얻어맞았는지 얼이 빠진 모습이었다.

감독이 나온 것을 확인하고 선수들이 물러서자 안상재가 그때서야 김남구 감독의 앞으로 다가왔다.

"상재야, 축하한다. 잘했다."

"감사합니다, 감독님."

김남구 감독이 어깨를 두들겨 주자 안상재의 눈에서 눈물이 주르륵 새어 나왔다.

오랜 고통을 참아내고 무언가를 이룬 사람들이 느끼는 성취감은 결국 눈물로 나타나는 모양이었다.

그동안의 고생을 알고 있던 김남구 감독은 그런 안상재를 푸근하게 안아주었다.

오늘의 히어로, 안상재.

그는 김남구 감독을 끌어안은 채 눈물을 감추지 못하고 하염없이 울었다.

전문가들의 의견을 뒤집고 이글스가 안상재의 활약으로 1차전을 잡아내자 언론은 난리가 났다.

그들 역시 이강찬이 1차전에 출전하지 않았다는 사실을 분석하면서 양 팀 감독 간의 치열한 머리싸움을 기사로 다뤘다.

기사의 핵심은 결국 2차전으로 모아졌다.

1차전을 잡은 이글스는 2차전에서 무조건 이강찬을 선발로 내세울 것이었기 때문이다.

문제는 라이온즈였다.

라이온즈는 1차전을 잡을 경우 백강현을 3차전으로 돌리려는 생각을 접을 수밖에 없었다.

2차전마저 지게 된다면 한국시리즈 우승은 사실상 물 건너간 거나 다름없으니 무슨 짓을 해서라도 2차전을 잡아야 된다.

팀의 에이스인 백강현을 1차전에 내보내지 않은 것이 거듭 후회되었으나 이성우 감독은 그저 한번 풀썩 웃고 다음 경기를 대비했다.

야구란 이길 수도 있고 질 수도 있으니 후회와 절망보다는 앞으로의 최선과 희망이 필요하다는 것을 너무나 잘 알기 때문이다.

그랬기에 그는 언론들의 2차전 선발투수에 대한 질문에 1차전과 달리 숨기지 않고 화끈하게 백강현이 투입될 거란 사실을 말해주었다.

어차피 숨겨도 달라질 게 없는 상황이라면 정공법이 가장 좋은 방법이란 게 그의 생각이었다.

먼저 패를 던져 놓았기 때문에 이제 머리가 아파지는 것은 이글스가 될 것이다.

백강현을 공공연하게 출전시킨다고 했으니 오히려 이글스 측에서 고민을 거듭할지도 몰랐다.

1차전에 이긴 이글스는 이제 반대로 굳이 백강현을 상대로 이강찬을 반드시 투입할 이유가 없어졌기 때문이었다.

하지만 김남구 감독은 그의 희망과는 다르게 전혀 피할 생각이 없었던 모양이었다.

기자들의 질문에 그는 냉혹한 승부사답게 이강찬의 출전을 공공연하게 공포해 버렸다.

언론은 또다시 난리가 났다.

양 팀 감독이 전면전을 펼치겠다고 공언했기 때문에 한국시리즈의 2차전은 현 프로야구 판에서 가장 잘나가는 에이스들의 맞대결로 펼쳐지게 되었다.

누가 이기든 2차전을 이긴 팀은 한국시리즈를 가져갈 확률이 높아져 그 어느 때보다 치열한 접전이 될 수밖에 없다.

22승 3패의 이강찬과 17승 6패의 백강현.

단순한 수치상으로는 이강찬이 유리했지만 양 팀 간의 대결로 본다면 오히려 백강현이 더 나은 기록을 가지고 있었다.

이강찬은 이청화에게 끝내기 홈런을 맞으면서 1패를 기록했지만 백강현은 패배 없이 3승을 챙겨 갔기 때문이었다.

"웃겨. 백강현이 이긴다니 말도 안 되는 소릴 하고 있어."

"그러게 말이야. 요즘 언론은 선수를 보는 눈이 너무 떨어져. 실투 한 번으로 홈런 맞았다고 불리하다는 게 말이나 돼?"

스포츠 신문을 접으며 이동렬이 탁자에 놓인 커피 잔을 들어 올렸다.

그들은 시합이 벌어지는 오후 6시보다 훨씬 빠른 3시에 대전구장이 보이는 커피숍에 나와 시간을 죽이고 있는 중이었다.

혹시 벌어질지 모르는 불상사를 피하기 위함이었다.

정규 시즌 우승 팀인 이글스의 한국시리즈 게임이 대전에서 벌어지자 온 시내가 경기 시간이 다가오면 몸살을 앓고 있었기 때문에 제대로 경기를 보기 위해서는 무조건 서두르는 것이 가장 좋은 방법이었다.

특히 경기장 주변은 사람들로 발 디딜 틈이 없을 정도였는데 잘못하면 같이 온 사람을 잃어버릴 지경이었다.

이제 3시간 후면 전국의 시선이 집중된 한국시리즈 2차전이 벌어지게 된다.

스포츠 신문에서는 백강현이 이강찬과 동급의 투수로 어필하며 오히려 이글스에게 무패의 전적을 자랑하는 백강현이 조금 더 우세할 거란 기사가 적혀 있었는데 그것을 본 곽선화와 이동렬은 동시에 콧방귀를 뀌었다.

말도 안 되는 평가란 생각을 가졌기 때문이다.

이강찬의 기록은 객관적인 데이터만 가지고 봐도 단연 대한민국 프로야구 선수 중 톱이었다.

그런 이강찬을 백강현과 비교한다는 것은 흥밋거리를 제공하기 위한 언론 플레이에 불과하다는 것이 그들의 판단이었다.

"강찬아, 오늘 꼭 이겨야 된다."

"예."

"이기면 예쁜 아가씨 소개시켜 줄게."

"형님, 전 결혼 약속한 사람 있다는 거 아시잖아요."

"바람피워라."

"싫습니다."

"어쭈, 이제 선배의 지시도 안 듣겠다는 거냐?"

"다른 건 몰라도 그건 안 되겠는데요."

"좋아, 그럼 이겨서 네가 날 소개시켜 줘라."

"뭘요?"

"예쁜 아가씨."

"형님 정말 이러시면 형수님한테 고자질하는 경우가 있습니다."

"드디어 하극상까지 하겠다는 뜻이군."

강찬이 입을 주욱 내밀자 이일화가 움찔 뒤로 몸을 물리며 한숨을 내쉬었다.

천하의 이일화도 마누라는 무서운 모양이었다.

연습 투구를 마치고 들어온 강찬에게 이일화가 다가온 것은 5분 전이었다.

그는 마치 기다리고 있던 사람처럼 슬금슬금 다가와서는 말도 안 되는 소리를 했는데 옆에서 지나가며 듣던 선수들이 킥킥대며 웃어댔다.

특히 임관은 같이 있었기 때문에 두 사람의 대화를 고스란히 들으며 웃었는데 그 모습이 괘씸했던지 이일화는 화살을 임관에게 돌렸다.

"웃어! 그럼 네가 소개받을래?"

"형님, 도대체 그 처자가 누군데 매번 그런 소릴 하시는 겁니까?"

"있어, 예쁜 아가씨."

"그러니까 그게 누군데요?"

"소개받으면 가르쳐 줄게. 받을래?"

"싫은데요. 저도 사귀는 사람 있습니다."

"어허, 이놈들이. 정말."

이일화가 두 눈을 부릅뜨고 강찬과 임관을 번갈아 쨰려봤다.

이유야 뻔했지만 막상 이일화가 인상을 쓰자 중요한 경기를 앞둔 투수와 포수가 동시에 찔끔하며 몸을 사렸다.

그러다가 눈을 돌려 장혁태 코치를 바라보며 구원의 손길을 던졌다.

하지만 장 코치는 아예 처음부터 관여하지 않겠다는 듯 두 사람의 시선을 무시하고 김남구 감독 옆으로 자리를 옮겨 갔다.

계속해서 말도 안 되는 시비를 걸던 이일화가 자리를 떠난 것은 장 코치와 뭔가 이야기를 주고받던 김남구 감독이 다가왔기 때문이었다.

"강찬아, 컨디션 좋냐?"

"예."

"이길 거지?"

오늘따라 사람들이 왜 이런지 모르겠다.

이일화가 먼저 와서 바람을 잡더니 이젠 감독이 직접 와서 곤란한 질문을 거듭 던졌다.

이렇게 물으면 뭐라고 대답한단 말인가.

강찬이 아무런 대답을 하지 않자 대답을 기다린 질문이 아니었던지 김 감독이 풀썩 웃었다.

"오늘 참 날씨가 좋다. 가을인데도 꼭 여름같이 느껴져. 그렇지 않냐?"

"그렇습니다."

대답을 해놓고 강찬이 하늘을 바라봤다.

긴장으로 인해 연습 투구를 하면서도 가슴이 설레었는데 이일화에 이어 김남구 감독이 연이어 게임과 상관없는 말들을 하자 어느샌가 뛰던 가슴이 가라앉고 있었다.

김 감독의 말처럼 가을 날씨와는 다르게 경기장은 훈훈한 바람이 불어오고 있었다.

가을이 여름으로 돌아오지는 못할 테니 이런 기분이 드는 것은 대전구장을 가득 채운 만오천 관중의 뜨거운 열기 때문일 것이다.

잠시 동안 강찬과 함께 관중을 바라보던 김 감독이 슬며시 입을 열었다.

"관중들 많네. 그리고 저 사람들 다 우리 편이야. 알지?"

"예."

"관중들은 모두 널 응원할 거다."

"제가 아니라 이글스를 응원하는 겁니다."

"그건, 그렇지."

강찬의 대답에 김 감독이 고개를 끄덕거렸다.

하지만 곧 생각이 바뀐 듯 끄덕거리던 고개를 멈췄다.

"그런데 말이야, 왜 그런 생각이 드는지 모르겠지만 오늘은 저 수많은 관중들이 이글스가 아니라 널 응원할 것 같다는 생각이 들어. 그러니까 멋지게 던져."

1회 초 수비를 위해 이글스의 선수들이 그라운드로 뛰어나가자 대전구장을 꽉 채운 관중들이 동시에 함성을 질러댔다.

그 소리가 마치 천둥이 치는 것처럼 대단해서 가슴이 울렁거릴 지경이었다.

기자석에 있던 김혁이 마운드로 올라가는 강찬을 보고 있을 때 옆으로 다가온 홍재진이 불쑥 물었다.

그는 포스트 시즌 때 김혁의 특종에 편승했던 전력이 있었고 어제 벌어진 한국시리즈 1차전의 선발투수가 이강찬과 백강현이 아닐 거란 예측도 들었기 때문에 김혁의 말이라면 팥으로 메주를 쑨다고 해도 믿었다.

그는 김혁의 예측의 듣고도 1차전이 벌어지기 전까지 설마

하는 생각을 버리지 못했었다.

"형님, 정말 백강현이 이길까요?"

"말도 안 되는 소릴 하는군."

"그럼 이강찬이 이긴다는 말입니까?"

"경기는 해봐야 되겠지만 판돈을 걸라면 나는 무조건 이강찬한테 건다."

"그런데 기사는 왜 그렇게 쓰셨습니까. 형님도 백강현이 유리하다고 쓰셨잖아요."

"그래야 많이 팔리지. 신문이 많이 팔려야 우리도 먹고살잖아. 다른 놈들도 아마 같은 심정으로 그렇게 썼을 거다. 장사 하루 이틀 해본 것도 아니면서 왜 모른 척하고 그래."

"요새 형님 때문에 기가 눌려서 그런 것 같아요. 형님이 하도 귀신같아서 말도 안 되는 얘긴데도 믿게 된다니까요."

"공은 둥그니까 어떤 결과가 나올지 몰라. 하지만 이번 경기는 무조건 3점 이내에서 승부가 결정될 거야. 먼저 점수를 뽑는 쪽이 이길 가능성이 커."

"그러야 당연한 거 아닙니까."

"그 당연한 게 피를 말릴 거란 말이다. 오늘 경기는 역대한국시리즈 중 가장 긴장된 경기가 될 테니까 두 눈 똑바로 뜨고 지켜봐."

김혁의 눈은 홍재진과 말하는 와중에도 강찬에게서 한 번도 떨어지지 않았다.

그의 눈에는 오직 강찬만 들어 있는 것 같았다.

"오빠, 화이팅!"

옆에 앉은 김유정이 오히려 더 난리를 피웠다.

은서와 함께 경기장에 온 김유정은 가깝게 보이는 강찬을 부르며 고함을 질러댔다.

그들은 이글스에서 마련한 로열석에 앉아 있었는데 스탠드의 맨 앞쪽이라 선수들의 모습이 한눈에 들어오는 곳이었다.

"아휴, 그만해. 다른 사람들이 보잖아."

"바보야, 원래 경기장에 오면 이 정도는 응원을 해줘야 해. 그래야 선수들도 힘을 받고 나도 스트레스를 풀 수 있어."

"그래도 너무 소리 지르지 마."

"흐흥, 조금 있으면 지가 더 난리를 피울 거면서 까분다."

김유정이 콧방귀를 뀌면서 가소롭다는 표정을 지었다.

전과가 있기 때문이었다.

은서는 그녀의 말대로 경기 초반에는 조용히 있다가 강찬이 위기를 맞거나 삼진을 잡을 때면 펄쩍펄쩍 뛰면서 비명을 질러댔었다.

오늘의 경기장은 다른 어떤 때보다 광적인 열기를 보이고 있었다.

1차전에서 승리해 놨기 때문에 오늘까지 잡는다면 한국시리즈가 이글스의 품으로 들어온다는 걸 관중들도 모두 알기 때문이었다.

관중들은 이글스 선수들이 수비를 위해 그라운드로 나오고 강찬이 마운드에서 연습 투구를 시작하자 동시에 고함을 질렀는데 그 소리는 점점 하나로 모아졌다.

바로 이강찬을 연호하는 목소리였다.

대전구장이 떠나갈 것처럼 울려 퍼지는 이강찬의 이름에 은서가 몸을 바들바들 떨어댔다.

평생을 같이 살아온 오빠이자 연인의 이름이 이렇게 많은 사람들의 입에서 한꺼번에 울려 퍼진다는 건 여자로서 더 없는 행복이었다.

이강찬의 이름은 한동안 끊임없이 연호되었는데 그 연호를 듣고 감격에 겨운 목소리를 토해낸 건 은서가 아니라 김유정이었다.

"은서야, 나 오줌 마려워. 이씨, 내 애인도 아닌데 왜 내가 흥분되냐!"

연습 투구를 마친 강찬은 심호흡을 고른 후 타자가 들어오기를 기다렸다.

라이온즈의 에이스 백강현과 정면으로 맞선다는 생각에 흥분되는 마음을 숨길 수 없었다.

이일화가 전설의 투수라면 백강현은 현 프로야구를 대표하는 투수였기에 강찬은 처음 선발투수로 마운드에 오를 때처럼 가슴이 쿵쿵대며 뛰었다.

이일화와 김 감독으로 인해 풀어졌던 긴장이 경기가 가까워지자 점점 고조되었다.

한국시리즈.

루키로서 뛰어난 성적을 얻으며 무서울 것 없이 질주해 왔지만 한 해의 대미를 장식하는 한국시리즈에 선발로 나서자 뛰는 가슴을 멈출 수 없었다.

더군다나 국내 최고 투수와의 맞대결이었으니 어찌 보면 그런 마음이 드는 건 당연한 일이었다.

하지만, 마운드에 서서 연습 투구를 던지기 시작하자 무섭게 뛰던 가슴이 점점 안정되었다.

수많은 고난을 이겨내고 올라온 자리였다.

이 자리에 오르지 못할 거란 생각에 자살을 결심했을 만큼 절망 속에서 세월을 보낸 적이 있었다.

그 절망은 너무나 고통스럽고 괴로운 것이라 두 번 다시 겪고 싶지 않는 것들이었다.

이기고 싶다. 그리고 반드시 이겨야 한다.

고통 속에서 피어난 꽃은 더욱 아름답고 향기가 짙다는 말을 들은 적이 있다.

내 삶을 그렇게 만들고 싶었다.

자신의 이름을 연호하며 대전구장을 꽉 채운 관중들에게 승리의 기쁨을 안겨주고 싶었다.

경기는 시작되었고 전문가들의 예상대로 시합은 팽팽한 투수전으로 진행되었다.

하지만 먼저 점수를 내준 건 강찬이었다.

3회까지 안타 1개만 내주며 삼자범퇴를 거듭했던 강찬은 4회 들어 선두 타자로 나온 이정민의 평범한 타구를 유격수 백성춘이 알을 까면서 주자를 내보냈다.

하지만 불운은 그것으로 그치지 않았다.

3번 타자를 삼진으로 잡아 한숨을 돌리는가 했더니 정승규의 도루를 막기 위해 던진 임관의 송구가 뒤로 빠지면서 주자를 3루까지 내보냈던 것이다.

1사 3루의 찬스를 놓치지 않고 라이온즈의 4번 타자 이청화는 강찬의 슬라이더를 걷어내 커다란 외야 플라이를 만들었다.

3루 주자가 홈을 밟는 걸 보며 강찬이 애써 고개를 돌렸다.

연속된 에러에 의해 상납한 허무한 실점이었지만 실망한

표정을 짓게 되면 팀의 분위기를 망칠 수 있다는 걸 알기 때문이었다.

먼저 실점을 한 때문인지 선수들의 마음이 바빠졌다.

오늘따라 몸이 무거워 보이는 백강현을 상대로 매회 안타와 볼넷을 만들어내던 이글스의 타선은 4회와 5회를 연속 범타로 물러나며 답답한 경기를 이어나갔다.

관중들의 한숨은 커져 갔고 반대로 라이온즈의 더그아웃은 활기로 넘쳤다.

이대로라면 2차전은 라이온즈가 가져갈 수 있었다.

단순한 승리가 아니라 이강찬을 상대로 얻는 승리라면 그 의미가 몇 배는 더 커지기 때문에 라이온즈는 전 불펜을 모두 준비시킨 채 만약의 사태에 대비했다.

이글스의 타자들이 반전을 만든 것은 6회 말 공격 때였다.

선두 타자로 나선 이문승이 볼넷으로 걸어 나간 후 2아웃 상태에서 윤태균이 결정적인 홈런을 때려냈던 것이다.

대전구장을 꽉 채운 팬들은 답답하던 경기가 홈런 한 방으로 뒤집히자 어제에 이어 또다시 광란 속으로 빠져들었다.

믿었던 강찬이 어이없는 에러로 인해 먼저 실점을 했기 때문에 조마조마한 마음으로 경기를 지켜보던 그들은 윤태균이 쳐 낸 공이 우측 펜스를 훌쩍 넘어가자 모두 일어나 미친 듯이 발버둥을 쳐 댔다.

경기가 뒤집히자 잠시 주춤했던 강찬의 공은 점점 무섭게 변해갔다.

6회까지 3개의 안타와 볼넷 1개를 허용했는데 윤태균의 한 방으로 경기가 뒤집히자 7, 8회는 아예 진루조차 허용하지 않으며 완벽하게 틀어막았다.

그사이 이글스의 타자들은 8회 말 공격에서 바뀐 라이온즈의 투수 안호찬을 상대로 연속 3안타를 터뜨려 2점을 추가했다.

라이온즈의 이성우 감독은 백강현이 홈런을 맞자 즉시 강판시킨 후 3명의 투수를 추가 투입하며 승부욕을 불태웠으나 8회 말에 2점을 더 내주자 결국 한숨을 내쉬고 말았다.

이제 남은 공격 기회는 단 1회만 남았고 타순조차 좋지 못했다.

7번부터 이어지는 하위 타순이 갈수록 무서워지는 강찬의 공을 공략한다는 건 결코 쉬운 일이 아니었다.

강찬은 7번 타자를 우익수 뜬공으로 처리하고 8번 타자를 삼진으로 잡아낸 후 마지막 9번 타자로 나오는 서주석을 기다렸다.

이제 대전구장은 광란으로 변해 있었다.

그들은 승리를 의심하지 않았고 마지막 타자를 강찬이 빨리 잡아내서 경기를 끝내주길 기다리는 중이었다.

서주석이 들어오자 강찬은 어깨를 털고 임관의 사인을 받았다.

타자의 얼굴이 무거워 보였다.

그의 입장에서는 가장 나오기 싫은 순간이었을 것이다.

경기가 끝나는 순간에 나온 타자는 배트가 무거워 들고 있는 것조차 힘들어 보였다.

하지만 강찬은 그런 그가 불쌍하다고 생각하지 않았다.

최강 라이온즈의 3루수를 맡고 있는 수비의 귀재를 불쌍하게 본다는 건 오만한 생각일 뿐이었다.

마지막까지 최선을 다하는 것만이 투수로서 상대에 대한 예의를 지키는 것이었다.

초구는 서주석이 가장 싫어하는 바깥쪽 직구였다.

157㎞/h였고 허리 높이에서 조금 위쪽으로 틀어박힌 완벽한 스트라이크였다.

서주석은 꼼짝하지 못했고 초구에 대한 충격 때문인지 2구로 던진 슬로커브에도 반응하지 못했다.

2스트라이크 노 볼.

관중들의 함성은 점차 고조되었고 이글스 더그아웃은 뛰쳐나갈 준비를 마친 채 강찬의 마지막 공이 적의 숨통을 끊어놓기를 기다렸다.

마지막 1구.

강찬은 호흡을 가다듬고 임관의 사인을 기다렸다.

임관은 유인구를 던지자며 바깥쪽으로 떨어지는 슬라이더를 요구하고 있었다.

고개를 저었다.

무사였고 주자도 없는 상태였으니 마지막 공은 자신의 주무기인 패스트볼로 승부하고 싶었다.

마누라답게 임관은 강찬의 뜻을 즉시 알아채고 주먹으로 미트를 팡팡 두들겼다.

그 모습에 강찬이 슬쩍 미소를 보였다.

천천히 로진백을 들어 올려 손가락에 배어 나온 땀을 제거하자 온몸에 생기가 흘러나왔다.

크게 숨을 들이마시고 자신의 마지막 공을 기다리는 관중들을 바라보며 마음을 가라앉혔다.

귓가를 스쳐 지나가는 바람이 마치 은서의 숨결처럼 부드럽게 느껴졌다.

쐐애액… 팡!

강찬의 손을 떠난 공이 무서운 속도로 날아가 홈 플레이트의 중심을 통과했다.

타자가 기다렸다는 듯 맹렬하게 배트를 휘둘렀지만 공은 이미 포수의 미트로 틀어박힌 후였다.

잠시의 침묵 끝에 심판이 아웃 판정을 하자 벼락같은 함성이 천지 사방에서 동시에 터져 나왔다.

이글스의 한국시리즈 2연승.

팬들은 기절할 것처럼 열광했고 이글스의 선수들은 서로를 부여잡은 채 승리의 기쁨을 만끽했다.

언터처블 이강찬이 한국시리즈에서 첫 승을 기록하는 순간이었다.

이글스의 상승세가 꺾인 것은 하루 쉬고 대구에서 벌어진 3차전에서 완패를 당했기 때문이었다.

고동식을 선발로 내세운 이글스는 대구구장에서 난타를 당하며 일방적으로 얻어맞았는데 11 : 0의 완봉패였다.

2연승으로 분위기가 고조되었던 이글스는 비상이 걸릴 수밖에 없었다.

4차전까지 내주면 정말 어떤 일이 벌어질지 예상조차 어려웠기 때문에 호텔로 들어서는 코치진과 프런트의 안색은 어두워질 대로 어두워져 있었다.

언제나 느끼는 것이었지만 라이온즈의 타선은 한번 터지면 제어하지 못할 정도로 엄청난 화력을 자랑했다.

금년 이글스의 타선도 라이온즈에 이어 2번째로 성적이 좋았지만 오늘 같은 날이면 암담한 마음이 드는 걸 막을 수가 없었다.

오늘 경기를 참패하면서 내일 경기도 걱정되었다.

4차전은 투수 로테이션상 송우진이 나서는 순서였고 라이온즈에서 문희성이 나올 것으로 예상되어 선발투수만으로 봤을 때는 해볼 만했으나 문제는 불펜이었다.

3차전에서 중간 계투 요원을 3명이나 써버렸기 때문에 송우진이 무너지면 게임을 받쳐 줄 투수가 부족했다.

선발 요원을 계투로 전환시키는 방법이 있지만 그것도 이일화 대신 들어온 제5선발 김부근뿐이다.

물론 4일을 쉰 이태진까지 출전시킬 수도 있었다.

하지만 그것은 게임을 반드시 이긴다는 전제 조건이 깔려야 가능한 일이었다.

만약 이태진까지 출전시켰다가 게임에 지기라도 한다면 투수 운용이 완벽하게 꼬여서 나머지 경기를 끌어가기가 힘들어질 수도 있었다.

그랬기에 김남구 감독과 장혁태 코치는 머리를 맞댄 채 하염없이 고민에 빠져들었다.

"어떨 것 같아?"

"우진이가 5회까지만 버텨주면 해볼 만합니다. 하지만 그렇지 못한다면 힘들어질 것 같군요."

"이 사람이… 그런 당연한 말 같은 거 말고 대책을 내놔보라니까!"

"저라고 뾰족한 대책이 있겠습니까."

"그럼 내가 말하면 동의할 거야?"

"말씀해 보시죠."

"욕하지 않는다면 하지."

장혁태 코치는 자신을 빤히 바라보는 김남구 감독의 시선을 향해 눈을 마주쳤다.

뭔가 끙끙거리더니 생각한 게 있는 모양인데 쉽게 말하지 못하는 걸 보면 마음에 걸리는 게 있다는 뜻이다.

설마 하는 생각이 들면서 그럴지도 모른다는 예측 때문에 표정이 굳어졌다.

김남구 감독의 입이 어렵게 열린 것은 그의 표정이 서서히 굳어져 갈 때였다.

"나는 이번 기회에 반드시 이글스를 우승시키고 싶다. 장 코치는 안 그러냐?"

"저도 그렇습니다."

"그러나 이번 4차전을 내주게 되면 질 가능성이 커져. 왜냐하면 강찬이가 한 번밖에 던지지 못하기 때문이지. 자네도 알겠지만 강찬이가 없는 게임에서 우리가 라이온즈를 이긴다는 건 쉬운 일이 아니야."

"본론을 말씀하시죠."

"4차전에서 강찬을 등판시키면 7차전에 한 번 더 나올 수 있어."

"감독님!"

"알아, 2일밖에 못 쉬었다는 거. 하지만 아무리 생각해도 그 방법밖에는 없더군. 지금으로서는 우리가 라이온즈를 이길 수 있는 건 그 방법뿐이야."

"강요할 일이 아닙니다. 더군다나 놈은 어깨가 한번 부서졌던 전력이 있기 때문에 거부할 가능성이 큽니다."

"알아, 그래도 의견을 듣고 싶군. 그런 것은 강요해서 되는 일이 아니니까 장 코치가 갔다 왔으면 좋겠어."

"감독님은 나쁜 건 다 저를 시키시는군요."

"그럼 자네가 감독 해. 내가 갔다 올 테니까."

"그런 협박은 이제 약발이 다해서 먹히지도 않습니다."

장혁태 코치가 천천히 자리에서 일어났다.

께름칙한 표정이었지만 그는 순순히 자리에서 일어났는데 그 역시 우승하기 위해서는 김 감독이 제시한 게 최선의 방법이란 걸 알기 때문이었다.

임관과 쉬고 있던 강찬이 방문을 열고 장혁태 코치를 받아들인 것은 거의 10시가 다 되어갈 무렵이었다.

장 코치는 손에 세 잔의 커피를 들고 있었는데 테이크아웃 박스에 담겨 있어 가뿐하게 보였다.

문 앞에 서 있는 사람이 수석 코치란 걸 확인한 강찬과 임관이 부랴부랴 옷을 입고 침대에서 빠져나왔다.

"코치님, 어쩐 일이십니까?"

"뭐 하나 궁금해서, 텔레비전에 뭐 재미난 거 하냐?"

"방금 전까지 오늘 있던 경기 하이라이트를 보고 있었습니다."

"뭐라디?"

"라이온즈의 숨겨져 있던 저력이 터졌다면서 열렬하게 칭찬하던데요."

이번에 대답한 건 임관이었다.

장혁태 코치가 워낙 선수들에게 허물없이 대했기 때문에 심지어 올해 1군으로 올라온 임관까지 농담을 한다.

그 대답을 들은 후 박스에서 커피를 꺼내 강찬과 임관에게 나눠준 장 코치가 침대에 걸터앉으며 씨익 웃었다.

하지만 그의 웃음은 그리 밝지 않았기 때문에 강찬은 금방 그가 그냥 오지 않았다는 것을 알아챌 수 있었다.

그랬기에 그는 먼저 입을 열어 물었다.

쉽게 말을 꺼내지 못한다는 것은 해야 할 말이 심각하다는 것을 의미하는 것이었다.

"코치님, 하실 말씀 있으십니까?"

"강찬아. 어깨는 괜찮냐?"

"제 어깨는 괜찮습니다."

"나 너한테 부탁이 있어서 왔다."

"뭔데 그렇게 망설이십니까. 말씀해 보세요. 뭐든지 들어드릴게요."

"강찬아, 오늘 경기에서 봤겠지만 라이온즈의 타력은 정말 무섭다. 웬만한 투수로는 버티기 어려워."

"알고 있습니다."

"더군다나 불펜을 모두 썼기 때문에 우진이를 내보냈다가 초반에 무너지기라도 하면 해결할 방법조차 없는 실정이다."

"……."

장혁태 코치의 표정이 워낙 무거워서 반문할 엄두조차 떠오르지 않았다.

하지만 그는 처음부터 반문을 기다리지 않았던 모양이었던지 자신의 말을 계속 이어나갔다.

"우리는 내일 지면 한국시리즈 우승을 라이온즈에게 내줘야 될지도 모른다."

"왜 그렇습니까?"

"투수력에서 부족하고 타격에서도 밀리기 때문이다."

계속 어두운 말의 연속이다.

분명 목적이 있기 때문에 꺼낸 말이었을 것이고 뭘 원하는지 짐작도 들었다.

그렇기에 강찬은 스스로 먼저 입을 열어 정곡을 찔렀다.

자신이 먼저 말을 꺼내지 않으면 장 코치는 계속해서 다른 허벅지만 긁다가 되돌아갈지도 몰랐다.

그의 성격이 원래 그렇다.

남에게 상처가 되거나 안 좋은 소릴 하는 건 본 적이 없다.

"제가 던지기를 원하시는군요."

잠깐 사이에 무거운 침묵이 흘렀다.

하고 싶던 말이었지만 막상 강찬이 꺼내자 장 코치의 얼굴은 순식간에 굳어졌고 임관은 이게 무슨 개 풀 뜯어먹는 소리냐는 표정을 지었다.

강찬은 불과 이틀밖에 쉬지 못했다.

더군다나 완투를 했기 때문에 또다시 던진다면 어깨에 무리가 갈 수밖에 없다.

하지만 그는 섣불리 나서지 못하고 두 사람의 행동을 지켜만 봤다.

장 코치가 어렵게 입을 연 것은 강찬이 자신을 계속 바라보며 대답하라는 듯 기다렸기 때문이었다.

"…그렇다. 감독님은 네가 내일 던지고 마지막 게임도 책임져 주기를 바라신다."

"그렇다면, 하겠습니다."

"정말이냐?"

"이글스의 우승을 위해서라면 언제든지 나갈 각오가 되어 있습니다."

어렵게 꺼낸 말에 강찬은 생각할 것도 없이 흔쾌히 대답했다.

그 역시 오늘 경기를 보면서 내일 경기를 잡지 않으면 힘들어질 것 같다는 생각을 했는데 먼저 나서지 않은 것은 건방지다는 소릴 들을지도 모르기 때문이었다.

내일 경기는 송우진이 나서야 했고 코치진이 고민을 해서 바꾼다 해도 이태진이 우선이라고 판단했었다.

그러면서도 경기에 지고 호텔로 들어오면서 코치진이 자신에게 지시만 내려준다면 무조건 던지겠다는 생각을 했다.

한국시리즈의 우승을 위해서라면 무슨 짓이라도 할 각오가 되어 있었다.

강찬이 기다렸다는 듯 대답하자 장혁태 코치의 입에서 자신도 모르게 안도의 한숨이 흘러나왔다.

마치 무거운 돌을 들고 있다가 내려놓은 사람처럼 보였다.

그는 강찬이 거부했다면 김남구 감독에게 돌아가 양심 때문에 말하지 못했다고 우길 생각이었다. 그러고는 그렇게 해서는 안 된다며 결사적으로 말릴 생각이었다.

부상으로 인해 자살까지 하려던 놈에게 가혹한 요구를 하는 것은 인간으로서 할 짓이 아니었기에 그는 강찬의 방으로 오면서 수없이 발길을 되돌렸었다.

장 코치는 강찬을 향해 안타까운 시선을 던졌다.

누구보다도 선수 생활을 투수로 보냈기 때문에 부상에서 회복한 선수가 자신의 몸을 얼마나 조심스럽게 대하는지 알고 있었다.

그 역시 어깨를 다쳐 어쩔 수 없이 은퇴를 했으니 그 마음을 누구보다 잘 안다.

"어깨에… 무리가 갈 수도 있다."

"괜찮습니다."

"다시 생각해 봐. 네 어깨는 한번 작살났었기 때문에 한 방에 무너질 수도 있단 말이다. 그렇게 되면 난 칼 물고 죽어야 될지도 모른다."

"그런 일은 없을 테니 걱정하지 마십시오. 제 어깨는 누구보다 제가 잘 압니다."

*   *   *

대구구장은 어제에 이어 만 삼천 석이 모두 동나는 만원사례를 기록했다.

이제 대구 팬들은 가을이 되면 당연히 자신들의 홈팀인 라이온즈가 우승컵을 들어 올릴 거란 희망을 사실화해서 받아들였다.

어차피 우승할 거니까 게임 자체를 축제로 생각하고 마음껏 즐기자는 게 그들의 머릿속을 가득 채우고 있었다.

그런 마음을 들게 만든 것은 라이온즈가 5연속 우승이라는 금자탑을 세웠기 때문이었다.

대적 불가.

정규 리그 5연속 우승에, 한국시리즈 5연속 제패.

가히 적수가 없을 정도로 질풍처럼 달려온 5년의 세월 속에서 라이온즈는 수많은 신화를 만들어내며 대한민국 프로야구계를 좌지우지해 왔다.

그런 전통의 강호 라이온즈가 적진에서 2연패를 당하고 홈으로 돌아왔을 때 대구 팬들은 지금까지 한 번도 당해보지 않았던 사실로 인해 커다란 충격을 받았다.

정규 리그 우승을 빼앗긴 것도 받아들이기 힘들었는데 한국시리즈까지 2연패를 당했으니 그들은 가슴을 졸이며 홈경기를 지켜볼 수밖에 없었다.

다행스럽게 적들을 홈으로 불러들인 경기에서 과거의 막강했던 타선이 한꺼번에 터지며 강자로서의 위용을 과시했다.

2연패를 당하면서 위축되었던 마음은 순식간에 사라졌고 이글스 정도는 언제든지 해볼 수 있다는 생각에 대구 팬들은

4차전을 응원하기 위해 대구구장을 꽉 채웠다.

그러나 그들은 다시 한 번 이강찬이라는 투수의 위용을 지켜보며 무력감에 치를 떨어야 했다.

불과 3일 전에 등판했던 이강찬은 또다시 9회를 완투하며 산발 5안타 무실점으로 라이온즈의 막강 타선을 완벽하게 봉쇄했던 것이다.

결국 시합은 전날과 전혀 다른 결과를 나타내며 5 : 0으로 지고 말았기 때문에 대구구장을 가득 채웠던 관중들은 탄식과 탄성을 내뱉으며 아쉬움을 숨기지 못했다.

경기장을 떠나는 그들의 표정은 어두웠다.

이제 1패만 더 하면 5년 동안 이어져 왔던 한국시리즈 우승이 이글스에게 넘어가는 장면을 지켜봐야 하기 때문이었다.

더군다나 이강찬의 존재는 그들을 암담하게 만들고 있었다.

언터처블.

물론 말대로 절대 쳐 내지 못하는 공을 던지는 것은 아니다.

하지만 이강찬의 완투 능력과 위기관리 능력은 타의 추종을 불허할 만큼 강력했기에 라이온즈 팬들은 경기장을 떠나며 불길한 생각을 멈출 수 없었다.

　　　　*　　　　*　　　　*

　금방 끝날 것 같았던 한국시리즈는 야구팬들의 가슴을 졸이게 만들며 7차전까지 이어졌다.

　잠실로 옮겨와 벌어진 5, 6차전은 그야말로 격렬하게 치고받은 난타전이었지만 라이온즈의 저력은 그 난타전의 대미를 승리로 장식하며 3루 측 스탠드를 가득 채운 자신들의 응원단에게 광란에 가까운 환호를 가져다주었다.

　한국시리즈 3승, 3패.

　야구팬들도 신이 났지만 언론은 모든 내용을 한국시리즈로 도배하다시피 하며 7차전에서 벌어질 이강찬과 이청화의 대결에 온 관심을 집중시켰다.

　한국시리즈 2승을 거둔 이강찬, 그리고 6경기 동안 4개의 홈런을 때려내며 4할에 가까운 타율을 기록하고 있는 이청화.

　이 두 선수의 대결은 야구를 좋아하는 사람들에게는 초미의 관심사가 아닐 수 없었다.

　운명의 7차전이 벌어지는 일요일.

　이 한 경기로 모든 승부가 끝나기 때문에 잠실구장을 꽉 채운 관중들은 물론이고 텔레비전으로 시청하는 야구팬들은 모두 긴장된 시선으로 경기가 시작되기를 기다렸다.

누가 이기든 이번 승부는 야구 역사에서 불멸의 기록으로 남게 될 것이다.

라이온즈가 우승을 하면 6연속 한국시리즈 제패라는 신화를 만드는 것이었고 이글스가 우승하면 3년 연속 최하위에서 단숨에 한국시리즈를 거머쥐는 기적을 만들어내는 것이었기에 야구팬들은 초조한 심정으로 7차전이 시작되기를 목 빠지게 기다렸다.

강찬은 자신의 손을 꽉 쥐어준 후 어깨를 두들겨 준 이일화를 향해 정중하게 고개를 숙여 인사를 하고 더그아웃을 빠져나왔다.

김남구 감독과 코치진은 시합 전 미팅에서 잠깐 이야기를 했을 뿐 더 이상 강찬에게 말을 붙이지 않았기 때문에 경기 시작을 알릴 때까지 그는 이일화와 함께 있었다.

그가 더그아웃을 빠져나갈 때 선수들이 모두 일어나 파이팅을 외쳤고 안 보는 척하던 김남구 감독은 눈을 돌려 그의 뒷모습을 바라봤다.

강찬의 뒷모습을 바라보는 김남구 감독의 시선은 간절한 염원이 담겨 있었는데 그것은 옆에 있는 코치들도 마찬가지였다.

걸어 나가며 관중석을 보자 수많은 시선이 자신을 바라보고 있는 게 느껴졌다.

2만 6천 석에 달하는 좌석이 꽉 들어차 스탠드는 사람들의 모습이 시루에 담겨 있는 콩나물처럼 보일 지경이었고 그들이 내뿜는 열기와 함성으로 인해 귀가 먹먹해질 정도였다.

대전구장이나 대구구장과 비교조차 되지 않을 정도로 잠실구장은 매머드한 규모를 자랑하고 있었다.

반으로 나뉜 관중들.

이글스의 팬들과 라이온즈의 팬들은 경기가 시작되기 전부터 응원가를 불러대며 분위기를 끌어 올리고 있었는데 마치 전쟁을 하는 것처럼 격렬했다.

화려한 불빛.

야간 경기로 인해선지 경기장은 온통 불빛으로 가득했다.

눈을 감고 관중들이 지르는 함성 소리를 가만히 들었다.

얼마나 고대했고 기다리던 순간이었던가.

지금 이 순간을 위해 달려왔던 시간들이 파노라마처럼 지나가며 가슴 벅찬 환희를 불러일으켰다.

공을 쥐자 마음이 점점 가라앉으며 사람들의 함성 소리가 작아지기 시작했다.

눈이 부시도록 시선을 괴롭혔던 불빛도 사라졌고 눈에 들어오는 건 대낮처럼 밝아진 홈 플레이트뿐이었다.

1번 타자가 타석으로 들어서며 배트로 자신을 가리키는 것이 보였다.

도발적인 행동이었으나 반응하지 않았다.

오늘의 나는 가장 예민한 상태에서 더없이 냉철한 심장과 이성으로 일 구 일 구에 최선을 다할 것이기 때문이었다.

호흡을 가다듬고 와인드업에 이은 백스윙과 릴리스, 그리고 팔로우에 이은 피니시를 단숨에 해치웠다.

손을 떠난 공은 자신이 던졌음에도 너무나 강력하게 느껴져서 타자가 절대 쳐 낼 수 없을 것이란 생각이 들었다.

"형님, 이거 너무 일방적인데요. 이렇게까지 원사이드하게 진행되다니 기가 막힙니다."

"그러니까 믿을 거면 확실하게 믿어. 기사 초고도 대충 만들어놓으라고 몇 번이나 말해."

"형님은 앞으로 거적 깔고 거리로 나가시는 게 좋겠습니다."

"6차전에서 라이온즈가 백강현을 썼기 때문에 예상되었던 일이다. 백강현이 못 나오는 순간 이 경기는 거기서 끝난 거야. 다른 놈들 가지고는 이글스 타선을 막아낼 수 없거든. 다른 경기야 타력으로 맞불을 놨지만 이강찬이 나왔는데 변수가 있을 리 없지. 야구공이 둥글다면서 경기는 해봐야 안다고 떠드는 놈들은 다 쭉정이들뿐이야. 프로야구 전문기자가 이 정도 결과를 예측하지 못한다면 숟가락 놓고 다른 일 하는 게 좋아."

"부끄럽게 만드는군요. 아무리 그렇다고 점수까지 알아맞히면 어떻게 합니까!"

홍재진이 입맛을 다시며 전광판을 바라보았다.

그의 목소리는 불퉁거리며 흘러나왔는데 보고도 믿지 못하겠다는 표정을 짓고 있었다.

이글스의 8회 말 공격이 끝난 지금 점수는 8 : 1까지 벌어져 있었다.

김혁이 예측한 점수와 정확하게 일치했는데 이대로 라이온즈의 공격이 끝난다면 정말 할 말 없게 만들 정도로 완벽한 판단이었다.

치열할 것이라고 예상했던 경기가 2회부터 이글스 쪽으로 기울어지면서 점점 격차가 벌어지자 1루 쪽 스탠드는 모두 일어나 미친 듯이 노래를 불러댔고 라이온즈를 응원하는 3루 쪽 스탠드의 관중들은 조용하게 앉아 패배를 받아들이는 분위기였다.

"이강찬 독무대군요. 정규 리그에 이어 한국시리즈 MVP까지 몽땅 먹겠습니다."

"아니, 한국시리즈는 못 먹을 거야."

"왜요?"

"안상재가 사이클링 히트를 해냈잖아. 두 개를 한꺼번에 주지 않는 게 관행이니까 한국시리즈 MVP는 안상재가 먹을 거다."

김혁의 대답은 확신에 차 있었다.

오랜 경험에서 우러나온 대답이었는데 그는 대답을 하면서도 마운드로 걸어 나오는 이강찬에게서 시선을 떼지 않았다.

강찬의 모습은 너무나 당당해서 전쟁에서 이기고 돌아가는 전사의 모습과 비슷했다.

"재진아, 저놈으로 인해서 우리는 한동안 바쁘게 움직여야 할 거다. 오늘부터 이강찬은 슈퍼스타의 반열에 올라가게 될 테니 잘 봐둬."

"슈퍼스타요?"

"그래, 슈퍼스타. 어쩌면 그 단어로도 부족할지 몰라."

의미가 담긴 웃음을 흘려내는 김혁을 바라보며 홍재진이 설마 하는 표정을 지었다.

야구 선수로서 스타의 반열에 드는 선수들은 숱하게 많이 봐왔다.

하지만 그것은 야구팬들에게 한정된 일이었고 일반 국민들한테까지 해당되는 이야기는 아니었다.

슈퍼스타는 온 국민의 사랑을 받는 사람을 지칭하는 단어였기 때문에 국민타자라고 불렸던 이청화도 받지 못한 호칭이었다.

믿어지지 않는 이야기였지만 김혁이 워낙 확실하게 나오자 헛갈렸다.

김혁은 그만큼 기자로서의 촉이 대단한 사람이었다.

임관이 마운드로 뛰어나온 것은 2아웃까지 잡아냈기 때문에 모든 관중이 일어나서 이강찬을 연호하고 있을 때였다.

강찬을 바라보는 임관의 얼굴은 함박웃음이 들어 있었는데 참으로 행복해 보였다.

"왜 왔냐?"

"그냥."

"그냥이라니, 장난하냐!"

"정말이야, 인마. 네 얼굴 가까이서 보려고 왔다."

"지랄, 시합 중에 말도 안 되는 소릴 하고 있어. 엉뚱한 소리 말고 빨리 돌아가."

"강찬아, 넌 지금 이 순간이 행복하지 않냐?"

"뭐가 행복해. 아직 경기도 안 끝났는데."

"원래 사람이 가장 행복한 건 뭔가를 이루기 바로 직전이라고 했다. 그래서 그런가 나는 지금 너무 행복해서 죽을 지경이야."

"얼씨구."

"경기 끝나면 이런 여유 못 부려. 그러니까 잠시만 있어. 그리고 우리가 우승하면 미영이가 근사한 곳에 가서 저녁 산다고 했으니까 토요일에 시간 비워놔."

"정말? 그렇다면 한우 사라고 해라. 오랜만에 몸보신 좀 해보자."

경기와는 상관없는 말들을 가지고 두 놈이 소근대며 시간을 끌자 뒤늦게 윤태균을 비롯해서 내야수들이 우르르 몰려들었다.

혹시 무슨 일이 생겼을까 봐 걱정이 되었던지 그들의 얼굴에는 긴장감이 담겨 있었다.

한국시리즈 우승을 앞둔 2아웃 마지막 상황에서 포수와 투수가 마운드에 서서 뭔가를 한동안 이야기한다는 건 심각한 일이 아닐 수 없었다.

그랬기에 윤태균이 다가와 임관을 향해 급하게 물었다.

"왜 그래? 강찬이가 어디 안 좋냐?"

"아닙니다, 선배님."

"그럼 무슨 일이야?"

"마지막 타자가 이청화 선배님이라서 승부구에 대해서 의견을 나누고 있었습니다."

"그래?"

"강찬이가 홈런을 맞더라도 정면승부를 하겠답니다. 이전 승부에서 도망가다가 맞은 게 마음에 걸렸던 모양입니다. 점수가 여유가 있어서 괜찮을 것 같은데 선배님 생각은 어떠십니까?"

"난 또 뭐라고. 하고 싶으면 해야지. 이럴 때 아니면 언제 하냐? 그런 거라면 신경 쓰지 말고 화끈하게 한판 붙어. 내가 책임진다. 알았지, 이강찬!"

"고맙습니다, 선배님."

엉뚱한 짓을 벌인 임관이 먼저 도망갔고 야수들이 자리로 돌아가자 강찬이 입맛을 다셨다.

굳이 이런 짓을 하지 않아도 이청화와 정면승부를 하려고 했다.

오늘 라이온즈가 강찬에게서 뺏어낸 1점은 이청화가 두 번째 타석에서 강찬의 슬라이더를 받아친 게 홈런으로 이어지며 실점한 것이었다.

임관은 아마 자신보다 더 억울했던 모양이었다.

슬라이더가 아니라 패스트볼로 승부했다면 홈런을 맞지 않았을 거라며 내내 중얼거리더니 임관은 하늘 같은 선배들 앞에서 정면승부를 공공연하게 떠들었다.

놈은 갈수록 영악해지며 행동조차 교묘해졌다.

말도 안 되는 타임을 걸고 자신에게 온 목적이 이청화와의 승부를 위해서였다는 걸 안 이후로 임관이 다르게 보였다.

잠시 동안의 해프닝에 잠시 타석에서 물러나 있던 이청화가 타석에 들어섰다.

역시 거인이다.

타석에 들어설 때마다 느끼는 것이지만 어느 코스, 어느 구질을 던져도 때려낼 것 같은 위압감은 투수를 주눅 들도록 만들기에 충분한 것이었다.

모자의 챙을 만져 공을 던지겠다는 신호를 보낸 후 와인드업 자세를 취했다.

이청화가 뿜어내는 위압감이 대단했지만 이강찬은 호흡을 가다듬고 29개의 코스 중 타자 무릎으로 파고드는 7번 코스를 향해 전력으로 공을 뿌렸다.

1구 스트라이크.

이청화는 배트를 휘두르지 않고 지나가는 공을 쳐다보지도 않은 채 타석에서 물러섰다.

생각했던 공이 아니었으니 조금도 미련을 남기지 않는 모습이었다.

그러나 다시 들어와 타석에 선 그는 두 번째 공에도 손을 대지 않았다.

스트라이크와 볼의 경계상에서 움직이는 코너워크가 구사되었기 때문에 이청화는 배트를 휘두르지 않고 그냥 보냈다.

볼이라고 판단했던 모양이었다.

이제 마지막 공만 남았다.

하지만 강찬은 유인구를 던질 생각이 전혀 없었다.

임관이 요구하기 전부터 자신은 이청화와 마지막 승부를 벌이고 싶었다.

진다는 생각을 하지는 않았다. 그렇다고 반드시 이길 것이란 생각을 가진 것도 아니었다.

무념무상.

불가에서 하는 말이었지만 지금의 강찬에게 그 단어는 더없이 어울리는 것이었다.

아무런 생각 없이 그저 던질 뿐이었다.

그동안 훈련해 왔던 대로, 손가락이 짓물러서 피가 나왔던 그 순간처럼. 고통 속에서도 반드시 이겨내겠다며 이를 악물었던 그때처럼.

쐐애액… 파앙!

심판이 펄쩍 뛰어오르며 스트라이크를 외치는 순간 전광판에 찍힌 속도가 160㎞/h를 가리키자 모두 일어서 있던 이글스 팬들이 동시에 함성을 질렀고 초조하게 기다리던 이글스 더그아웃의 선수들이 강찬을 향해 미친 듯이 달려들었다.

이청화는 강력하게 휘둘렀던 배트를 내리고 이강찬을 바라보고 있었는데 그의 얼굴에는 숨기지 못할 정도의 감탄이 담겨 있었다.

이글스의 우승.

3년 연속 꼴찌를 기록했던 이글스가 누구도 상대할 수 없을 거라 여겨졌던 라이온즈를 제압하고 기적처럼 제왕의 자리에 올라서는 순간이었다.

제6장
월드 베이스볼
클래식

1년 동안 달려왔던 대장정이 끝나고 이글스가 한국시리즈를 제패하면서 프로야구는 막을 내렸다.

이글스의 모기업을 이끄는 왕 회장은 거액의 보너스를 뿌려 확실하게 우승에 대한 보상을 해줬기 때문에 감독을 비롯해서 전 선수단은 행복한 휴식기를 보낼 수 있었다.

강찬은 모든 사람의 예상대로 신인상과 MVP를 동시에 거머쥐었다.

신인상과 MVP를 동시에 수상한 것은 15년 전 메이저리그에서 활약했던 류진규에 이어 역대 두 번째였다.

수많은 언론들과 인터뷰를 가지며 방송 출연을 했지만 곧 프로야구는 사람들의 머릿속에서 서서히 지워져 갔고 이강찬이란 이름도 점점 잊혀갔다.

프로야구 시즌이 끝나면 언제나 반복되는 일이었다.

야구 선수가 화려하게 조명받는 것은 시즌 동안 뛰어난 성적을 올릴 때뿐이었고 이렇게 시간이 흘러 휴식기가 되면 선수들은 사람들의 기억 속에서 잠시 잊어진다.

물론 강찬은 스타덤에 올랐다.

젊은 나이에 신인상과 MVP에 올랐다는 것은 명예로운 일이었고 야구 선수로는 최고의 자리를 차지한 것이었으니 스타임을 부정할 수는 없었다.

하지만 그것이 다였다.

시즌이 끝나고 휴식기에 들어가자 한국시리즈 우승으로 인해 반짝 열광했던 언론들은 언제 그랬냐는 듯 다른 쪽으로 시선을 돌려 버렸다.

강찬은 여전히 숙소에서 살 수밖에 없었다.

스타라고는 했지만 계약금은 한꺼번에 다 써버렸고 연봉으로 받은 돈도 희망원을 지원하고 나면 얼마 남지 않았기 때문에 숙소를 벗어날 수는 없었다.

여전히 광고계에서는 그를 거들떠보지도 않았다.

혜성처럼 나타나 야구 판을 평정하며 MVP에 올랐으나 그것만으로는 상품성이 약했던지 어떤 기업도 그를 모델로 내세우려 하지 않았다.

그러고 보면 아직도 우리나라는 대중들에게 익숙한 탤런트나 영화배우, 가수들에 비해 스포츠 스타가 받는 대접은 형편없는 수준이었다.

김혁은 강찬이 슈퍼스타의 대접을 받을 것이라고 했는데 아직까지 그는 한 명의 야구 선수일 뿐이었다.

드디어 11월이 되면서 본격적으로 선수들의 재계약 협상이 벌어졌다.

이때를 가리켜 스토브리그라고 부르는데 선수들은 한 해 동안의 성적을 기초로 구단과 협상을 해 연봉을 결정한다.

물론 7년 동안 공헌하면서 FA 자격을 얻은 선수들은 별개다.

각 팀을 대표하는 선수들은 FA 자격을 얻게 되면 신인 때 받지 못했던 보상을 한꺼번에 받기 위해 최대한 몸값을 높게 부른다.

물론 선수들이 부르는 금액을 수용하느냐 마느냐는 프로야구 구단들의 몫이다.

검증된 베테랑 선수를 보강한다는 것은 다음 시즌 성적과 직결되기 때문에 골든글러브 급 선수는 대충 4년 계약에 100억 정도 줘야 데려갈 수 있다.

강찬의 문제가 다시 불거진 것은 메이저리그의 포스팅 기간이 눈앞으로 다가오면서부터였다.

메이저리그는 보통 리그 선수에 대한 재계약과 퀼리파잉 오퍼(구단이 FA에게 제시하는 1년 계약안)가 끝나는 11월 중순부터 전력을 보강하기 위해 포스팅을 하게 되는데 막상 때가 되기 전인 10월 말부터 뉴욕 메츠를 비롯한 7개 팀의 스카우터들이 이글스 구단을 상대로 강찬의 포스팅 가능성을 문의하며 난리를 치는 중이었다.

구단 측에서는 함구로 일관할 수밖에 없었다.

강찬 측에 모든 권한이 있기 때문에 가부를 결정할 권한이 구단에는 아무것도 없었기 때문이었다.

이글스 구단 사무실에 모인 사람은 모두 합해서 여섯 명이었다.

구단주인 백성춘을 비롯해서 단장인 윤종운, 황인호와 김남구 감독, 장혁태 코치, 그리고 최민영까지 자리에 앉아 있었다.

그들의 표정은 더없이 무거웠고 앞에는 선수들에 대한 자료가 잔뜩 쌓여 있었다.

회의는 백성춘이 직접 주도하고 있었는데 그들이 보고 있는 자료들은 선수들의 연봉 계약 관련 서류들이었다.

"윤태균이 정말 그 돈을 다 달라는 거야?"

"지금으로서는 그렇습니다."

"미친놈 아냐? 120억이 뭐야, 120억이!"

"7년 동안 프랜차이즈 스타로 활약했으니 보상을 해달라고 합니다. 그 친구는 돈이 얼마가 되든 최고 수준을 원하고 있습니다."

"그게 그 소리잖아. 타이거즈에서 인성진을 잡는 데 쓴 돈이 120억이니까 그거 이상 달라는 거 아니겠어?"

"그렇습니다."

"환장하겠군. 그놈은 지가 투순 줄 아는가 보군. 투수하고 야수하고 똑같이 생각하는 이유가 도대체 뭐야!"

"어쨌든, 지금 잡지 못하면 다음 주부터는 다른 구단과 협상이 시작될 겁니다. 그렇게 되면 우리는 윤태균을 잃을지도 모릅니다."

황인호의 설명에 구단주인 백성춘이 입맛을 다셨다.

물론 윤태균은 투수가 아니지만 이글스를 대표하는 프랜차이즈 스타였기 때문에 함부로 내치기에는 부담이 너무 컸다.

그렇다고 그가 요구하는 120억이란 돈은 예상 범위를 훨씬 벗어나는 것이었다.

그동안 조용히 있던 단장 윤종운의 입이 열린 것은 머리가 아픈지 백성춘이 이마를 문지르고 있을 때였다.

"구단주님, 윤태균을 다른 팀에게 줄 수는 없습니다. 제가 다시 설득해 보겠습니다. 아마 그 친구도 오기 때문에 인성진과 단순 비교한 모양인데 현실이 그렇지 않다는 걸 이해할 겁니다."

"어쩔 생각이요?"

"100억에 합의를 보겠습니다."

"그게 적습니까?"

"적지는 않지만 그 정도는 줘야 합니다. 3년 전에 자이언츠가 강현호한테 준 돈이 80억입니다. 강현호가 자이언츠의 프랜차이즈였지만 윤태균은 걔보다 훨씬 지명도가 높습니다. 더군다나 우린 올해 우승을 했잖습니까. 윤태균이 팀에 공헌한 것도 생각해 줘야지요."

"음… 좋습니다. 그럼 단장님이 그렇게 조율해 보세요. 하지만 계속해서 고집을 피우면 더 이상 협상하지 않겠다는 뜻도 확실하게 알려주세요. 그냥 공갈이 아니라는 걸 확실하게 알려주란 말입니다."

"그렇게 하겠습니다."

윤 단장의 대답이 끝나자 백성춘이 앞에 놓인 서류를 오른쪽으로 치웠다.

이제 남은 것은 오직 한 장뿐이었는데 그는 그 서류를 보자마자 인상부터 찡그렸다.

그것은 다른 사람들도 마찬가지였다.

선수들의 연봉 협상은 이미 끝났고 FA 자격을 가진 5명에 대해서도 가장 골치 아픈 윤태균까지 끝냈지만 사람들은 아무도 무거운 표정을 풀지 못했다.

다름 아닌 강찬에 관한 문제가 남아 있기 때문이었다.

웃긴 일이었으나 다른 선수와 모두 협상을 끝내고도 구단은 강찬과는 아직 연봉에 대해서 아무런 말도 꺼내지 않았다.

문제는 메이저리그 팀들의 열화와 같은 포스팅 요청 때문이었다.

구단 입장에서는 딜레마에 빠질 수밖에 없었다.

대한민국 프로야구가 생긴 지 벌써 40년이 다 돼가지만 이 정도로 한 선수를 스카우트하기 위해 다수의 메이저리그 팀이 적극적으로 움직인 것은 처음이었다.

계약서대로라면 구단에서는 아무런 조치도 취할 수 없었으나 막상 포기하자니 너무 억울했다.

물론 이강찬을 1년 더 데리고 있으면 다음 시즌도 우승할 가능성이 컸다.

하지만 우승보다 더 큰 유혹. 메이저리그 팀들이 내밀 것으로 예상되는 거액의 포스팅 비용을 구단에서 받아낼 수 있다면 우수한 선수들을 대거 영입해서 구단의 미래를 밝게 리모델링할 수 있었다.

그랬기에 강찬의 연봉 협상조차 말도 꺼내지 못했다.

포스팅에 대한 가닥이 잡히지 않으면 연봉 협상은 의미가 없어지기 때문이었다.

아무도 말이 없자 무거운 표정을 짓고 있던 백성춘이 이윽고 입을 열었다.

"황 부장, 다시 한 번 최인혁에게 의사를 타진해 봐. 포스팅 비용의 50%를 준다고 제시해 보란 말이야."

"죄송하지만 안 될 것 같습니다. 그 사람은 아주 작정하고 처음부터 그렇게 계약을 했는데 지금 와서 바꾸지는 않을 겁니다. 사실 생각해 보면 작금의 상황은 우리가 벌여놓은 일이기 때문에 그들을 욕할 일도 아닙니다. 처음부터 말도 안 되는 계약금을 줬고 연봉도 최저 수준으로 계약했습니다. 지금 벌어지는 상황을 감안하고 한 일이란 거 구단주님도 잘 아시잖습니까. 저는 지금 상황을 안타까워하거나 후회할 일이 아니라고 생각합니다. 보십시오, 이강찬으로 인해 우리는 한국시리즈까지 차지했습니다. 계약금 2억과 연봉 5천만 원으로 시즌 22승을 거두고 한국시리즈 3승을 거둔 투수를 2년 동안 쓰는 데 새삼 지금 와서 억울해한다면 세상 사람들이 모두 웃을 것입니다."

"황 부장. 지금 나하고 장난하자는 거야!?"

백성춘이 벼락처럼 소리를 질렀다.

그는 황인호의 말을 들은 후 눈을 부릅떴는데 열이 받을 대로 받은 모습이었다.

그의 고함에 황인호가 고개를 숙이고 서류만 바라봤다.

여기서 더 떠들어봐야 구단주의 성질만 건드릴 뿐이었다.

"내가 그걸 몰라서 그러는 거야? 내가 직접 결정해서 계약을 했는데 왜 모르겠어! 당신 지금 구단 사정이 얼마나 나쁜지 알기나 해? 계속되는 적자에 허덕이며 버텨온 게 벌써 몇 년짼지 알기나 하냐고! 모기업으로부터 지원이 끊기면 당장 구단을 해체할 상황인데 지금 양심껏 행동하자는 거야 뭐야!"

"죄송합니다."

"가서 분명히 전해. 그리고 만약 그 정도까지 제시했는데도 거부하면 구단도 가만히 앉아서 당하지는 않을 테니까 알아서 하라고 그래."

"어쩌실 생각입니까?"

너무 강력한 구단주의 반응에 슬그머니 끼어든 것은 김남구 감독이었다.

사실 그는 구단주의 행동이 못마땅했지만 억지로 참고 있는 중이었다.

강찬을 당장 메이저리그로 떠나보내면 당장 내년부터 이글스는 예전처럼 바닥을 길지 몰랐다.

그럼에도 방방 뜨는 구단주의 행동에 제동을 걸지 못한 것
은 그 역시 구단의 형편이 생각보다 훨씬 어렵다는 것을 잘
알기 때문이었다.

하긴 그것은 이글스만의 문제가 아니었다.

처음 태동할 때부터 열악한 재정 상태에서 시작했고 정치
적인 이유로 프로야구가 시작되면서 이윤의 확보가 전혀 없
었기 때문에 모든 구단은 계속되는 적자에 허덕여 왔던 것이
사실이다.

그랬기에 아무런 소리를 하지 않았는데 구단주가 마지막
에 한 말이 너무 강력해서 나서지 않을 수가 없었다.

구단주는 강찬의 대리인이 구단의 뜻에 따르지 않을 경우
강찬에게 위해를 가하겠다는 생각을 가진 것 같았다.

그리고 그 예상은 정확하게 적중했다.

"법적인 부분을 걸고 넘어지면 놈도 꼼짝하지 못해. 현행
프로야구단 규정에 의하면 신인 선수는 무조건 7년 계약에
응하게 되어 있어. 그걸 위반했으니 놈도 자유스럽게 움직이
지는 못할 거야. 물론 우리도 페널티를 먹을 각오는 해야지.
하지만 그걸 족쇄로 삼고 압박하면 미치는 건 그놈이 될 거
다."

"계약서에 구단주님의 도장이 찍혀 있습니다. 그런 것으로
압박한다는 것은 말이 되지 않습니다."

"김 감독이 의외로 순진한 면이 있군. 법이란 것은 코에 걸면 코걸이고 귀에 걸면 귀걸이가 되는 법이야. 더군다나 선수와 구단이 지루한 소모전을 벌이면 누가 이길 것 같나. 놈은 아무리 발버둥 쳐도 거미줄에 걸린 벌레에 불과할 테니 두고봐. 그것뿐이 아니야, 소송을 걸고 시합에 못 나가게 만들면돼. 공을 못 던지는 투수가 얼마나 비참한 건지 뼈저리게 느끼게 만들어주지."

"구단주님!"

"다른 어떤 말도 나한테 하지 마. 나는 결정했고 그렇게 할거니까. 그까짓 우승 안 해도 돼. 구단의 체면과 이익을 버리면서까지 우승하고 싶진 않단 말이야. 두고 봐. 일 년 내내 공하나 던지지 못하고 소송에 걸려 있는 놈을 데려갈 구단이 있는지 두고 보자고."

결국 강찬은 연봉 5천만 원에 도장을 찍고 말았다.

우승의 일등 공신이 받아야 할 금액은 아니었지만 구단은칼같이 냉정하게 계약서를 내밀었고 불만이 있으면 연봉조정위원회에 제소하라는 말만 남기며 더 이상의 협상 여지를 남기지 않았다.

당연히 분쟁위원회에 제소하면 충분히 이길 수 있을 거라생각했다.

지금까지 연봉조정신청에서 선수가 이긴 적은 거의 없었으나 그가 거둔 성적은 현 프로야구 전체를 통틀어서 가장 뛰어난 것이었으니 5천만 원이란 연봉은 누가 봐도 말이 안 된다.

기가 막혔으나 두말없이 계약서에 도장을 찍은 것은 최인혁의 지시 때문이었다.

황인호는 최인혁이 제시한 조건을 받아들이지 않자 무거운 한숨과 함께 앞으로 구단이 취할 일들에 대해서 이야기했는데 수틀리면 임의탈퇴선수로까지 몰아가겠다는 것이었다.

아무리 이익이 달린 일이라고 하지만 선수를 상대로 구단은 할 수 있는 모든 치사한 압박을 본격적으로 시작했다.

이제 곧 구단은 강찬과의 계약 내용에 대해서 KBO에 이의신청을 하겠다며 으름장을 놓고 있었다.

그런 후 곧 법정 싸움을 시작하겠다며 최인혁과 강찬에게 선전포고를 했다.

휴식기를 보내는 강찬에게는 고통스러운 나날이 되었다.

한국시리즈에서 우승하기 위해 스스로를 희생하며 공헌했던 그에게 구단은 더없이 냉정한 조치들을 가차 없이 시행했다.

삶이란 자신의 생각만 가지고 살 수 없는 모양이다.

이해관계가 복잡하게 얽히고설킨 야구 판은 선수의 장래

는 전혀 생각하지 않고 자신들의 이익을 위해 최선을 다하고 있었다.

시간은 고통 속에서 흘러갔고 최인혁이 계속해서 버티자 구단은 예고한 대로 강찬과의 계약 내용을 공개적으로 문제 삼으며 압박해 들어왔다.

집단의 힘은 생각한 것보다 훨씬 커서 전혀 문제 되지 않을 거라 판단했던 일들이 교묘하게 비틀려 시빗거리로 비화되었다.

선수들의 반응은 반반으로 갈려서 꽤 많은 수의 선수가 비관적인 시선으로 강찬을 바라봤다.

지금까지 한 번도 없었던 계약이었기 때문에 그들은 강찬이 구단과 맺은 계약을 백안시하며 질시에 찬 행동들을 거침없이 해댔다.

그들이 하는 말들은 터무니없었는데 대부분 특권 의식에 관한 것들이었다.

힘든 나날이었다.

구단뿐만 아니라 선수들, 그리고 일부 코치들까지 강찬을 나쁘게 판단하며 거리를 두자 마음 편히 운동하기가 힘들어졌다.

결국 그렇게 강력히 버티던 최인혁이 먼저 강찬에게 구단의 뜻을 받아들이는 게 어떠냐는 의사를 타진해 왔다.

포스팅 비용을 구단이 다 갖는 게 아니라 50%를 되찾을 수 있는 조건이었기 때문에 억울하지만 그렇게 하자는 의견이었다.

물론 그 이면에 들어 있는 것은 구단이 계속해서 방해하면 강찬의 장래가 불투명해질 수 있다는 게 가장 큰 이유였다.

구단에서 소송까지 불사하고 협박한 것처럼 시합에조차 출전시키지 않는다면 자유계약 선수로 풀려도 지금과 같은 조건으로 메이저리그에 진출한다는 건 쉽지 않은 일이었다.

더군다나 만약 구단에서 걸어놓은 소송으로 인해 미국이나 일본 쪽으로의 진출이 막힌다면 강찬은 자칫 선수 생명을 마감해야 될지도 몰랐다.

이글스의 구단이 총대를 메고 다른 구단들을 설득한다면 모든 구단이 강찬을 팽시킬 가능성도 컸다.

구단끼리는 선수의 이익보다는 자신들의 이익을 우선하는 게 일반화되어 있기 때문이었다.

하지만 강찬은 최인혁의 제의를 단박에 거절했다.

처음부터 그런 제의였다면 모를까 압박과 협박에 못 이겨 구단의 제의를 받아들인다는 것은 절대 하고 싶지 않은 일이었다.

최인혁이 처음에 이글스와의 계약 조건에 대해 말했을 때 두말하지 않고 받아들인 이유는 스승을 전적으로 믿은 것도 있지만 그가 보기에도 계약서의 전제 조건이 마음에 들었기 때문이었다.

2년만 뛰고 메이저리그로 가자는 최인혁의 제안은 충분히 가슴을 뛰게 만들 정도로 매력적인 것이었다.

굳이 이글스와 그렇게 적은 금액으로 계약을 한 것은 자신을 받아준 구단에게 고마움을 느꼈기 때문이었다.

어깨가 정상으로 돌아온 이상 정말 잘 던질 자신이 있었다.

그리고 그런 자신감은 성적으로 직결되며 한 시즌 무려 22승이라는 결과를 만들어냈다.

그것뿐이 아니었다.

팀을 위해서 18번이나 완투를 하며 감독의 투수 운영에 커다란 도움을 주었다.

이런 성적과 희생은 데이터로 나온 것이었기 때문에 누구도 부인하지 못할 정도로 명백하다.

그런데도 구단은 욕심을 버리지 못하고 더 많은 것을 요구하고 있었다.

이면에 감춰진 욕심을 숨기고 강찬과 맺은 계약의 불공정에 대해서만 나열하는 구단의 행동이 가소로웠다.

그로 인해 자신을 백안시하는 사람들이 있다는 것을 알지만 그것 또한 사람들의 질투에 불과한 것뿐이니 신경 쓸 일이 아니었다.

진실은 언젠가는 밝혀지고 진실이 밝혀지는 순간 모든 것은 한순간에 해결되기 때문이었다.

구단의 힘이 강하다는 것은 안다.

그럼에도 앞으로 자신처럼 될 수 있는 선수들을 위해서라도 굴복하고 싶지 않았다.

만약 최 감독의 말처럼 일이 꼬이고 꼬여서 최악의 경우가 된다면 미국으로 단신 도하할 생각이었다.

어깨가 생생히 살아 있는 한 바닥부터 시작해도 언젠가는 메이저리그로 당당히 입성할 수 있을 것이기 때문이었다.

양쪽이 팽팽히 맞섰고 일은 점차 커지며 강찬의 계약 사건은 언론에까지 노출되어 악화 일로를 걸었다.

언론은 하이에나처럼 강찬의 일을 분석하며 갖가지 경우의 수를 제시했는데 적극적인 구단의 홍보와 향응, 그리고 두툼한 돈 봉투로 인해 강찬에게 불리한 기사를 내보냈다.

사면초가.

어디로든 벗어날 곳이 없어 보였고 구단의 압박에 손을 들 수밖에 없는 상황으로 몰려갔다.

제일 괴로운 것은 공을 던지지 못한다는 것이었다.

구단은 강찬의 훈련장 출입마저 통제시키며 숙소에만 머물게 했는데 타자들에 대한 분석을 하라는 명분을 내걸었다. 훈련 시간에 외출을 하게 되면 무단이탈이 된다는 경고까지 해냈기 때문에 움직임에도 제약이 생겼다.

괴로운 시간의 연속이었으나 시간이 지나면서 오기가 생겼다.

해볼 테면 해보라는 심산으로 구단의 제약을 고스란히 받아들이며 일정이 끝나고 난 후 자유 시간에 개인 훈련을 했다.

1년이면 된다.

그 수많은 시간 동안 지옥 같은 생활을 버티며 살아왔는데 그까짓 1년을 못 견딜 텐가.

최선을 다해 살아온 나날이었고 하루라도 헛되이 살지 않으려 무진 애를 쓴 삶이었다.

구단의 행동에 웃음이 나왔다.

한 명의 선수를 굴복시켜 자신들의 이익을 얻으려 하는 그들의 행동을 보면서 웃음 끝에 이를 악물었다.

절대지지 않는다.

너희가 무슨 짓을 해도 나는 내 갈 길을 갈 테다.

＊　　＊　　＊

월드 베이스볼 클래식(WBC)은 야구의 세계화를 위해 2004년부터 추진하기 시작한 국제 야구 대회로서 미국의 메이저리그 선수들과 각국 프로 선수들이 참가하여 월드컵 축구 대회처럼 국가 대항전을 펼치는 대회다.

2006년 처음 개최되었고, 2009년 제2회 대회부터 4년마다 열려 축구의 월드컵과 개최 기간이 같았다.

1, 2회 대회는 연속으로 일본이 우승했고 3회 대회는 도미니카공화국이 우승했다.

하지만 처음의 의도와는 다르게 3회 대회부터 수준이 떨어지기 시작했는데 슈퍼스타 급 프로 선수들이 갖가지 핑계를 대면서 출전을 거부했기 때문이었다.

실익은 없고 자칫 부상이라도 당하게 되면 시즌을 접어야 하기 때문에 선수들은 대회에 출전하는 것을 꺼려했다.

그렇다고 강제 조항도 없었기 때문에 선수들에 대한 제재를 가할 수가 없어 대회를 주관하는 메이저리그(MLB) 사무국은 그동안 속으로만 애를 태우며 끙끙댈 뿐이었다.

하지만 급격한 변화가 시작된 것은 회장이 존 스미스로 바뀌면서부터였다.

그는 미국 프로야구에 막강한 영향력을 끼쳐 온 사람으로서 작년 회장으로 취임하자 제일 먼저 WBC가 처음의 취지대로 세계인들에게 사랑받는 대회로 만들겠다는 포부를 밝혔다.

슈퍼스타들은 돈보다 명예를 따진다는 특성을 잘 알고 있던 그는 홍보의 초점을 그쪽으로 맞췄다.

조국에 대한 존경과 충성, 그리고 사랑.

그는 대회에 출전하면서 조국의 명예를 드높이고 우승을 통해 국민들의 자긍심을 높이는 것이 당연한 일이라며 언론 플레이를 통해 스타들의 발목을 잡기 시작했다.

더군다나 미국이 발의한 대회에서 아직 미국이 우승을 한 적이 없었기 때문에 존 스미스는 모든 역량을 동원해서 최강의 팀을 구성하려 했다.

미국이 중심이 되는 월드 베이스볼 클래식.

축구의 월드컵처럼 세계인들의 시선을 모아놓고 미국이 야구에서 세계 최강이란 사실을 보여주고 싶었다.

그랬기에 그는 3월로 예정되어 있는 월드 베이스볼 클래식의 상금을 획기적으로 책정했다.

조 1위 팀은 백만 달러, 준결승 진출 팀은 2백만 달러, 준우승 3백만 달러, 우승 팀은 5백만 달러의 상금이 지급된다.

이전 대회에 비해 무려 2배가 늘어난 상금 규모였다.

존 스미스는 철저한 분석을 통해 슈퍼스타들이 모두 동원될 경우 흥행이 성공할 거란 확신과 기업들의 후원을 통해 재원을 마련했는데 LCC분석 결과 오히려 이윤이 창출될 것이란 분석이 나왔다.

미국이 먼저 최상의 선수들로 팀을 구성한다면 나머지 국가들도 자연스럽게 그렇게 될 수밖에 없다.

더군다나 어마어마한 상금을 내걸었기 때문에 각국의 야구 협회에서는 스스로 최고의 선수들로 팀을 구성하게 될 것이다.

한국야구위원회 사무총장 김상술은 운영본부장 최승운이 내민 문서를 보면서 재미있다는 표정을 지었다.

문서는 MLB 사무국에서 온 것인데 전부 영어로 되어 있었지만 김상술은 대충 훑어보고 최승운을 바라보았다.

오랫동안 외국 물을 먹은 그는 영어를 우리말처럼 자연스럽게 구사하는 사람이었다.

"최 본부장, 이놈들이 이러는 이유가 뭘까? 대회만 만들어 놓고 나 몰라라 하던 놈들이 갑자기 이러는 건 분명 이유가 있을 텐데 말이지."

"그쪽에 저와 친분이 있는 친구가 있는데 그 친구 말에 따르면 스미스가 새로 취임하면서 강하게 밀어붙인다고 하더군요."

"스미스가 메이저리그에서 꽤나 큰 영향력을 지닌 건 나도 알아. 하지만 상금을 두 배나 올렸어. 이게 말이나 된다고 생각해?"

"아마, 될 겁니다."

"왜?"

"이번 대회는 메이저리그에서 활약하는 슈퍼스타들을 전부 출전시킨다고 합니다. 그렇게 되면 방송 중계권료가 기하급수적으로 올라갈 거고 광고 수입도 마찬가지로 엄청나게 늘어나게 됩니다. 충분히 커버링될 거라고 판단됩니다."

"다 계산해 봤다는 얘기군."

"철저한 놈들이 그냥 했겠습니까. 분명 이윤이 남으니까 저지르는 것이겠지요."

"그것참."

푹신한 소파에 등을 눕히며 김상술이 손가락을 깍지 끼며 입술로 가져갔다.

그가 뭔가 생각할 때 하는 습관이었다.

잠시의 시간이 지나고 생각이 끝났는지 그의 입술에서 손가락이 떨어졌다.

"그렇다면 우리 수익도 그만큼 커지겠군."

"아무래도 그럴 겁니다. 그것도 꽤 큰 금액을 벌어들일 수 있습니다."

"살림살이가 훨씬 나아지겠구만. 미국 놈들이 이번에는 반드시 우승하겠다고 작정한 모양이지?"

"그런 것 같습니다."

"미국 놈들이 저렇게 나오면 라이벌 의식을 가지고 있는 일본 놈들도 가만히 있지는 않을 텐데 재밌어지겠어."

"두 번이나 우승한 전력이 있으니까 일본은 미국의 행동 여하에 따라 움직이게 될 겁니다. 미국이 최고의 팀을 만든다면 일본도 그렇게 할 게 분명합니다."

"모든 나라가 최고의 전력으로 붙는다면 누가 우승할지 아무도 몰라. 미국 놈들은 슈퍼스타들을 총동원하면 지들이 우승할 거라 확신하는 모양인데 공이 둥글다는 속담을 모르는 모양이다."

"변수도 많습니다. 쿠바에 일본, 더군다나 저번 우승 팀인 도미니카공화국도 있고 준우승한 푸에르토리코가 있습니다. 무엇보다 복병인 대한민국이 있지요."

최승운이 어깨를 으쓱했다.

다른 팀을 다 말해놓고 마지막에 가서야 우리나라를 꺼낸 것은 그만큼 자부심이 있다는 얘기다.

그는 미국에서 공부를 하고 온 유학파라서 메이저리그에 아는 사람들이 많은데도 애국심이 남다른 사람이었다.

김상술이 호쾌하게 웃은 것은 최승운의 태도가 마음에 들었기 때문이다.

"하하하, 맞는 말이야. 놈들은 우리를 물로 보는데 여러 대회에서 우리한테 얻어터진 걸 자꾸 까먹는 걸 보니 새대가리인 모양이야."

"총장님, 저번 대회 때는 우리도 전력을 기용하지 않았습니다. 애들 군 면제 때문에 당연히 나가야 할 선수들을 제외했고 외국에 나가 있는 친구들도 뺐습니다. 하지만 미국이 이렇게 나온다면 우리도 최상의 팀을 구성할 필요성이 있습니다."

"당연히 그래야지. 전 세계가 들썩거릴 정도로 커다란 잔치를 만들겠다는데 들러리로 그만둘 수는 없는 거 아니겠어? 놈들에게 보여주고 싶군. 우리나라가 절대 만만하지 않다는 걸 말이야. 우승 상금이 500만 달러라고 했지? 미끼가 충분하니까 구단주들도 선수들 빼는 거 가지고 시비를 벌이지는 않겠구만."

"그런데, 총장님. 이강찬 문제가 걸려 있습니다."

"이강찬이 왜?"

"들으셨겠지만 이글스에서 이강찬의 계약 문제를 시비 걸고 있습니다."

"어린애 하나 가지고 장난치는 거 말이지?"

"장난이 아닙니다. 이글스 입장에서는 사활이 걸린 문제일 수도 있습니다."

"웃긴 놈들이야. 선수가 잘해서 나온 콩고물을 그냥 집어삼키겠다는 수작이잖아!"

"이유는 충분합니다. KBO 규정에 신인 선수는 무조건 7년 계약을 하게 되어 있습니다. 구단이 허락하지 않는 한 이적할 수 없게 되어 있는 것이지요. 하지만 이강찬은 그것을 2년으로 단축했습니다. 당연히 시빗거리가 되는 일입니다."

"이강찬만 잘못한 건 아니잖아. 이글스, 그놈들이 이강찬을 잡으려고 그렇게 계약해 놓고 이제 와서 시비 거는 건 돈 때문이잖아."

"그건 그렇죠. 하지만, 이글스가 허락하지 않으면 이강찬은 WBC에 출전할 수 없습니다."

"왜?"

"지금도 이글스 구단은 이강찬에게 훈련조차 제대로 못 하게 방해하고 있습니다. 자신들의 말을 듣지 않으면 고사시켜 버리겠다는 생각인 거죠. 계속해서 항복하지 않으면 같이 죽자는 심산입니다. 이글스는 정말로 이강찬을 금년 시즌에 출전시키지 않을 수도 있습니다."

"미친 새끼들이군."

"어쩌시겠습니까?"

"뭘 말인가?"

"최상의 팀을 꾸리기 위해서는 이강찬이 반드시 필요한데 이글스가 저렇게 나오면 사실 방법도 마땅치 않습니다."

"최 본부장, 세상일은 말이야, 안 되는 게 없는 법이라네. 우리가 이강찬 편을 들고 언론을 조금만 쑤시면 금방 해결될 거니까 걱정하지 마."

"언론은 이글스 구단 편입니다. 얼마나 구워삶았는지 기자들이 대부분 이강찬의 잘못으로 몰아가는 분위깁니다."

"언론은 철새 떼들이야. WBC가 무슨 경긴지 잘 생각해 봐. 이강찬이 없는 국가대표가 상상이나 돼?"

"그 친구는 당연히 출전해야 됩니다."

"그까짓 계약 문제 때문에 이강찬이 출전하지 못한다면 아마 우리나라 국민들은 폭동까지 일으킬 거야. 언론은 단 한 방에 잠재울 수 있으니까 너무 걱정하지 마. 세상일이 그렇게 쉬운 게 아니란 걸 이글스 구단도 깨달아야 될 거야!"

WBC 개최국 일본은 전회 대회 때 슈퍼스타들이 모두 결장하면서 인기가 떨어졌던 전례가 있었기 때문에 이번 대회를 대충 마무리하려던 생각을 가지고 있었다.

그랬기 때문에 대회에 관한 홍보에도 적극적이지 않았고 선수 선발도 저번 대회에 준해서 2진 급으로 구성하려 했었다.

비록 자국에서 벌어지는 행사였지만 참가국들이 모두 후보로 선수단을 구성한다면 굳이 일본만 총력을 기울일 필요성이 없었기 때문이었다.

물론 자국에서 벌어지는 경기임을 감안한다면 무조건 우

승을 목표로 해야 되겠지만 갈수록 WBC는 본래의 취지를 벗어났고 인기도 떨어져서 그럴 필요성을 느끼지 못했다.

하지만 그런 일본의 생각은 미국을 비롯해서 쿠바, 자메이카 등이 최고의 전력을 구성해서 우승을 노린다는 정보가 입수되자 백팔십도로 바뀌어 버렸다.

대회를 주최하는 MLB에서 상금을 2배 이상 책정했고 아예 작정한 듯 선수단 구성부터 홍보까지 총력을 기울였기 때문에 지금 미국에서는 이번에 반드시 WBC에서 우승해야 된다는 분위기가 국민들 사이에서 팽배해지는 중이었다.

약삭빠른 일본이 이런 분위기를 그냥 놓칠 리 없었다.

어쩔 수 없이 판을 벌이려던 생각은 미국이 먼저 선수를 쳐서 분위기를 띄워주자 이게 웬 횡재냐며 미친 듯이 치고 나갔다.

돈이 보였기 때문이었다.

이렇게 판이 커지고 모든 나라에서 관심을 보인다면 일본 경제는 물론 야구계 자체에도 막대한 이득이 생기게 된다.

돈과 명예, 그리고 국민들의 사랑까지 동시에 챙길 수 있다면 그야말로 일석삼조의 효과를 볼 수 있는 것이다.

일본의 발 빠른 움직임이 시작된 것은 시합을 세 달 앞두고부터였다.

일본 야구 협회 미우라 총재는 급히 이사회를 개최해서 금번 WBC의 중요성을 거듭 강조하며 준비에 만반을 다해달라는 부탁을 했고 실무진과 매일같이 미팅을 가지며 실무를 챙겼다.

미우라는 2년 전 총재에 선출된 인물로 현재 일본에서 가장 인기를 끌고 있는 프로야구단 자이언츠의 구단주 출신이었기 때문에 실무에 밝았고 머리 회전도 뛰어나 협회를 완벽하게 장악하고 있는 인물이었다.

오늘도 그는 아침부터 실무진과 계속 회의를 하고 있었는데 그의 방에 들어와 서류를 펼쳐 놓고 있는 인물은 요다 전무로서 일본 야구 협회의 실무를 총괄하는 사람이었다.

"총재님, 이번 참가국은 24개국입니다. 미국은 이번 기회에 당초 취지대로 야구의 저변을 전 세계로 확대시키고 싶은 모양입니다."

"그동안 16개였지?"

"그렇습니다."

"나머지는 참가해 봐야 떨거지들뿐이야. 참가에 의의를 두는 국가들일 텐데 효과가 있겠어?"

"물론 효과는 미미합니다. 하지만 외형상으로 참가국의 숫자가 30%나 늘어나는 것이기 때문에 그럴듯하게는 보일 겁니다."

"중국 속담에 조삼모사란 말이 있다. 원숭이의 먹이를 가지고 장난친다는 거야. 쉽게 말해서 그게 그건데 숫자 가지고 원숭이를 속인다는 속담이다. 내가 보기에 미국 놈들은 그런 놀이를 하고 싶어 하는 것 같군."

"기껏 동남아시아 몇 개국과 중남미 몇 개국이 더 들어올 테니 총재님 판단이 정확합니다."

"그래, 우리 팀 선수 선발은 어떻게 할 생각인가. 이번 대회는 유독 늦게 시작되어서 개막전과 거의 겹쳐지는데 구단들의 반발이 많겠어."

"사실 오늘 제가 들어온 것은 그것 때문입니다. 저번에 말씀하신 것처럼 우리 팀은 메이저리그 팀에서 활동하는 12명의 선수들을 포함해서 최고의 전력을 구축할 것입니다. 그러다 보니 여러 가지 급히 결정할 일이 생겼습니다."

"뭔가?"

"첫 번째는 프로야구를 대회 기간 동안 진행할 것인가에 대한 여부입니다."

"음, 중요한 사안이긴 하지……. 자네 생각은?"

"결정하기 어려운 사안이지만 굳이 제 의견을 물으신다면 저는 대회가 끝날 때까지 시즌을 뒤로 미루는 게 옳다고 판단합니다."

"이유는 뭔가?"

"일본에서 벌어지는 대회입니다. 더군다나 주최국에서 판을 키웠기 때문에 우리는 최대한 그것을 활용해야 됩니다. 아마, 전 세계에서 최고의 선수들이 몰려든다면 WBC는 엄청난 흥행 몰이를 할 수 있을 것입니다. 그런 마당에 프로야구를 병행한다는 것은 초를 치는 격이 될 테니 당연히 뒤로 미룰 필요성이 있습니다."

"구단들이 찬성해 줄까? 대회 기간은 한 달이나 되기 때문에 뒤로 미루면 일 년 내내 강행군을 해야 될 거야. 그리되면 부상자들도 속출하고 시즌이 엉망이 될 수도 있어."

"그래서 온 겁니다. 총재님, 시즌을 뒤로 미루고 경기 수를 줄이는 것이 어떻겠습니까?"

"경기 수를 줄여?"

"예, 가장 좋은 방법입니다."

"그건 또 야구팬들이 좋아하지 않겠구먼. 구단의 수입과도 직결이 될 테니까 구단도 반대할 가능성이 크고."

"일단은 판이 커진 이상 WBC가 우선입니다. 더군다나 세계 최고의 야구 쇼가 벌어지니까 팬들은 충분이 설득할 수 있을 겁니다. 구단은 대회 수입 중 일부를 보전해 주는 것으로 하면 해결되지 않겠습니까?"

"흠… 좋군. 좋아, 그렇게 하지."

"두 번째는 경기장에 관한 것입니다. 아무래도 흥행을 위해서는 도쿄를 비롯해서 오사카 등 대도시를 중심으로 운영해야 될 것 같은데 동선에도 문제가 있습니다. 더군다나 흥행만 생각해서 경기장을 여러 곳으로 분산한다면 참가국들이 불편해하는 문제점이 생깁니다. 각자의 이익이 달려 있기 때문에 이사회에서 해결이 나지 않지만 총재님께서 결정해 주시면 제가 총대를 메고 관철시키겠습니다."

"도쿄와 오사카 두 곳에서 하는 것으로 해. 요다, 우리의 목표는 흥행이다. WBC를 통해서 일본 야구의 우수성을 전 세계에 알리기 위해서는 모든 경기가 관중들로 빽빽하게 들어차야 해. 그런 모습을 보여줘야 WBC가 얼마나 중요한 대회인지 세계인들이 알게 된단 말이다."

"알겠습니다. 그럼 그렇게 준비하겠습니다."

요다의 얼굴이 밝아지며 주섬주섬 펼쳐 놓았던 서류를 정리하자 그 모습을 보던 미우라가 불쑥 물었다.

그의 얼굴에는 질문하는 와중에 슬쩍 근심이 묻어 나왔다.

"사사끼의 근황은?"

"거의 다 회복했다고 합니다. 최근 들어 훈련을 재개했다고 하니까 대회 출전에는 문제가 없을 겁니다."

"정말인가? 다행이군!"

요다의 대답에 잠시 어두워졌던 미우라의 표정이 급격하

게 밝아졌다.

사사끼.

일본인 출신으로 작년 시즌 메이저리그 전체 타격왕을 차지한 불세출의 타자다.

187cm의 키에 몸무게는 86kg에 불과했지만 파괴력이 대단해서 홈런도 32개를 쳐 냈고 38개의 도루까지 기록했기 때문에 그야말로 흠잡을 데가 전혀 없는 최고의 타자였다.

야구를 위해 태어난 사나이.

일본 야구계에서는 그를 보고 파괴자란 별명을 붙여놓았을 만큼 전천후 타격으로 투수들을 괴롭힌 명불허전의 레전드다.

그런 그가 시즌 막판에 새끼손가락 부상을 당해 모습을 보이지 않은 게 벌써 2달째였다.

시즌 막판 몸 쪽으로 날아온 커브를 피하다가 왼손 새끼손가락에 공을 맞았는데 뼈에 금이 갔다는 진단을 받고 시즌 아웃이 됐었다.

막상 큰판이 벌어지자 미우라는 그의 안부를 제일 걱정했는데 우승을 위해서는 사사끼가 반드시 필요했기 때문이었다.

"요다, 우리가 우승할 확률은 얼마나 되지?"

"글쎄요. 워낙 변수가 많아서 뭐라고 단적으로 말씀드리기가 어렵습니다. 하지만 도박사들은 일본의 우승을 30% 정도로 분석하고 있습니다."

"미국은?"

"미국도 우리와 같은 30%입니다."

"음… 결국 미국과 우리의 싸움이 될 거란 말이군."

"거의 그럴 확률이 큽니다. 재미있는 건 한국의 우승 확률이 쿠바, 자메이카와 똑같은 10%라는 것입니다."

"웃기는 소리. 그 새끼들이 왜 그렇게 높다는 건가?"

"이전 대회의 성적이 워낙 좋았기 때문인 것 같습니다. 저번 대회에서는 1차에서 예선 탈락을 했지만 놈들은 준우승까지 한 전력이 있을 정도로 강합니다. 저희도 놈들에게 네 번이나 진 적이 있을 정도니까 만만하게 볼 수만은 없을 것 같습니다."

"그래도 결국은 우리가 이겼다. 미국 놈들조차 한 번도 해보지 못한 우승을 우리는 두 번이나 했단 말이다. 이번에도 마찬가지야. 한국 놈들은 우리 밑구멍이나 빨다가 돌아가게 될 것이다."

대한민국에 대해서 신중하게 말하는 요다를 향해 미우라는 가차 없이 이를 드러냈는데 전혀 그의 의견에 동의하지 않는 표정이었다.

한국에 대한 끝없는 질시.

그는 어렸을 때부터 반한 감정이 극에 달한 골수 극우주의
자였기 때문에 대한민국에 대해서 조금이라도 호의적인 반응
을 보이는 자는 절대 그냥 내버려 두지 않았다.

　　　　　　　*　　　　*　　　　*

　대한민국에서 WBC 대회에 대해 언론 보도가 터지기 시작
한 것은 미국과 일본보다 조금 늦은 1월 말부터였다.

　미국에서 WBC 대회에 슈퍼스타들을 총출동시킨다는 정
보가 들어왔고 그에 맞추어 일본에서도 대회 개최에 만반의
준비를 한다는 소식이 들어오면서 언론의 보도 빈도가 점점
늘어났다.

　사실 국내 야구팬들은 저번 대회가 워낙 관심도가 떨어졌
기 때문에 이번 대회에 대한 기대감이 전혀 없었는데 언론에
서 연신 떠들어대자 서서히 관심도가 상승하는 중이었다.

　시간은 금방 흘러 2월로 들어오면서 본격적으로 WBC에
출전할 선수들이 거론되기 시작했다.

　저번 대회에서는 대회 관심도가 낮아지면서 군 면제를 위
해 선수들을 배려했고 메이저리그에서 활동하는 추명훈과 이
성동이 시즌 준비를 핑계로 오지 않는 등 최고의 전력을 갖추
지 않았지만 이번에는 상황이 달랐다.

모든 팀이 자국에서 가장 뛰어난 선수들로 팀을 구성한다는 정보가 들어왔고 우승 상금도 2배 이상 올랐으며 미국과 일본이 연신 세계 최고를 외치며 우승을 하겠다는 공언을 해 댔기 때문에 협회 측에서는 연신 구단들을 압박하며 우리도 베스트를 내야 한다는 목소리를 높여왔다.

그리고 그 목소리는 회장인 이충호가 거의 대국민 담화 비슷한 기자회견을 통해 발표하면서 사실로 굳어졌다.

그의 기자회견은 우리나라 역시 이번 대회에서만큼은 반드시 우승하겠다는 강력한 결의가 담겨 있었는데 말미에 그가 한 말이 대서특필되면서 국민 정서도 후끈 달아오르기 시작했다.

이충호는 회견 말미에 일본 야구 총재인 미우라가 사석에서 대한민국은 일본의 상대가 되지 않을 것이라 했던 말을 언급하면서 4번이나 이겼던 전력을 꺼내 들고 이번에도 반드시 이겨 다시는 그런 소리를 못 하게 만들겠다며 큰소리를 쳤던 것이다.

대한민국의 언론이 먼저 이충호의 기자회견을 대서특필하면서 일본과의 경쟁심을 드러내자 이번에는 일본의 언론이 반응했다.

하지만 그들의 반응은 냉정했고 차가웠다.

비록 대한민국이 예선전에서 일본을 이긴 것은 사실이나

중요하지 않은 경기였기 때문에 전력을 투입하지 않았다는 변명을 하면서 일본 언론은 냉소로 한국 신문들의 보도를 일축해 버렸다.

"이런 미친놈들. 이게 무슨 개소리야?"

"그러게 말야. 뭐? 2진이 나왔었다고? 그럼 다케시 그놈은 뭐야. 일본이 낳은 천재 투수니 뭐니 떠들었던 건 전부 뻥이었어?"

이동렬이 먼저 거품을 물자 곽선화가 말도 안 된다는 표정을 지으며 목소리를 높였다.

두 사람은 내일스포츠에서 쓴 기사를 읽고 있었는데 거기에는 일본 언론들의 반응을 담긴 내용들이 쓰여 있었다.

"이 새끼들은 그때 사사끼가 출전 안 했다고 떠들어댄다. 우리하고 시합할 때 히로키, 아키라, 미나토, 요타까지 전부 출전 안 했으니까 2진이라는 거야."

"정말 그때 그놈들이 하나도 출전 안 했나?"

곽선화가 눈을 동그랗게 떴다.

이동렬의 말대로 나열된 선수들이 출전하지 않았다면 그런 말을 할 만도 했기 때문이었다.

사사끼를 비롯해서 히로키, 아키라 등은 일본을 대표하는 간판타자들이었고 미나토와 요타는 매년 20승을 올리고 있는 언터처블 투수들이었다.

"안 했던 게 아니라 못 했던 거지. 사사끼 그놈은 이혼 때문인가 뭔가 때문에 못 나왔고 다른 놈들도 부상에 시달렸던 걸로 알고 있어."

"그럼 그놈들이 다 나오면 무조건 이긴다는 거네?"

"일본 언론 말로는 그런 거지. 하지만 말도 안 되는 소리야. 공이 둥글다는 말이 괜히 있냐고. 그때 우리 선수들이 얼마나 강했는데. 그놈들이 다 나왔어도 해볼 만했을 거야."

"흐흥, 우리 오빠 똑똑해요."

사실을 알고 나서 조금 위축되었던 곽선화가 이동렬의 반응에 대뜸 손을 올려 어깨를 주물렀다.

그는 큰소리를 치는 이동렬이 예뻐 보였던 모양이었다.

그녀의 행동에 활짝 웃었던 이동렬이 웃음을 멈춘 것은 신문을 넘기면서 이강찬에 관한 작은 기사를 봤기 때문이었다.

거기에는 이강찬과 구단과의 마찰에 관한 기사가 실려 있었다.

"그나저나 이글스 왜 이런다냐."

"왜?"

"어제 구단 사람과 잘 아는 친구를 만났는데 구단에서는 이번 국대에 절대 이강찬을 내보내지 않겠다고 했대."

"설마……."

"아주 작정한 모양이야."

"말도 안 되는 소리야. 만약 정말 그렇게 나온다면 내가 가만 내버려 둘 것 같아?!"

"그러니까 말이지. 이글스를 어마어마하게 사랑하지만 이건 아니다. 그까짓 계약관계 때문에 이강찬을 국대에 안 내보내면 정말 이글스를 다시는 안 볼지도 몰라."

"걱정하지 마, 오빠. 내가 있잖아. 강찬이를 국대에 안 내보내면 내가 이글스 구단을 폭파시킬 거니까 걱정 붙들어 매. 이것들이 아직도 정신을 못 차리고 쌍팔년도에나 하던 짓을 여전히 하고 있어. 죽을라고!"

"어허, 언어 순화 좀 하라니까. 넌 여자애가 가끔가다 너무 과격해."

"어머, 미안. 내가 흥분할 때만 그러니까 이해해. 그래도 침대에서는 좋아하더니 오빠 나한테 너무한 거 아냐?"

＊　　　＊　　　＊

잘나가던 상황이 급격하게 반전되기 시작한 것은 정말 예상치도 못했던 WBC 때문이었다.

이강찬을 압박해서 목적을 이루기 위해 거의 세 달 동안 구단의 역량을 총동원한 결과 성과를 보기 일보 직전까지 와 있었다.

사람은 겉으로는 대놓고 표현하지 못하지만 다른 사람이 잘되는 꼴을 보기 싫어하는 본성이 있기 때문에 그런 감정을 최대한 활용하자 선수들과 코치들이 구단과 같은 입장을 취했고 언론까지 합세하면서 유리한 상황으로 전개되었다.

물론 일부 언론에서는 구단이 가지고 있는 치명적인 약점을 들먹이며 이강찬을 메이저리그에 갈 수 있도록 도와줘야 된다는 기사를 내보내고 있었으나 대부분의 언론이 구단 편을 들어줬기 때문에 그런 여론은 금방 묻혀 버렸다.

이제 조금만 더 압박하면 여름 시장 포스팅에 이강찬을 내놓을 수 있을 거란 판단이 내려졌다.

그렇게 되면 구단의 자금 사정은 숨통을 트이게 된다.

구단에서 포스팅 비용의 반을 이강찬에게 양도하는 조건을 내걸었기 때문에 놈의 대리인이라는 최인혁도 반쯤 넘어온 상태였다.

이강찬의 포스팅 비용은 당초 2천만 달러라는 예상을 훌쩍 뛰어넘을 것으로 예측되었는데 워낙 많은 팀이 관심을 보이고 있기 때문에 잘하면 3천만 달러도 가능할 거란 예상이 주를 이루었다.

그렇다면 구단에서 얻을 이익은 당초 예상한 금액보다 훨씬 많은 천5백만 달러나 된다. 가장 중요한 것은 이강찬 측이 완전하게 항복하도록 원천적으로 공을 못 만지게 하는 것이었다.

지금까지는 백기를 들지 않고 있으나 구단이 시즌 성적을 포기하면서까지 이강찬을 완벽하게 벤치에서 움직이지 못하게 만든다면 결국은 두 손 두 발 다 들 수밖에 없을 것이다.

운동을 하며 살아온 사람은 운동을 하지 못하게 되었을 때 대부분 우울증 증세를 겪게 되는데 심한 사람은 자살까지 하는 경우도 있었다.

그만큼 괴롭다는 뜻이다.

그런 마당에 불쑥 협회에서 이강찬의 대표팀 발탁 요청이 날아왔다.

처음에는 콧방귀를 뀌며 아예 상대조차 하지 않았지만 시간이 지날수록 협회와 언론의 반응이 심상치 않게 변했고 보름이 지나자 야구팬들의 여론까지 악화되어 이글스는 난감한 입장에 빠지게 되었다.

협회와는 언제든지 붙을 수 있었지만 야구팬들이 등을 돌리게 되면 구단은 존립 자체가 위험해질 수도 있었기에 백성춘은 단장인 윤종운과 황인호와 수시로 의견을 나누며 해결 방안을 모색했다.

그러나 한번 몰린 상황은 쉽게 타개되지 않았고 시간이 갈수록 점점 더 코너로 몰릴 뿐이었다.

오늘도 두 사람을 집무실에 부른 백성춘은 거칠어진 얼굴을 쓰다듬으며 답답한 목소리를 토해냈다.

요즘 들어 잠을 제대로 못 잤기 때문에 그의 얼굴은 해쓱하게 질려 있었다.

"뭐 좋은 방법 없어?"

"……."

"황 부장, 벙어리처럼 앉아 있지만 말고 말을 해봐. 여론이 나빠지니까 그동안 돈 받아 처먹고 우리 편을 들던 기자 놈들까지 돌아서고 있단 말이야. 언론이 돌아서면 버틸 수 없다는 거 몰라!?"

백성춘이 소리를 지르자 황인호가 서류만 만지작거리며 대답을 하지 않았다.

자신은 스카우터 전문가였지 홍보 전담이 아니었다.

홍보를 실질적으로 맡고 있는 사람은 최민영이었는데 그녀는 백성춘의 지시를 거부한 채 이강찬에 관한 것에는 조금도 관여하지 않았기 때문에 어쩔 수 없이 황인호가 그동안 기자들을 상대해 왔었다.

하지만 막상 이런 처지에 몰리자 대안이 생각나지 않았다.

백성춘의 말대로 언론이 돌아선다면 게임은 끝난 것이나 마찬가지기 때문이다.

시즌에 이강찬을 출전시키지 않는 것은 얼마든지 변명이 가능하다.

몸이 안 좋다고 할 수도 있고 컨디션 때문에 출전이 어렵다고 말할 수도 있었다.

물론 언론이나 야구팬들은 이강찬과의 계약 문제 때문에 구단에서 고의로 출전시키지 않는다는 것을 알 것이다.

그럼에도 단도직입적으로 따지지 못하는 것은 구단 운영에 관한 부분까지 언론이나 팬들이 관여하는 것 자체가 지금까지 불문율처럼 금지되어 왔기 때문이었다.

그러나 국가대표로의 출전은 사안부터 완벽하게 다른 이야기였다.

국가의 명예를 걸고 싸우는 자리에 구단과 선수의 이익 다툼으로 차질이 생긴다면 방해를 한 누구라도 천하의 악적으로 몰릴 수밖에 없다.

지금의 이글스 상황이 그랬다.

백성춘이 소리를 질러대는 것은 그만큼 절박했기 때문인데 거의 다 된 밥이 예상치 못했던 WBC에 의해 도루묵이 돼버리자 백성춘은 얼굴을 붉게 물들인 채 황인호를 닦달하면서 두 눈을 부릅떴다.

그는 황인호가 어떤 방법을 쓰더라도 다시 언론을 원래의 위치로 되돌리기를 원하는 것 같았다.

황인호는 한숨이 저절로 흘러나왔지만 간신히 참고 입을 열었다.

원하는 대답을 해줄 수는 없지만 차선책이라도 마련하는 게 참모로서 해야 할 일이었다.

"구단주님, 아직까지 언론은 그동안 받아먹은 게 있기 때문인지 원색적인 비난을 시작하지 않았습니다. 하지만 그리 되는 것은 시간문제일 뿐입니다. 이강찬이 작년에 워낙 좋은 성적을 올렸기 때문에 그가 국대에 뽑히지 않으면 팬들은 모든 책임을 구단에게 돌리며 나쁜 여론을 형성시킬 게 뻔합니다. 그렇게 된다면 돌이킬 수 없어집니다. 우리가 원하는 것은 아무것도 얻을 수 없고 오직 비난과 빈축에 시달릴 것입니다. 따라서 제 생각에는⋯⋯."

"빨리 말해봐. 답답하게 만들지 말고!"

황인호가 잠시 말을 끊자 백성춘이 급하게 말꼬리를 붙잡았다.

그는 이 상황에서 황인호가 자신보다 조급하지 않다는 게 마음에 들지 않는 것 같았다.

황인호가 다시 입을 연 것은 그를 도와주기 위해 단장인 윤종운이 헛기침을 해서 백성춘의 말을 끊어줬을 때였다.

"제 생각에는 이강찬을 국대에 보내는 게 맞을 것 같습니다."

"왜?"

"지금 구단에서 이강찬을 국가대표에 내보내지 않으면 모든 책임을 구단이 지게 됩니다. 그럴 바에야 흔쾌히 WBC에 내보내고 그다음을 기약하는 게 좋을 것 같습니다."

"거기서 그놈이 좋은 성적을 올리면 더 곤란해진다는 거 모르나?"

"반대일 수도 있죠. 우리나라가 예선 통과조차 하지 못하거나 일본에게 패해서 일찍 짐을 싸야 된다면 작년 프로야구판을 휩쓸었던 이강찬이 가장 커다란 책임을 지고 나락으로 떨어지게 될 겁니다. 그리고 그럴 가능성은 아주 농후합니다. 미국을 비롯해서 일본이나 쿠바 등이 최고의 전력으로 출전한다면 우리나라가 결승에 오를 가능성은 무척 희박하기 때문입니다."

"음······."

"이왕 이렇게 된 거 대범한 모습을 보여야 합니다. 시간을 끌수록 구단은 엄청난 압박과 비난에 시달리게 될 테니 빠르게 결정하는 것이 좋습니다."

"그것참 일이 더럽게 꼬여가는군."

백성춘은 황인호의 제안을 듣고도 쉽게 대답을 하지 못했다.

충분히 일리 있는 이야기였지만 뭔가 꺼려지는 게 있었기 때문이었다.

자칫 이강찬이 WBC에서 혁혁한 공로를 세우게 된다면 구단은 그에게 더 이상의 협박이나 트집을 잡지 못하게 될지도 모른다.

국가를 위해 싸운 영웅을 상대로 미친 짓을 한다는 것은 죽겠다고 덤비는 것과 하등 다를 바가 없기 때문이다.

백성춘이 대답을 하지 않고 소파에 등을 기댄 후 깊은 생각에 잠기자 그동안 침묵을 지키던 윤종운 단장이 나섰다.

그는 워낙 백성춘이 강하게 나왔고 그룹 차원에서도 행동지침을 결정한 후 일사천리로 몰아붙였기 때문에 조용히 지냈을 뿐 이강찬의 일을 안타깝게 생각해 온 사람이었다.

"구단주님, 황 부장 말대로 하는 게 좋겠습니다. 벌써부터 팬들이 구단으로 항의 전화를 해오고 있는 중입니다. 여기서 조금이라도 결정이 늦어진다면 대전 팬들까지 돌아설지 모릅니다. 팬들을 잃어버린 구단은 존립 가치가 없어지게 됩니다. 그러니 구단주님, 이강찬을 국가대표에 보내시는 것으로 하시죠."

"정말 그 방법밖에 없는 거요?"

"제 생각에는 그렇습니다."

"좋소, 그렇다면 그렇게 합시다."

"잘 생각하셨습니다."

"대신 이왕 주는 거 홀딱 벗고 주는 것으로 합시다."

"당연한 말씀입니다. 기자들을 모아놓고 대승적인 차원에서 이강찬을 출전시키겠다며 먼저 선수를 친다면 구단의 이미지를 끌어 올릴 수 있을 것입니다."

윤종운이 후속 조치까지 앞당겨 말하자 그때서야 잔뜩 굳어 있던 백성춘의 얼굴이 조금씩 펴졌다.

어려운 상황에 몰렸지만 그는 칼같이 냉철한 판단력으로 상황을 정리해 버렸다.

역시 노련한 늑대다.

사람의 능력은 핀치에 몰렸을 때 나타난다고 했는데 그는 한번 방향을 결정하자 무서운 속도로 후속 조치들을 거침없이 지시해 나갔다.

*　　　*　　　*

"오빠, 괜찮아?"

"응."

대답은 했지만 밝은 목소리는 아니었다.

최인혁과 임관을 비롯해서 그를 걱정해 주는 많은 사람들 앞에서는 언제나 당당했던 강찬이었지만 은서의 품에 안기자 감춰놓았던 불안감이 슬그머니 고개를 쳐들었다.

다른 어떤 사람에게도 보여주지 않았던 나약함을 자신도 모르게 내보인 것은 아마도 그녀에게서 위안을 받고 싶었기 때문일 것이다.

"걱정하지 마, 오빠. 설혹 잘못돼도 내가 있으니까 오빠는 하고 싶은 대로 해도 돼. 약사 월급 꽤 높은 거 알지?"

강찬의 뺨을 어루만지던 은서가 일부러 쾌활한 목소리로 말했다.

그녀는 1월에 있었던 약사 고시에 당당히 합격했기 때문에 일자리를 알아보고 있는 중이었는데 당당한 말과는 다르게 언제 취직이 될지 알 수 없었다.

약사 자격증을 땄지만 워낙 불경기라 취직을 한다는 것은 쉬운 일이 아니었다.

그랬기에 그녀는 눈을 감고 있는 강찬의 모습을 물끄러미 바라보며 한숨을 내쉬었다.

큰소리친 것과는 다르게 현실은 암담했다.

강찬의 눈이 천천히 떠진 것은 한동안 말을 계속하던 그녀가 입을 닫았기 때문이었다.

눈을 들어 바라보자 은서의 눈에 이슬이 맺혀 있는 것이 보였다.

"은서야, 왜 울어?"

"정말 세상 사는 게 왜 이래. 그렇게 고생했는데 어째서 우린 좋아지는 게 하나도 없는 거지?"

"바보야, 왜 좋아진 게 없어!"

"뭐가 있는데?"

"어깨가 고쳐져서 다시 공을 던지게 되었고 간절한 소망이 이루어져서 우리 은서가 오빠 여자가 되었잖아. 그것만으로도 나는 정말 행복해."

"거짓말, 그런데 왜 그렇게 힘이 없어. 오빠가 힘든 건 구단이 말도 안 되는 요구를 해서 그런 거잖아. 구단 사람들 정말 너무해!"

"걱정하지 마. 다 잘될 거야."

"어제 신문 보니까 구단에서 쉽게 허락 안 해줄 거라고 쓰여 있었어. 설마 했는데 어떻게 그럴 수 있어? 계약 문제를 국가대표에까지 연루시켜서 방해하는 건 있을 수 없는 일이야. 그 사람들 돈밖에 모르는 귀신들인가 봐."

그녀의 말에는 울음이 섞여 있었다.

강찬을 위해 해줄 수 있는 게 아무것도 없다는 것이 그녀를 한없는 슬픔 속으로 빠뜨리는 모양이었다.

탁자에 놓아두었던 핸드폰이 끈질기게 울기 시작한 것은 강찬이 손을 들어 은서의 눈물을 닦아주고 있을 때였다.

은서를 토닥거려서 진정시켜 주고 강찬은 휴대폰을 확인한 후 급하게 전화를 받았다.

전화는 장혁태 코치에게서 온 것이었는데 목소리가 무척이나 상기되어 있었다.

—강찬아, 당장 들어와야겠다.

"왜 그러십니까, 코치님."

—너, 국가대표 선발될 것 같다. 구단에서 아무런 조건 없이 널 WBC에 출전시키기로 했다는데 너와 함께 기자회견을 할 모양이더라.

도저히 믿어지지 않는 말들이 장 코치의 입을 통해 연속해서 흘러나왔다.

그토록 자신의 앞길을 방해하며 고사 직전까지 몰아넣었던 구단이 먼저 알아서 국가대표에 보내겠다는 기자회견을 한다는 건 상상조차 하지 못했던 일이었다.

무슨 말을 했는지 기억이 나지 않았다.

오직 생각나는 것은 당장 들어오라는 장 코치의 말뿐이었다.

그로부터 1주일 후 발표된 국가대표에는 강찬을 포함해서 윤태균과 이문승, 이태진이 뽑혔고 전혀 예상하지 않았던 임관까지 이름을 올려 10개 구단 중 이글스가 가장 많은 수를 차지했다.

국가대표 감독은 6년 동안 프로야구 판을 휩쓸어온 라이온즈의 이성우 감독이 맡았고 김남구 감독은 수석 코치로 선발되었다.

임관의 국가대표 선발은 이성우 감독의 요청으로 이루어졌는데 이강찬과의 호흡을 맞춰주기 위해서라는 후문이었다.

WBC의 개막이 3월 25일로 정해졌기 때문에 야구 협회에서는 일본처럼 프로야구의 개막을 한 달 정도 연기하고 대신 게임 수를 줄이는 것으로 결정한 후 국가대표로 선발된 선수들을 훈련장으로 소집시켰다.

국가대표를 맡은 이성우 감독은 자신이 총대를 메는 대신 야구 협회에 몇 가지 사항을 요청했는데 그중 가장 큰 것이 국가대표팀에 한 달간의 합숙 훈련을 지원해 달라는 것이었다.

협회는 이성우 감독의 요청을 두말없이 받아들였다.

그들도 이성우 감독이 고사를 하면 대책이 없다는 것을 너무나 잘 알기 때문이었다.

국가대표 감독은 잘해야 본전이었고 못하면 역적이었기 때문에 아무도 하지 않으려 했다.

더군다나 그가 합숙을 요청하는 것은 좋은 성적을 내겠다는 투지를 보여준 것이었기 때문에 협회에서도 적극적으로 움직였다.

프로야구 선수들이 한 달간 합숙 훈련을 한다는 것은 여러 가지 이유로 쉬운 일이 절대 아니었다.

당장 메이저리그와 재팬리그에서 활동하는 5명의 선수가 합류해야 했는데 그들은 합숙 훈련에 난색을 보일 가능성이 컸다.

하긴 그것은 국내 선수들도 마찬가지였다.

나름대로 최고 스타들로 구성되었으니 고등학생 때처럼 합숙 훈련을 쉽게 받아들이지는 않을 것이다.

그럼에도 협회에서 자신감을 보인 건 결국 선수들이 수용할 수밖에 없다는 걸 너무나 잘 알기 때문이었다.

국가대표란 이름은 운동선수들에게 숙명과 같은 것이었으니 그들은 명예를 위해서라면 어떠한 고통도 감내할 것이 분명했다.

제7장
출정

"어우, 떨려."

"야, 내가 네 마누라냐? 창피해 죽겠네. 좀 떨어져서 다녀!"

강찬이 슬쩍 밀어내자 바짝 붙어서 걷던 임관이 죽자 사자 팔을 붙잡고 늘어졌다.

긴장이 되는 모양이었다.

임관은 이렇게 빨리 국가대표에 뽑힐 줄은 꿈에도 생각하지 못했는데 막상 소집일이 다가와 수많은 사람이 기다리는 운동 장에 도착하자 침이 바짝바짝 마른다며 엄살을 떨어댔다. 강찬 이 고양 국가대표 야구 훈련장에 도착했을 때는 이미 수많은 기자와 야구팬으로 가득 차서 걸음 옮기기가 불편할 정도였다.

"오빠, 꺄악… 오빠 멋있어요!"

강찬과 임관이 사람들 틈을 비집고 들어서자 소녀 팬들이 난리가 났다.

역시 소녀들은 잘생긴 사람을 좋아하는 게 틀림없다.

분명 옆에는 임관도 같이 있었지만 여자 팬들은 오직 강찬만을 연호하며 비명을 지르고 있었다. 무슨 영화제 시상식도 아닌데 왜 포토 존까지 마련되어 있는 걸까?

앞의 사람이 하는 걸 보니 사진도 찍고 기자들의 질문에 대답을 한 후 들어가는 것이 보였다.

역시 사람은 배우고 익혀야 살아가는 것이 쉬워진다.

앞에 했던 선수들처럼 포토 존에 선 강찬과 임관은 멋지게 파이팅 포즈까지 취한 후 기자들의 질문에 몇 가지 대답을 한 후 급히 자리를 벗어났다.

기자들은 강찬이 서자 끝없는 질문을 쏟아냈는데 대부분이 구단과의 관계에 관한 것들이었다. 하지만 강찬은 그런 질문에는 대답하고 싶지 않았고 대답할 겨를도 없었다.

국가대표로 뽑혔지만 가장 막내 축에 속했기 때문에 최대한 빨리 들어가 선배들을 기다려야 했다.

구장으로 들어서자 먼저 와 있던 선수들이 알은체를 하며 손을 드는 것이 보였다.

대부분 젊은 선수들이었다.

국가대표의 소집 시간은 아침 10시였고 까마득한 선배들이 구장으로 들어서기 시작한 것은 강찬이 운동장에 도착한 후 30분이 지나고 나서부터였다.

같은 팀인 윤태균과 이문승이 한꺼번에 나타났고 각 팀의 최고 선수들이 하나둘씩 모습을 드러냈다.

가장 마지막에 나타난 사람은 라이온즈의 전설적인 타자 이청화였는데 그가 국가대표 중에서 가장 나이가 많은 맏형이자 주장이었다. 이청화는 선수들과 하나씩 악수를 한 후 마지막으로 강찬을 향해 다가와 불쑥 손을 내밀었다.

그의 나이는 36세니까 강찬과는 무려 10살이나 차이가 난다.

강찬은 그가 내민 손을 공손하게 잡고 인사를 했다.

공을 손에 잡은 후 언제나 존경해 왔던 선배였지만 시합 때를 제외하고 막상 이렇게 가까운 곳에서 본 적은 처음이다.

그만큼 어려운 존재였는데 이청화는 그런 강찬을 향해 대뜸 농담을 던져 왔다.

"어이, 무쇠팔. 요즘 마음고생 많이 했지?"

"아닙니다."

"아니긴 뭐가 아니야. 사실 그 제도는 악습이라 선수 협회에서 폐지해 달라고 요구할 참이었다. 그 와중에 네 일이 터져서 우리도 마음이 착잡한 상태였어. 언젠가는 누군가 총대를 멜 사안이었는데 하필이면 네가 메고 말았구나. 신배들이 하지 못한 걸 시킨 것 같아서 미안하다."

"고맙습니다."

"뭐가?"

"아니, 저… 좋은 말씀을 해주서서……."

"그놈 참, 그나저나 이번에 잘 좀 부탁해."

"뭘 말씀이신지?"

"이번에도 무쇠팔 좀 쓰란 말이야. 무쇠팔로 미국하고 일본 놈들을 박살 내 달란 소리다."

"아… 알겠습니다."

뒤늦게 말귀를 알아듣고 부지런히 고개를 끄덕였다.

하늘 같은 대선배의 말은 부탁이 아니라 지상 과제로 봐도 무방할 정도였기 때문에 옆에 있던 임관도 덩달아 열심히 고개를 끄덕였다.

무쇠팔이란 별명은 아마 강찬의 믿어지지 않는 완투 능력 때문에 붙인 모양이다.

하지만, 그가 부른 강찬의 애칭은 곧 모든 선수들에게 동시에 통용되는 별명이 되고 말았는데 어떤 사람은 한 단계 더 나가 마징가제트라고도 불렀다.

선수들이 모두 모인 것을 확인한 타격코치가 안으로 연락을 취하자 금방 이성우 감독과 코치진들이 모습을 드러내며 선수들을 향해 다가왔다.

코치진의 숫자는 모두 합해 7명이었는데 감독인 이성우를 포함해서 3명이 현역 프로야구팀의 감독이었고 나머지 4명도 각 팀의 수석 코치들이었다.

이성우 감독은 특유의 카리스마를 뿜어내며 선수들의 앞에 섰다. 그동안 웅성거리며 떠들던 선수들이 동시에 입을 닫았기 때문에 장내는 개미 움직이는 소리까지 들릴 정도로 조용해졌다.

압도적인 카리스마가 만들어낸 분위기였다.

28명의 선수들은 한 명 한 명이 스타덤에 올라 있었는데 특히 메이저리그에서 활동하는 추명훈과 이성동, 일본 리그에서 활약하는 이대철, 그리고 현역의 레전드 이청화는 모두 대단한 스타의 반열에 올라 있어 누군가에게 압도되어 고개 숙인다는 건 말도 안 되는 일이었다.

그럼에도 그런 선수들이 이성우의 앞에서는 자세를 바로하고 뒷짐을 쥔 채 조용히 감독의 입이 열리기를 기다렸다.

이성우.

대한민국의 역사 속에서 최고의 레전드를 꼽으라면 다섯 손가락 안에 들 정도로 무시무시한 타자였다.

현역으로 활동했던 11년 동안 3할 4푼의 타율을 기록했고 장타율도 4할이 넘었다.

그러나 그를 진정한 레전드로 기록되게 만든 것은 타격 능력 때문이 아니라 믿어지지 않을 정도로 완벽했던 수비 능력 때문이었다.

수비의 핵심으로 꼽히는 유격수를 맡으면서 그는 선수 생활 내내 단 21개의 실책만 기록했을 정도로 완벽한 수비 능력을 자랑했다.

더군다나 5시즌 연속 한국시리즈를 제패한 주역이었기 때문에 라이온즈는 그를 영구 감독으로 임명하려는 움직임까지 보일 정도였으니 선수들이 내뿜는 카리스마는 그의 관록에 비교한다면 조족지혈에 불과한 것이었다.

이성우 감독은 한동안 침묵을 지킨 채 선수들을 바라보며 뜸을 들인 후에야 천천히 입을 열었다.

"여러분, 반갑습니다. 이번 WBC 감독을 맡은 이성우입니다."

가볍게 고개를 숙이자 선수들의 박수가 조용하게 울려 나왔다.

분위기가 가벼웠다면 당연히 환성이 나왔겠지만 지금은 그저 작은 박수 소리만 새어 나왔다.

"잘 아시다시피 야구 선수로서 태극 마크를 가슴에 단다는 것은 영광스러운 일이 아닐 수 없습니다. 그러나 그러한 영광을 누리기 위해서는 뼈를 깎는 노력이 있어야 된다고 생각합니다. 협회 쪽에 나는 우승하겠다는 약속을 하지 않았습니다. 그러나 최선을 다할 것이란 말은 분명히 했습니다. 지금이 프리 시즌이고 전지훈련과 동계 훈련을 치르면서 피로가 풀리지 않았다는 것을 잘 알면서도 합숙 훈련을 요청했던 것은 내가, 그리고 여러분이 조국과 국민들을 위해서 최선을 다한다는 걸 보여주고 싶었기 때문입니다. 그런다고 해서 그저 형식적인 훈련을 하겠다는 것은 결코 아닙니다. 한 달간의 합숙 훈련 동안 우리는 팀워크를 다지는 시간들을 갖게 될 것입니다. 여러분들의 기량이 프로야구 선수들 중에서 최고라는 사실을 나는 잘 알고 있습니다. 하지만 모래알처럼 움직이게 된다면 우리는 좋은 성적을 절대 올리지 못할 것입니다. 선배와 후배, 그리고 친구들이 하나가 되어 서로 간에 신뢰를 쌓아주십시오. 혹시 그동안 풀지 못했던 오해가 있다면 이 기회에 완벽하게 풀어버리고 오직 WBC에서 후회하지 않는 경기를 할 수 있도록 노력해 주시기 바랍니다."

감독의 말대로 국가대표 선수들은 자유로운 분위기에서 팀워크를 중점으로 훈련했다.

팀워크 훈련은 사실 그리 많은 시간을 요하는 것이 아니었다.

일종의 전술훈련이었고 거기에 포함되는 선수들은 야수들이 주축이었기 때문에 가장 많은 인원을 차지하는 투수들은 특별한 훈련조차 받지 않았다.

그러나 이 한 달 동안 선수들은 스스로 지옥 속을 헤맸다.

선수들은 아침에 일어나면 저녁에 취침할 때까지 미친 듯 훈련에 매진했지만 누가 시켜서 하는 것이 아니었다.

그중 주장인 이청화는 정말 대단한 뚝심을 보여주며 선수들을 이끌었는데 그의 유니폼은 훈련이 끝나면 엉망이 될 정도로 대단한 양의 훈련을 소화해 나갔다.

야수들도 열심이었으나 투수들도 그에 못지않게 최선을 다했다. 그동안 소홀했던 서킷 웨이트를 집중적으로 훈련해서 필요한 근육량을 늘렸고 체력을 기르기 위해 아침저녁으로 뛰었으며 평소에 부족했던 구위와 컨트롤을 보완하느라 안간힘을 썼다.

프로 선수기 때문에 스스로 알아서 한다는 것과는 근본적으로 다른 훈련량이었고 집중력이었다.

이것이 바로 태극 마크가 심어주는 중압감이자 책임감이다.

대한민국이란 이름을 가슴에 품은 채 전쟁에 나선다는 건 죽음을 두려워하지 않는 용기와 승리를 향한 집념을 지니게 된다는 것이었다.

한 달이란 시간은 정말 화살처럼 지나갔다.

대회가 시작되기까지는 불과 3일밖에 남지 않았기 때문에 내일이면 일본으로 넘어가는 비행기를 타야 했다.

협회 측에서는 WBC에 출전하는 각국의 선수 명단을 확보해서 코치진들에게 제공했는데 명실공히 최고의 선수들로 구성되어 있었다. 특히 미국과 일본, 쿠바, 도미니카공화국의 전력은 그야말로 막강 그 자체였다.

메이저리그에서 뛰고 있던 최고의 선수들이 총망라되었고 자국 리그에서도 레전드 급 선수들이 모두 포함되었기 때문에 이전 대회와 비교조차 할 수 없을 정도로 화려한 멤버들로 구성되어 있었다.

합숙 훈련 동안 투수들은 각국 타자들의 특징과 장단점을 면밀히 분석했고 반면에 타자들은 투수들에 대해서 코치진과 상의해 가며 공략법들을 연구했다. 사실 팀워크 훈련과 더불어 합숙 훈련을 하고자 했던 가장 큰 목적은 바로 이것이었다.

적을 알고 나를 알면 백전백승이란 지론은 이성우 감독이 평상시에 입버릇처럼 말하던 것이었는데 그는 코치진과 함께 직접 선수들과 미팅하면서 각국 선수들에 대한 파훼법을 수시로 토의하곤 했다.

대한민국의 프로야구 역사는 40년도 채 되지 않는다.

그런 역사로 전 세계의 강호들을 상대하기 위해서는 뜨거운 열정과 도전 의식도 중요하지만 상대에 대한 분석이 절대적으로 필요하다는 걸 그는 종교처럼 믿고 있었다.

다른 나라는 대부분 대회 1주일을 앞두고 선수단을 소집했다는 정보가 들어왔다.

그들은 합숙 훈련이란 말 자체를 이해하지 못할 정도로 프리한 상태에서 야구를 해왔기 때문에 1주일 전에 미팅한 것도 나름대로 철저한 준비를 했다고 생각할 것이다.

미국과 일본 등은 대한민국을 우승 후보에서 제외한 채 서로를 견제하고 있었지만 이성우 감독은 뚝심 있게 준비하며 대회가 시작되기를 기다려왔다.

짓고 까불어라.

너희들이 뛰어난 전력을 구축했다는 걸 알지만 우리는 절대 그냥 물러서지 않을 것이다.

"이 감독, 고생했습니다."

"제가 고생한 게 뭐가 있겠습니까. 선수들이 고생했지요."

협회장인 이충호의 공치사에 이성우 감독이 겸양의 말을 꺼내놨다. 서로 간에 빈말이란 걸 잘 알지만 이런 것들이 서먹한 분위기를 풀어준다는 것도 알기에 얼굴이 붉어지지 않았다.

이제 내일이면 일본으로 떠나기 때문에 이충호는 국가대표 사령탑인 이성우를 사무실로 불러들였다.

명목상의 이유는 합숙 훈련에 대한 노고를 칭찬하기 위함이라고는 하지만 사실은 금일봉을 주기 위함이었다.

협회 차원에서 국가대표 감독에게 금일봉을 주는 것은 관례처럼 전해져 내려오는 행사였다. 비서가 커피를 들여와 탁자에 놓자 이충호가 기대에 찬 눈으로 이성우를 바라보았다.

"이 감독, 우리 선수들 어떻습니까?"

"한 달 동안 정말 열심히들 하더군요. 저도 해봤지만 태극 마크를 가슴에 달면 힘든 줄을 모릅니다. 그래서 그런가 오히려 코치진이 훈련량을 조절해 줬을 정돕니다."

"몸이 안 좋은 선수들이 있나요?"

"없습니다. 대회 기간에 맞춰 몸을 만들었기 때문에 선수들의 몸 상태는 최상입니다. 걱정하지 마십시오."

"이 감독, 미안한 말이지만 내가 언론에다가 큰소리쳐 놓은 게 있습니다. 혹시 아십니까?"

"일본을 반드시 이기겠다고 하셨더군요."

"미우라 그놈이 하도 우리나라를 깔보기에 열이 받아서 내가 큰소리를 쳤습니다."

"잘하셨습니다."

"그래서 말인데… 이길 수 있겠습니까?"

"객관적으로 일본의 전력이 우리보다 뛰어난 것은 사실이지만 결코 맥없이 물러나지는 않을 것입니다."

이성우 감독은 협회장의 말을 듣고도 원하는 대답을 해주지 않았다.

물론 그렇다고 아예 자신 없는 모습을 보인 것도 아니었다.

하지만 이충호 회장은 그 정도로 만족할 수 없었던 모양이었다.

"이겨주시오!"

"회장님, 최선을 다하겠습니다."

"저번에도 일본 놈들에게 당한 것 때문에 한동안 나는 잠을 자지 못했었소. 아마, 이번에도 그놈들에게 지게 된다면 불면증이 아니라 우울증에 걸릴지도 모르오. 대한민국이 절대 하수가 아니란 걸 일본에게 보여주시오. 어쩐 일인지 요즘 그들은 독도를 자기네 땅이라고 발광하며 모든 과정의 교과서에 명문화해 버렸소. 심지어 일본 야구 협회장인 미우라는 독도를 점령해야 한다는 소리까지 공공연하게 떠든다고 합디다. 그런 놈이 대한민국 야구를 우습게 말하는 걸 나는 더 이상 듣고 싶지 않소. 이겨주시오. 이 감독이 누구보다 더 이기고 싶어 한다는 걸 너무나 잘 알지만 이번만큼은 대한민국 야구가 결코 만만하지 않다는 것을 반드시 알려주고 오시오. 부탁하오!"

『퍼펙트게임』 6권에 계속…

박선우 장편 소설
FUSION FANTASTIC STORY

PERFECT GAME 퍼펙트 게임

고통과 좌절의 시간들을 뛰어넘어
불사조처럼 일어나 세계를 제패한 사나이의 일대기.

대한민국을 넘어 메이저리그를 평정하며
명예의 전당에 헌정된 언터처블 투수, 이강찬.

강철 같은 어깨에서 뿜어져 나오는 그의 패스트볼은
무적이었으며 야구계에 길이 남을 **신화**였다.

**야구만을 사랑했던 고독한 사나이.
그의 퍼펙트게임이 이제 시작된다!**

Book Publishing CHUNGEORAM

유행이 아닌 자유추구
WWW.chungeoram.com

가프 장편 소설

관상왕의 1번룸

FUSION FANTASTIC STORY

거대한 도시의 그늘에서 벌어지는
짜릿하고 통쾌한 이야기!

『관상왕의 1번룸』

텐프로의 진상 처리 담당, 홍 부장.
절망적인 삶의 끝에서 만난 남국의 바다는
그를 새로운 인생으로 인도하는데…….

쾌락을 원하는 거부, 성공에 목마른 사업가,
그리고 실패로 절망한 사람들이여.

여기, 관상왕의 1번룸으로 오라!

Book Publishing CHUNGEORAM

유행이 아닌 자유추구 -
WWW.chungeoram.com

현대 소환술사

THE MODERN SUMMONER

FUSION FANTASTIC STORY

현윤 퓨전 판타지 소설

하늘이 무너져도 솟아날 구멍은 있다!

드래곤의 실험으로 모진 고난을 겪어야 했던 레비로스!
우여곡절 끝에 소환술사가 되어 최강의 자리에 오르지만
운명은 그를 나락으로 떨어뜨린다.

『현대 소환술사』

다시 한 번 주어진 삶!
그러나 그마저도 암울하기 그지없는데…….

소환술사 레비로스의
인생 역전이 시작된다!

Book Publishing CHUNGEORAM

유행이 아닌 자유추구
www.chungeoram.com

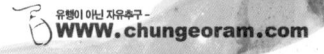